KB202177

인생은 편지처럼

인생은 편지처럼

장윤 서간문집

차 례

셋째 묶음 웅지를 좌절하지 마소서—친인척 · 지인들의 편지

넷째 묶음 술은 입으로, 사랑은 눈으로—후배 · 제자들의 편지

서 문

이메일보다는 인간미가 있는 편지

늙어서 잘못 되었던 삶을 자책(自責)할 수도 없고, 핑계를 대기에는 너무나 먼 길을 걸어 온 삶이었다.

시류(時流)에 떠밀리면서, 남의 장단에 놀아나지 않고 자기다운 삶에 필요한 것이 무엇인지, 어떻게 하면 보람되게 살 수 있는지 자문(自問)하면서 살아온 인생이었다.

이번 서간문집(書簡文集)을 내면서 무척 망설였다.

20년, 30년의 긴 세월로 누렇게 바랜 편지를 공개한다고 무슨 득이 될 것도 없고, 잘못하다가는 시대적 낙오생으로 남의 일을 들추어내는 것이 아닌가 하는 오해도 걱정스러웠다.

그러나 편지를 보내주신 분들은 나에게는 더 없이 소중한 분들이다. 보살핌, 그리고 용기와 위로를 아끼지 않고 주신 분들이다.

그 분들께서 나에게 베풀어주신 정을 잊을 수 없고, 잊어서도 안 될 사연들이어서 도저히 그 편지들을 버릴 수가 없어 남겨둔 것이다.

돌아가신 분들이 대부분이어서 그 분들의 자녀분께라도 감사의 뜻을 전하고 싶다. 그리고 그 분들의 명복을 빈다.

남에게 해를 끼치지 않으려고 애써오면서 친지, 선후배, 사제지간 그리고 내가 좋아서 짝사랑하고, 정이 가는 사람들과의 사연들이다. 몇 줄 안 되지만 자필(自筆)로 정을 담아 보내주신 분들의 연하장도 포함시켰다. 또한 편지를 보내주신 분들과 관련된 사연과 기고문, 고희기념문집 등에 실렸던 글 가운데 일부를 수록했다.

그리고 우리 가족 중에 유별난 딸이 있어 부녀 간의 서신 교환을 별도로 엮어 보았다. 시집을 가기도 전에 두 번씩이나 유치장을 드나들면서 무지막지, 수모와 고통을 감수하면서까지 시대의 아픔을 나누어지겠다고 제 고집대로 살아 온 딸이기도 하다.

삶의 시각차로 갈등과 고뇌를 겪고 그때는 괘씸하기도 했지만 이제와 되돌아보니 한편으로 생각하면 장하기도 하다. 본인이 좋아서 겪은 시련이지만 너무나 가엾다는 생각이 들어 여기에 옮겨 놓은 것이다.

인간미(人間味)가 점점 사라져가는 세상을 한스럽게 바라보면서 서간 문집을 통하여 있는 그대로의 내 자신(自身)을 내놓았다. 진짜 인생을 살아가는데 마음의 거울로, 한 줄기 정을 그리워하며 사는 분들에게 그래도 '손으로 쓴 편지가 이메일보다는 인간미가 있다'는 인상을 남기고 싶었다.

이 책을 출판함에 책의 체제를 잡아주고 윤문하는데 힘써주신 외우(畏友) 유자효(柳子孝) 시인의 노고에 깊이 감사드리며 이 책의 출간을 쾌히 승낙하여준 도서출판 일조각 김시연 사장에게 고맙다는 인사를 전한다.

끝으로 박군제(朴君濟), 김인환(金仁煥) 두 친구들의 정성어린 도움은 잊을 수가 없다.

2010년 5월

장 윤(張 潤)

첫째 묶음

화부華府에 안착하였소

—은사님·선배님들의 편지

화부華府[1]에 안착하였소

길수吉洙 씨

혜함惠函[2] 감사히 받사 옵고 위희불승慰喜不勝[3]하나이다.

동봉하온 사진도 틀림없이 받았사오니 그리 아시오. 취송就悚[4] 화華승톤[5]에 있는 대학에는 다소 난관이 있사옴으로 지방 학교에 교섭하야 입학 허가를 얻어 보내리니 이차혜량以此惠諒[6]하시오.

서울서 8월 15일에 떠나 화부華府에는 8월 18일에 안착하였습니다. 그 후 약 8일 동안 뉴욕시 급及[7] 보스톤시를 여행하고 재작일再昨日에 회환廻還[8]하였사오며 수일 내로 중서부中西部를 돌아오려 합니다.

여가 있으시는 대로 근근 귀지貴地 소식 주시옵기 바랍니다.

여불비례餘不備禮[9]

8월 31일

장기영張基永 배

1 워싱턴 D. C.　2 상대편을 높여서 그의 '편지' 를 이르는 말　3 기쁨을 누를 길 없음　4 편지 서두에 쓰는 겸양의 말. 송구하오나　5 워싱턴　6 이로서 이해　7 와　8 돌아옴　9 편지 말미의 인사말

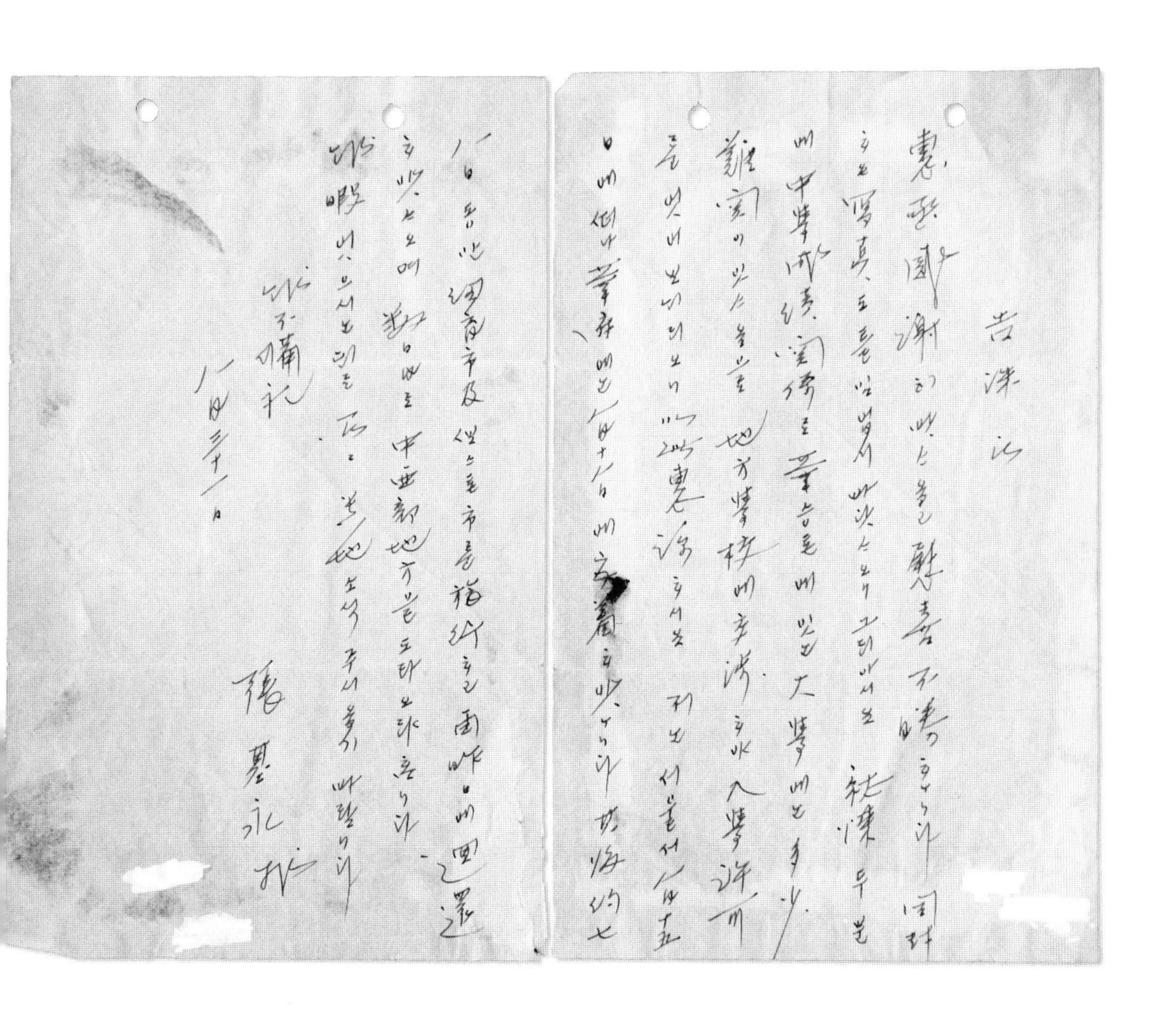

＊＊＊

서한 연도는 1946년으로 추측됨.

장기영 선생은 이승만李承晩박사 비서, 강원도 영월에서 제헌 국회의원, 체신부 장관, 서울특별시장 역임, 영월 석정여종고교石正女綜高校 설립자(아호 石正). 길수는 필자의 아명.

최선의 노력을 하는 데까지가 사명

일전 귀함貴函에 만폭정의滿幅情誼가 아직 사라지지 않았는데 오늘 또다시 글월을 받아보니 그대의 지나친 향념向念에 새삼스러운 감사를 드리노라. 의지가 상합하는데 노력이 자신이 생기고 자신 있는 노력이 계속되는데 성공의 귀착점歸着点이 있다는 것이야 그 누가 부인할 수 있으리오. 그러나 그때그때에 대세의 조류潮流를 무모하게 역행逆行하려고 하는 데는 무리가 생기고 그 노력은 수포로 돌아가고 마는 법이니 물골을 잘 돌려서 우리의 소망하는 곳으로 흘러오도록 하는 것이 일할 줄 아는 사람의 일이라 할 것일세. 거기는 시간과 지략과 노력이 필요하고 속히 하려다가는 도리어 실패하는 법일세. 방향을 바로 잡아서 물골을 잘 돌리면 의외로 빠르게 대량의 물을 모을 수 있을 것일세. 대세의 조류가 제대로 흐르는 것도 같으나 전자前者[1] 말하던 모 인사人士의 의사意思만 들으면 난공사[2]는 끝난 것 같네. 홍[3]의 고정표固定票를 호의好意로 얻도록만 되면 성공일세. 최선의 노력을 하는 데까지가 우리의 사명이고 성사 여부는 천명天命이니 너무 초조하게 애쓰지 말기를 바라네. 부탁한 말 잘 기억하고 있으며 그대로 주선해 보겠네.

향교 재산 흡수 문제는 서울 성균관 재단에서 전국 향교 재산의 3할을 취득하여 성균관과 성균관 대학을 경영하게 되어 있을 뿐이고 지방 학교 재산에 관하여는 그 이상 간섭할 권한이 없다고 하며 각 지방 재산 감독 및 처리권은 각 지방 장관에게 부여하고 있는 듯하니 교섭할 방법을 강구 중이네. 성균관장 김창숙金昌淑 노인은 부산에 살고 계시나 입원 치료 중이시니 이 문제는 추후 숙제로 남겨 두고 별도로 주선하는 수밖에 없네. 지금 학교 당국자와의 친분 관계를 보아서 기금 준비만 하면 고등학교 인가까지 얻어 두었으면 좋겠으나 매사가 여의치 못해 혹 알 수

---

1 앞서 2 어려운 공사 3 홍범희, 원주 출신, 제헌 국회의원

없으니 매 학급당 일백오십만 환 목표로 주선하는 것이 여하如何? 제반사를 자주 연락하여 주기 바라고, 여차불비如此不備하노라.

1953. 11. 18.

한기준韓基駿

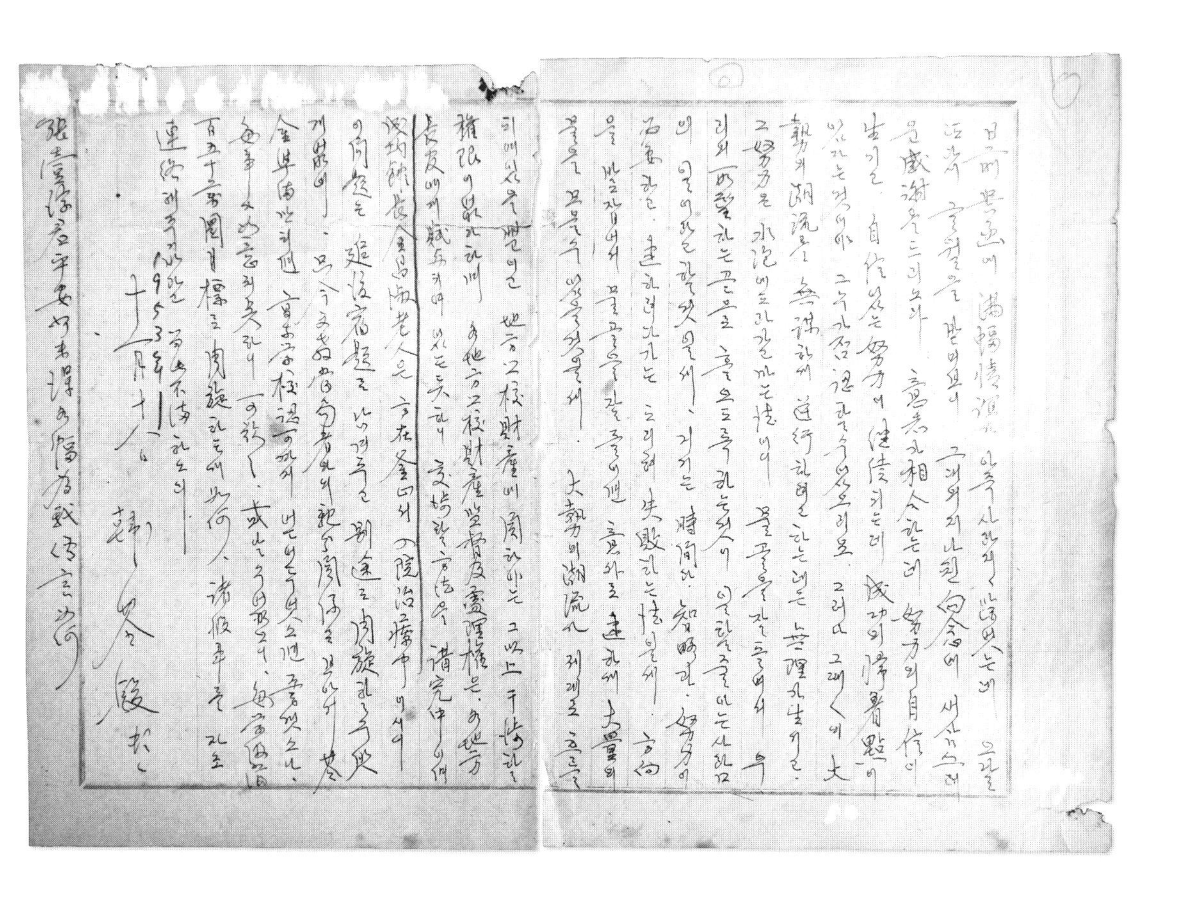

＊＊＊

배재고 은사이신 한기준 선생이 대성학교 설립 준비 때 보내온 편지. 당시 한 선생께서는 제3대 민의원 출마를 준비하고 계셨다. 원주에서 무소속으로 출마하셨으나 아깝게 낙선하셨다. 선생은 경성제대 법문학부를 졸업하셨으며, 혜화 전문학교 강사, 풍문豊文여고 교장을 지내셨다. 실학의 대가 구암久庵 한백겸韓百謙선생의 후손이시다.

실물은 사진보다 비유티Beauty 함

산만刪蔓[1]

보내주신 사진 즉시 전하고 또 즉시 전하시면 즉시 성사되지 않을까 생각됩니다.[2]

규수閨秀의 생년월일시는 단기4263년[3] 11월 20일 축시丑時랍니다. 검토 후 고려의 여지가 있으면 인간적 향수, 기타, 형언形言[4] 난難[5]하다느니보다 당사자만이 느낄 수 있는 신비롭고도 무한한 가지가지의 직각적直覺的, 후각적後覺的으로 오는 판단과 테스트는 상경上京 대면 처결對面 處決[6]함이 상책上策일 줄 생각됩니다.

그리고 조건의 하나인 천주교도天主教徒래야 한다는 것은 착실한 현신도이니 구비된 것 같습니다.

그러면 회신 있기를 기다리며 실례하겠는데, 위에서 말한 식으로 대성이 대성하기를 빌어 마지않소이다.

난필亂筆로 총총(이만).

1954. 6. 21.

박만희朴萬熙

장張 교장校長 귀하

실물實物은 사진보다 비유티Beauty하고 성품은 사진과는 판이하게 유순하고 싹싹하니 참고로.

1 편지 서두에 쓰는 말로 용건만 쓰겠다는 뜻 2 선보는 규수의 사진을 전하고 받아보고 속히 결정하라는 뜻 3 서기 1930년 4 표현하는데 5 어렵다 6 만나보고 결정짓는 것

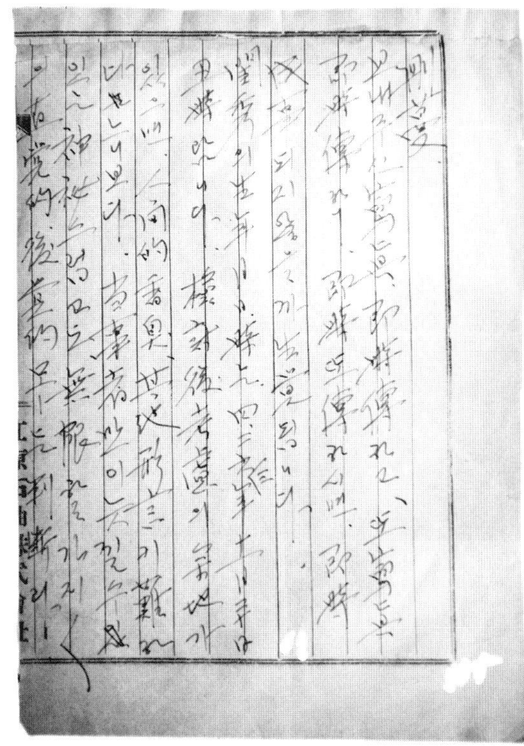

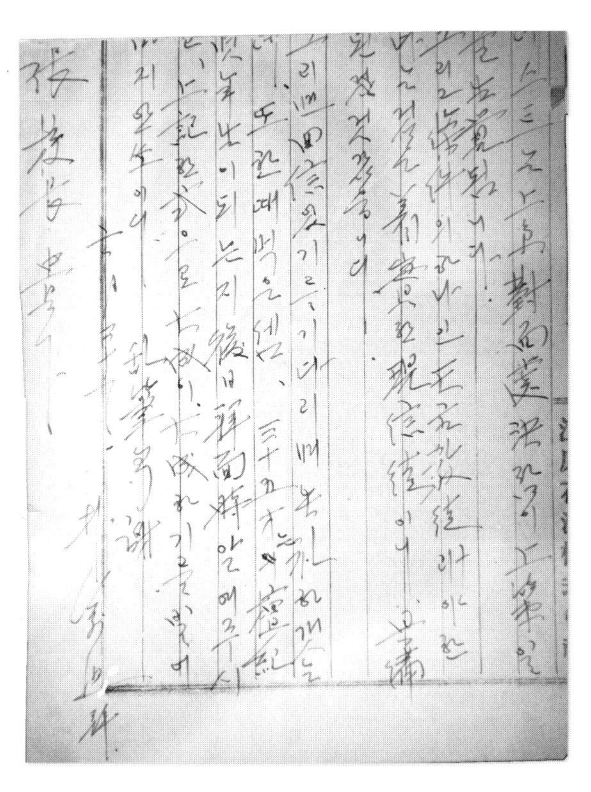

***

재단법인 대성학원 9대 이사장을 지내셨으며 강원 석유회사 사장이었던 박만희 선생이 필자에게 선보기를 권유한 편지. 당시로서는 노총각인 스물여덟 살이 되도록 장가를 들지 않자 박만희 선생이 한 규수를 편지로 소개했으나 선을 보지는 않았다.

원념지택遠念之澤으로 무위도일無爲度日

근계謹啓[1]

귀한 배접貴翰 拜接[2]하였습니다.

댁내제절宅內諸節[3]이나 학교 내외 별고 있다는 이야기 듣지 못하였으니 여하무고如何無故하심을 알고 경하합니다. 소생小生 원념지택遠念之澤[4]을 입어 무위도일無爲度日[5]하오니 방념放念[6]하여 주시압.

불민한 탓으로 그러한 법法이 되었는지도 모르고 수고手苦를 끼치기까지 하여 정말 죄송천만罪悚千萬이외다.

이사 재임 중(대성학원 재단이사 재임중) 별로 재단을 위하여 진력한 바도 없고 시위尸位[7]노릇 함에 대하여 다시 자책을 느끼며 사죄를 드리오니 너그러운 마음으로 혜량관서惠諒寬恕[8]하심을 복고伏告[9]하나이다.

사임辭任을 하더라도 귀 재단의 융성과 발전을 기구하는 마음은 추호도 변함 없을 것을 다짐하오며 배전의 애호편달愛護鞭撻을 앙청仰請합니다.

이사장님, 이사 여러분 교직원 여러 어른께도 기회 있으신 대로 안부 전하여 주십시오.

환절기 존체만안尊體萬安하심을 비오며 사죄謝罪와 감사를 겸하여 회신回信 드리옵고 여불비례 상上[10]합니다.

1954년 9월 9일

어於 서울 함재훈咸在勳 배

---

1 편지 서두에 쓰는 인사말 2 귀한 편지 잘 받았음 3 온 집안 식구들 4 걱정하여 주시는 덕분 5 별 일 없이 소일하고 있음 6 근심 걱정 하지 말라는 뜻 7 시위소찬尸位素餐의 준말. 직책을 다하지 못하면서 한갓 자리를 차지하고 녹만 받아먹음 8 널리 살펴서 헤아려 너그럽게 용서해달라는 뜻 9 엎드려 고함 10 편지를 올린다는 겸손한 내용

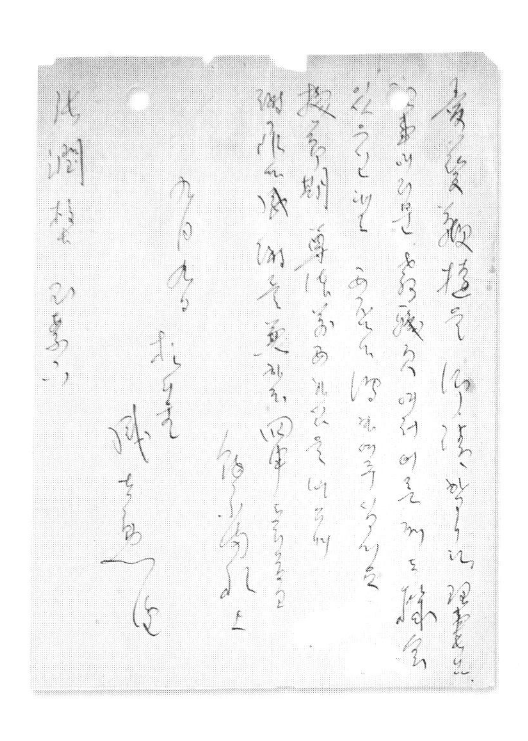

＊＊＊

재단법인 대성학원 설립 이사, 자유당 시절 원주읍장, 민의원 역임.

신부는 일편단심

친애하는 장윤 선생께

우선 결혼과 새로운 인생의 출발, 미래의 삶에 대해 충심으로 축하를 드립니다. 결혼에 대한 인사가 좀 늦었습니다만 신부가 장선생님 이외의 어떤 사람에게도 관심을 주지 않고 오로지 일편단심 선생에게만 관심을 기울여 주었음을 확신하는 바입니다. (선생께 너무도 많은 관심을 기울였던 뭇 여성들을 모두 거절하셨던 사실들을 상기해보세요)

오늘이 바로 6월 16일입니다. 나는 선생께서 엄숙한 결혼식을 거행하고 있으며 아울러 가슴 속에 멋진 꿈으로 가득 차 있으리라 상상합니다. 시계가 지금 오후 2시 25분을 가리키고 있습니다. 벌써 결혼식이 끝났습니까? 아니면 아직도 어느 교회의 결혼식단에 서 계십니까? 박민수[1] 씨가 결혼 날짜와 그 이상 자세한 내용을 알려주지 않아서 나로서는 더 이상의 상상이 불가능합니다. 심지어 결혼식을 서울에서 하는지 아니면 원주에서 하는지조차도 알지 못합니다.

부디 두 분께서 행복하고 가치 있는 인생의 새 출발을 하시기를 기원합니다.

여기 대만에서는 그다지 관심을 끄는 일이 별로 없습니다. 나는 홀로 버려진 느낌입니다. 그래서 밤낮으로 서울에 있는 친구들이 그립습니다. 그러나 걱정 마세요. 지금까지 그럭저럭 꾸려나가고 있으며 허기를 느끼지는 않습니다.

안녕히 계십시오.

1955. 6. 16.

J. Y. CHANG

장재용張在鏞

---

1 친구. 전 자메이카 대사

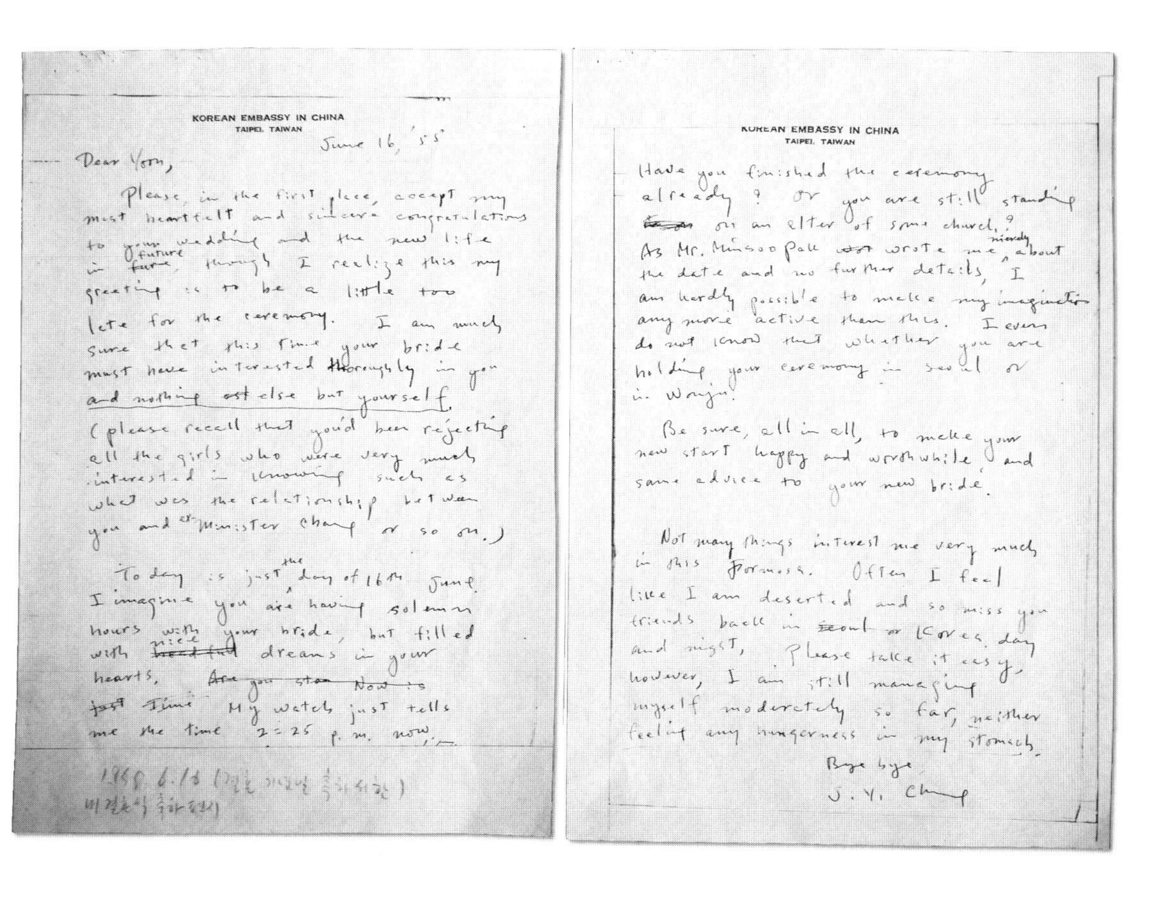

KOREAN EMBASSY IN CHINA
TAIPEI, TAIWAN

June 16, '55

Dear Yoon,

Please, in the first place, accept my most heartfelt and sincere congratulations to your wedding and the new life in future, though I realize this my greeting is to be a little too late for the ceremony. I am much sure that this time your bride must have interested thoroughly in you and nothing else but yourself. (please recall that you'd been rejecting all the girls who were very much interested in knowing such as what was the relationship between you and ex-Minister Chang or so on.)

To day is just the day of 16th June. I imagine you are having solemn hours with your bride, but filled with nice dreams in your hearts, My watch just tells me the time 2:25 p.m. now, —

KOREAN EMBASSY IN CHINA
TAIPEI, TAIWAN

Have you finished the ceremony already? Or you are still standing on an altar of some church? As Mr. Minsoo Pak wrote me, merely about the date and no further details, I am hardly possible to make my imagination any more active than this. I even do not know that whether you are holding your ceremony in Seoul or in Wonju.

Be sure, all in all, to make your new start happy and worthwhile, and same advice to your new bride.

Not many things interest me very much in this Formosa. Often I feel like I am deserted and so miss you friends back in Korea day and night. Please take it easy, however, I am still managing myself moderately so far, neither feeling any hungerness in my stomach.

Bye bye
J. Y. Chang

***

주 벤쿠버 총영사, 칠레 대사, 스페인 대사를 지낸 장재용 선생이 대만에 근무할 때 필자의 결혼을 축하하며 보내온 편지.

여가 유有 하시면 일차래유一次來遊

근계謹啓

시하時下 국추菊秋 지제에 존체강건尊體康健하시며 다망多忙하신 업무 여의 하시난지.

29사단 재직 당시는 소호少毫[1]도 협조를 못한 채 이임離任케 되어 죄송하나이다.

미숙한 후방 업무를 원하여 무사분주無事奔走한 세월을 보내고 있는 터입니다.

정묵貞默[2] 형도 변함없이 지내시는지요.

각장各狀[3] 못하니 안부 전하여 주시오.

대전 유성온천도 손색없을 듯 하오니 여가 유有[4]하시면 정묵 형 동반하여 일차래유一次來遊하시오.[5]

자당님의 만수무량萬壽無恙을 기원합니다.

불비례不備禮

1955. 10. 10.

제3관구 사령부 참모장

대령 이영길李永吉 배拜

---

1 조금도 2 원정묵. 어릴 때 옆집에 살던 사람으로 모친의 젖이 모자라 우리 어머니 젖을 먹고 성장해 형제처럼 가까이 지냈음 3 별도 편지 4 있으시면 5 한번 놀러와 주시오

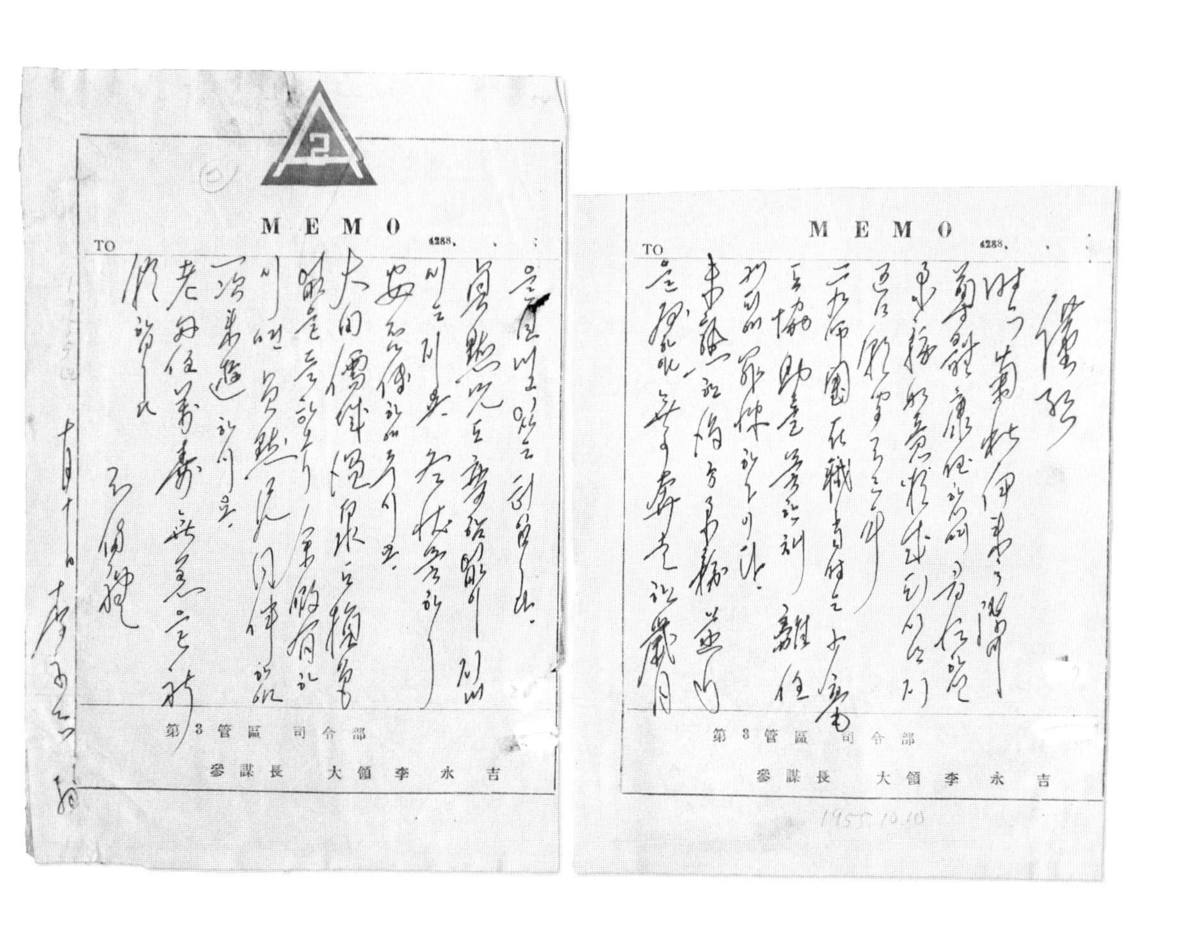
MEMO
TO
4288.
第 3 管 區 司 令 部
參 謀 長 大 領 李 永 吉

MEMO
TO
4288.
第 3 管 區 司 令 部
參 謀 長 大 領 李 永 吉

***

나의 아버님은 1949년에 돌아가셨다. 6.25때 수복되어 돌아온 집에서 제사를 모시는 데 경찰이 군화발로 제청祭廳에 올라와 이를 꾸짖자 나를 '빨갱이'라며 연행해 갔다. 위기의 순간에 이영길 소령이 그 소식을 듣고 나를 구출해 주었다. 이 소령은 친척 형의 친구로서 우리 집에 자주 놀러 왔었다. 그의 자제 이광린씨는 뒷날 대성학교 교사로 봉직했으니 2대에 걸친 선연善緣이라고 하겠다.

죄악의 세상 두려워 마시길

신변에 번거로운 일이 있으시다는 소식 듣고 놀랍고 개탄스러워서 내려가서 위로라도 드려야 하겠으나 그저 이러고 있으니 죄송합니다. 그러나 모쪼록 죄악의 세상을 두려워 마시고 꿋꿋하게 싸워 주시기 바랍니다.

바울도 내가 죄인의 괴수라 하였으며, 예수께서도 너희들 중 죄 없는 자 먼저 돌을 던져라 하셨다 합니다만 과연 사람은 움직이는 한 죄에 죄를 거듭하고 허물 위에 허물을 쌓을 수밖에 없는 존재가 아니겠습니까. 그러나 형이 아무리 큰 허물이 있다 하더라도 형을 아끼고 형을 존경하는 무리가 형의 등 뒤에서 형의 씩씩한 싸움을 소리 없이 응원하고 있다는 사실을 잊으셔서는 안 될 것입니다. 미약하기 들의 풀 같은 존재이지만 저도 그 무리의 한 사람입니다.

씩씩하게 싸워주세요. 그것을 걸음 삼아 형의 심령心灵을 더 한층 깨끗하고 크게 하여 주세요. 이 모든 일이 다 우리에게 유익하게 역사役事하여 주시라고 확신하십시다.

단기 4289년(1956) 12월 29일

정태시鄭泰時 재배再拜

장 윤張 潤 대형大兄 귀하貴下

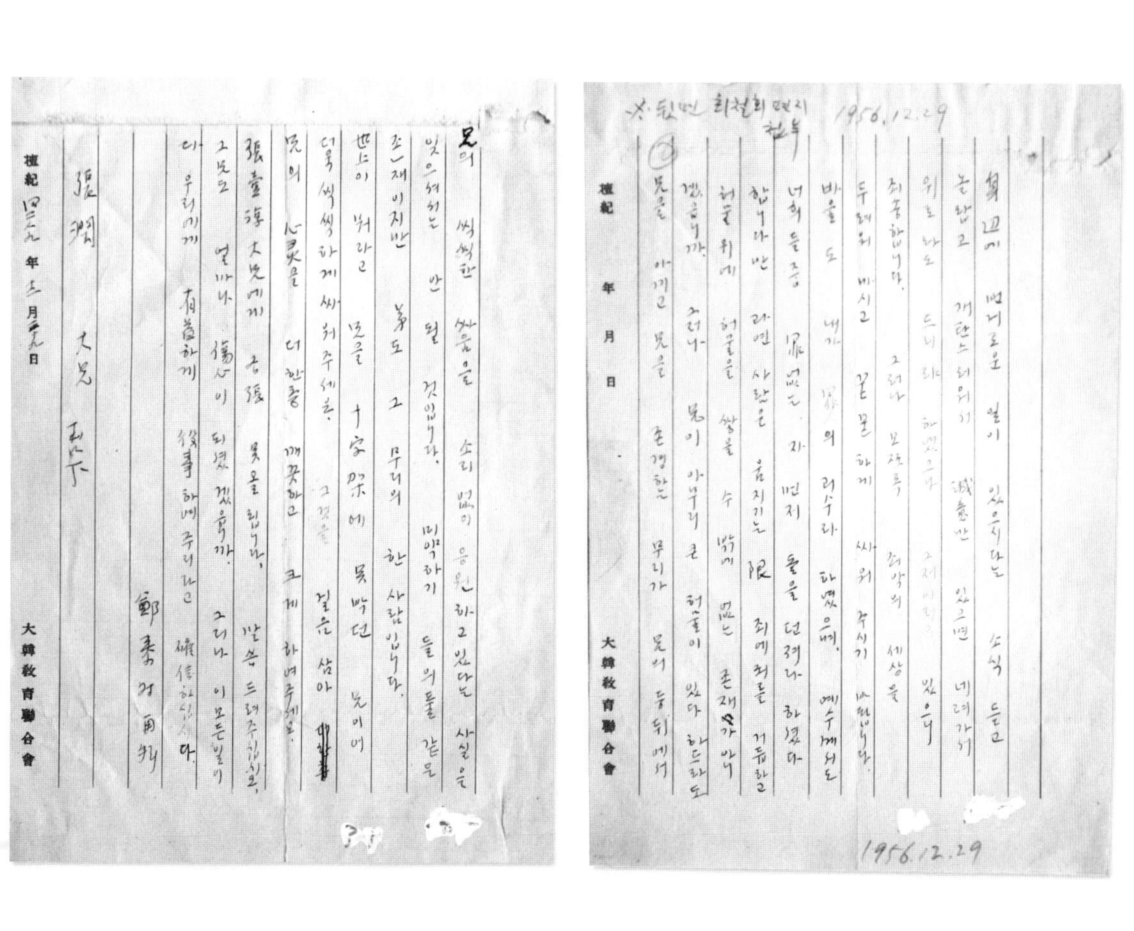

※ 뒷면 [illegible] 편지 첨부 1956.12.29

貴校에 번거로운 일이 있으시다는 소식 듣고
놀랐고 개탄스러워서 誠意만 있으면 내려가서
위로라도 드리려 하였으나 [illegible] 있으나
죄송합니다. 그러나 모쪼록 죄악의 세상을
두려워 마시고 꿋꿋하게 싸워 주시기 바랍니다.
바울도 내가 罪人의 괴수라 하였으며, 예수께서도
너희들 중 罪없는 자 먼저 돌을 던져라 하였다
합니다만 과연 사람은 숨지기는 限 죄에 죄를 거듭할
허물 위에 허물을 쌓을 수 밖에 없는 존재가 아니
겠습니까. 그러나 兄이 아무리 큰 허물이 있다 하드라도
兄을 아끼고 兄을 존경한 무리가 兄의 등 뒤에서

大韓敎育聯合會

1956.12.29

兄의 씩씩한 싸움을 소리 없이 응원하고 있다는 사실을
잊으셔서는 안 될 것입니다. 미약하기 들의 돌 같은
존재이지만 弟도 그 무리의 한 사람입니다.
世上이 뭐라고 兄을 十字架에 못박던 兄이여
더욱 씩씩하게 싸워주세요.
兄의 心靈을 더 한층 깨끗하고 크게 하여주세요.
張臺長 大兄에게 [illegible] 말씀 드려주십시오.
그 兄도 얼마나 傷心이 되셨겠습니까. 그러나 이 모든 일이
다 우리에게 有益하게 役事하여 주리라고 確信하십시다.

鄭泰時 再拜

張湖 大兄 座下

檀紀 四二八九年 十二月 二十九日

大韓敎育聯合會

＊＊＊

동호東湖 정태시鄭泰時 선생은 1917년 충남 서천에서 출생. 대성고 교장 및 법인 이사, 대한교육연합회 사무총장, 공주교육대학 학장 등을 지냈다. 세계 교직자 단체 연합회 활동을 비롯해 36개 국내외 사회활동에 참여했으며, 1971년 정부로부터 국민훈장 목련장을 받았다. 2001년 4월에 별세. 유족들이 선생의 유지를 받들어 대성학원 발전기금으로 3천만원을 기탁했다. 수록한 편지는 학교에 관련된 나쁜 보도로 어려움을 겪을 때 보내주신 위로의 글이다.

불 망 기

착한 사람들은

천당에 간다지만

하늘보다 더 맑고

가을물보다 더 깨끗한

이분들을 어디에서

만날 수 있을까

푸른 잔디여 이 무덤을

고이 지켜주오

이 속에는 꽃보다 아름다운

생명이 누워 있으니

글 : 태 암 장 윤

***

정태시 선생의 부인 신숙철 여사가 작고했을 때 필자가 비문을 지어 세운 불망비(1997). 신숙철 여사는 한글학자 신기철 선생과 신용철 선생의 누님.

권태, 구역질, 메스꺼움…

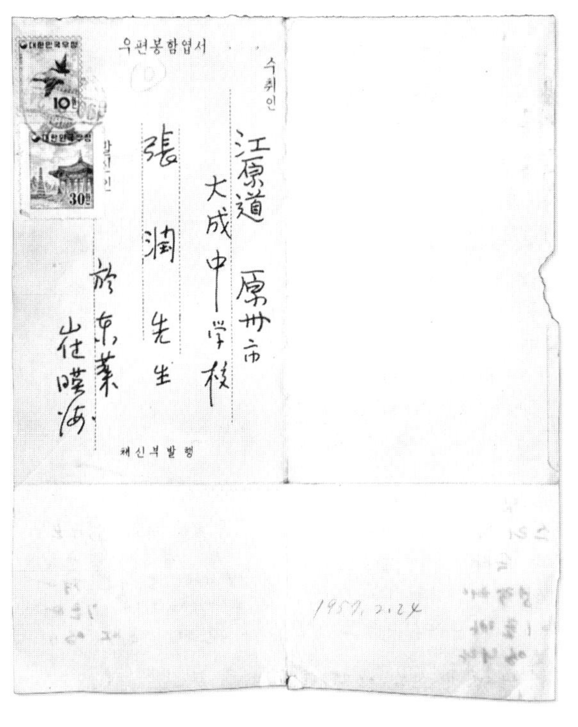

하도 답답하여
멀리 와 보았읍니다
온천물은 따겁지
않고, 넓은 방안은
담배 연기로 채우고
그리고 권태, 싸르
뜨르의 말대로 하면
구역질·메시꺼움……
아침도 못먹고
나가봐야 내가 어디로
갈지를 정해지는 오늘
하루가 전개됩니다.

참새 재재거리는
소리보다는 신혼부부(?)
의 속사김이 좋은것이라고
생각해야 된다…이것을
이를바 상고지도 않
았읍니다.
선생께 쓰는 이 우서운
글을 다시 읽어보니
가위 명문이기 춘현이
형에게도 오대로 적어
볼가 합니다. 이른바
一石이 二鳥입니다

1957. 2. 24.

＊＊＊

외솔 최현배 선생의 장남인 최영해崔暎海 도서출판 정음사 사장이 동래온천에서 보내온 엽서.

대성학교장 장윤씨大成學校長 張潤氏

大成學校意義大 대성학교의의대
成均閱列是大成 성균열열시대성
學業閱源先聖學 학업열원선성학
校舍建設近鄕校 교사건설근향교
長選大成學校長 장선대성학교장
張公家門文學張 장공가문문학장
潤身其德永世潤 윤신기덕영세윤
氏之芳啣張潤氏 씨지방함장윤씨

대성학교 설립의 뜻이 크고도 넓으니
인재 육성에 가려 뽑은 곳이 대성이라
학업의 근원 옛 성현의 가르침으로
학교를 향교 가까이에 세웠네
대성학교의 장으로 선출되었으니
장공 가문의 학문 널리 베풀게 되었네
그 덕은 윤이 나서 길이 세상을 빛내니
씨의 이름은 장윤씨라

단기檀紀 4290년(1957) 10월 11일
원주향교原州鄕校 심의성沈宜聖

***

대성학교 개교 때 원주 향교 시설을 이용했었다. 이런 인연으로 필자는 향교를 물심양면으로 도와주었다. 심의성 전교가 감사의 뜻으로 보내온 시다.

이효상효以孝傷孝 마시길

신문新聞으로

선대부인先大夫人[1] 기세棄世[2]하신 부보訃報 받사옵고 경달驚怛하여 마지않습니다. 노환老患이 오래 계속되는 사이 효孝를 다하시었으니 마음에 부족이 없으실 것이오나 얼마나 애통哀痛하실지 위로하올 말씀이 없습니다.

초종범절初終凡節[3]에 얼마나 심려心慮 하시올지 나아가 배곡拜哭치 못하오니 송구하옵고 인형의 대효大孝로서 이효상효以孝傷孝[4] 마시고 보실保室[5]하시기 지원只願 하나이다.

1961년 12월 23일

박원식朴元植

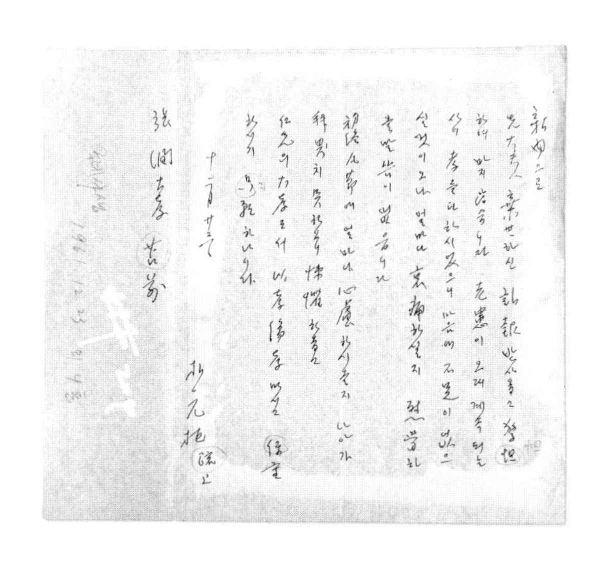

新聞으로
先大夫人 棄世하신 訃報 받사옵고 驚怛
하여 마지않습니다 老患이 오래 계속되는
사이 孝를 다하시었으니 마음에 不足이 없으
실 것이오나 얼마나 哀痛하실지 慰安할
말씀이 없읍니다
初終凡節에 얼마나 心慮하시올지 나아가
拜哭치 못하오니 悚懼하옵고
仁兄의 大孝로서 以孝傷孝 마시고 保室
하시기 只願하나이다
十二月 廿三日
朴元植 拜上

＊＊＊

필자 결혼식 때 주례를 서주셨던 박원식 선생께서 모친 별세 시에 보내주신 위로 편지.

---

1 상대방의 어머니에 대한 존칭 2 돌아가심 3 처음부터 끝까지 모든 절차의 예절 4 효성이 지극한 나머지 부모의 죽음을 너무 슬퍼하여 병이 나거나 죽음 5 가정을 지켜나감

육영에 정진하길

천만의千萬意하여

부음을 접하고 경악하나이다. 또 장사일이 지난 후라 조전으로 위로 전해 드리지도 못하여 심히 민망할 뿐이외다.

바라옵건데 이효상효以孝傷孝하는 일이 없이 자중하시기 바라며 학교의 일로 그렇게 수고를 하셨는데, 또 학교를 건설하신다면 육영의 중대한 임무라고 사료됩니다. 정진하시기 바라 마지않습니다.

1962. 1. 2.

장용하張龍河

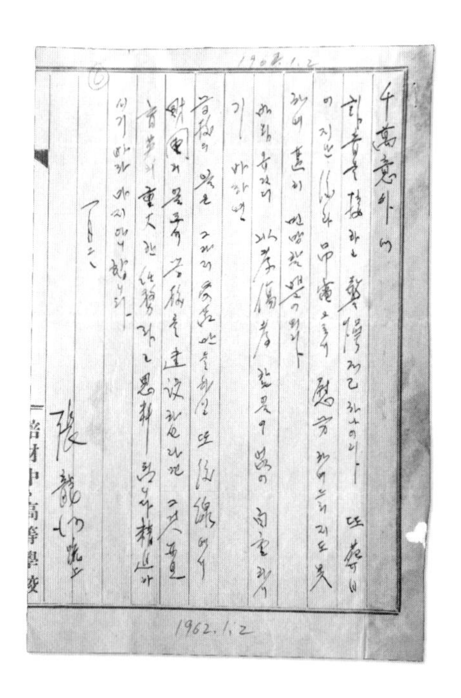

***

배재 고등학교 교장을 지내신 은사 장용하 선생이 어머님 별세 시에 보내주신 위로의 편지. 학교법인 대성학원 장석희 이사장의 숙부.

노성한, 구도자연한 풍의 학생

이번에 장윤군이 수필집을 낸다고 나 보고 그 서문을 써 달라고 한다. 그 수필집도 원주 대성중·고등학교 20주년을 기념하는 뜻에서 간행하기로 했다는 것이다.

대성학교는 장張군이 그 설립자요, 뿐만 아니라 재단 이사장과 교장직을 번갈아 역임하면서 육성 발전에 심혈을 기울인 사람이니만큼 20년의 긴 자취를 돌이켜 보면서 남다른 감회가 있었을 것이며 그러니까 기념으로 수필집을 내는 것이라고 추찰推察된다.

헌데 나는 본래 문필과는 거리가 먼 사람으로 더구나 수필집에 서문을 쓴다는 것이 염치 없는 망녕이 아니냐고 되새겨 보았다.

그러나 친한 후배의 부탁이요 또 그 학교 설립에 다소나마 조언자가 되었던 인연도 있는 사람이니 문文의 졸부는 고사하고 쓰기로 한 것이다.

장윤 군은 본래 원주 출신으로 배재 고등학교를 졸업하고 해방후 성균관대학교 영문과를 나온 사람이다. 중·고교 시절에는 나의 친우 율계栗溪 한기준韓基駿형의 사랑을 받은 애제자였고 따라서 나와도 사제지의師弟之誼가 있으나 그보다는 유달리 친하게 지내는 사이인데 그 까닭은 그에게서 받은 깊은 인상 때문이었다.

청운의 꿈은 청년 시대에 누구에게나 있는 꿈이요, 오히려 그것이 청춘의 향기요 체취인 것인데, 8.15 해방 후 우리나라 대학생들에게는 그 강도가 과도하게 강해서 대학생은 누구나 정치니, 사회니하고 들떠서 속된 출세 풍조가 흐르고 있을 때에 장 군은 노성老成한 사람처럼 인생의 올바른 길을 찾으려는, 마치 구도자연한 풍風의 발언을 흔히 하는 학생이었다.

같은 동향인으로 중·고교 때부터 그를 다년간 교육한 율계栗溪 형의 말을 빌리면 「윤이는 좀 유다른 별종의 학생이지. 때로는 늙은이 같이 구는 학생이야」하는 평을 받을 만하였다.

물론 장 군도 딴 젊은 사람과 같이 야망을 가진 사람이었지만 그래도 비속하지 않은 일면이 엿보였고 어딘지 모르게 깊은 통찰력을 지닌 사람처럼 보여서 은근히 기대할 수 있는 청년이라고 느꼈던 것이다. 그러니 만큼 장군은 학생회니 무슨 회니 하는 학생 활동에는 무관심한 사람이었고 또 학과 공부도 출석률도 좋은 편은 아닌 초연파라고 할까, 여하간 유다른 학생이라는 인상을 깊게 했던 것이다.

그런 사람이니만큼 세상을 온통 개인주의라기보다는 이기적인 사회 기류가 노도怒濤 같이 휘몰아치는 판에 관계요, 재계요, 하는 출세와 영달의 길을 외면하고 조상祖上의 유산을 털어서 대성학교를 세운 것이다.

독립 한국의 완수는 인재를 양성하는 데에서 구할 수밖에 없다는 판단에서였을 것이며 조상의 유산을 길이 빛내고 이 땅에서 생을 받은 자신自身으로 이 땅에 보답하는 길도 오직 이 땅의 아들 딸들을 기르는 이 한 길이라고 생각하였던 까닭이었으리라.

허나 누가 보아도 떳떳한 이 길이 이런 세상에는 가장 고난의 길이다. 육영이 영리와 축재에 이용 혼동 되어가고, 교육 기관이 부정 축재하는 모리관과 동일시되게 되는 판국이니 말이다. 사도가 땅에 떨어져서 사도시邪道視되게 되었으니 이 모순과 부조리의 틈바구니에서 사회의 전도를 생각하고 교육이 지닌 사명을 반성하면서 남의 자녀를 앞에 놓고 과연 양심적인 스승이 될 수 있을까? 일일삼성一日三省을 거듭하면서 한 학교를 운영해야 하는 그 노고는 남이 상상하기 어려운 고난의 길이요 험난의 길이다.

이런 험로를 장 군은 풍풍우우風風雨雨 속에서 정진 또 정진 20년을 쉬지 않고 거듭한 나머지 오늘의 대성중고등학교라는 고층탑을 쌓아 올렸다. 말하자면 공든 탑이라 하겠다. 많은 인재가 대성의 교문을 통해서 들어왔고 3년, 6년의 교육과 훈련을 거쳐 그 대성문大成門으로 나갔다. 과연 얼마나 대성한 재목이 되었을까 하는 기우가 이 기념일을 당하여 장 군에게 생겼을 것이다.

그 많은 사람 중에 홍익인간 할 수 있는 사람이 몇이나 될까? 유방백세遺芳百世는 못할지라도 독세해민毒世害民하는 사람은 되지 말아야 할 터인데 하는 노파심이, 그 스승의 걱정이 오늘의 장 군에게 파동 칠 것이라고 그의 말을 들어서 추찰된다.

나는 이렇게 말하고 싶다. 그런 스승의 노파심, 그 기우가 땅에 떨어진 사도를 바로 잡는 유일의 기틀이 될 것이라고 믿는다. 우리 교육계에 그런 반성력을 가진 스승이 몇이나 되느냐에 따라 문제는 해결될 것이 아닌가 한다.

그는 청소青少때부터 별종의 학생이었다. 비속한 냄새가 없는 노성한 맛이 있다는 평을 받은 장 군이 직접 시험관을 흔드는 과학자처럼 남의 자녀를 조석으로 관찰하면서 20년을 지내온 사람이니 비단 교육에서뿐만 아니라 인생 전체를 보고 듣고 느끼고 생각하는 모든 점에 남보다 다른 점이 있을 성싶다.

1974년 5월 20일

우관又觀 이정규李丁奎

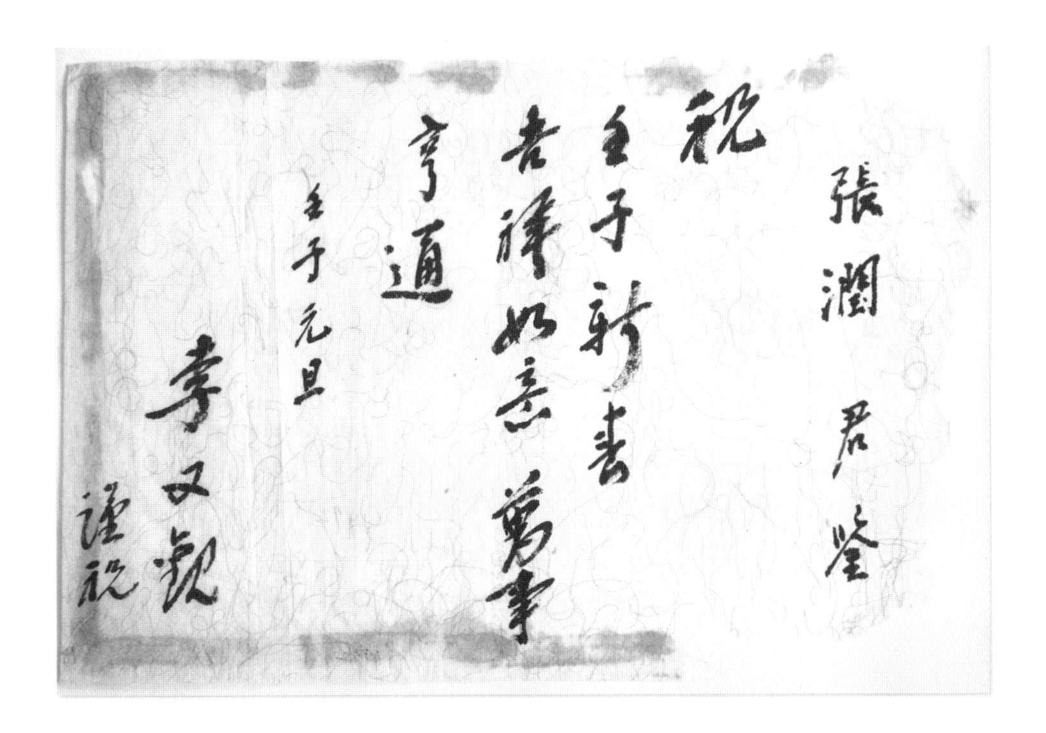

張潤 君鑒

祝 壬子新春

吉祥如意萬事

亨通

壬子元旦

李又觀 謹祝

***

성균관대학교 은사였던 우관 이정규 선생(1897-1984)(성균관대학교 초대 부학장, 제7대 총장 역임)께 수필집 서문을 부탁했던 바 보내주신 글. 아래는 우관 선생의 휘호.

감사한 말씀 일필난기

존경하는 장윤 선생님께

심한 장마와 폭염暴炎인 복중伏中, 귀체貴體 만안萬安하시며 귀교와 하시는 사업에 형통하시기를 앙하복원仰賀伏願합니다.

불초자不肖子의 졸저拙著를 분에 넘치게 과찬하여 주시어 감사한 말씀 일필난기一筆難記이오며 도리어 부끄러움으로 머리를 둘 바 모르겠습니다.

너무도 감격했습니다. 촌필寸筆로 인사를 드립니다.

여불비상餘不備上

1984. 7. 23.

김동옥金東玉 배상

***

대학 동기인 유승국(성균관대 유학대학장) 교수의 장인인 김동옥 이천 양정학원 설립자는 필자를 사립학교 모임 때마다 앞에 세우곤 했다. 김동옥 전 이사장은 사학 법인 협의회 경기도 초대 회장을 지냈다.

사진 한 매 동봉합니다.

1985년 6월 14일자 귀한은 감사히 받았습니다.

그간 이것저것 시간이 없어 답한을 보내드리지 못하였습니다.

요청하신 대로 사진 1매를 동봉하오니 받으시기 바랍니다.

상금도 잔서가 유심한데, 건강에 유의하시면서 육영사업이 계속 성공적으로 진행되기를 기원합니다.

여는 불비다례하나이다.

1985년 8월 16일

최규하崔圭夏 배

***

원주 출신인 최규하 전 대통령께 학교 소장용으로 사진을 보내달라는 편지를 보냈는바 그에 대한 답신. 이때 보내주신 최 전 대통령 내외분의 사진은 대성학원 사료관에 보관되어 있다. 최규하 전 대통령은 외무차관 재직 때인 1960년, 대성교지 '치악' 제3호에 '일본의 중 · 고등학교 학생'이란 글을 기고한 바 있다.

견인불발堅忍不拔 초지일관初志一貫

앙축仰祝 영신만희迎新萬禧[1]

취송就悚

귀하의 연하장을 수일 전 배독拜讀하고 감사천만이로소이다. 귀하 장윤 선생의 견인불발堅忍不拔[2] 초지일관初志一貫하신 존의尊意를 흠모 경축합니다.

일생을 육영사업 건설을 성직으로 초지일관 대성학원의 새 학교를 복잡한 도시에서 무실동 성지로 이전하신 고초와 웅지를 진심으로 치하하오며 앞날의 발전을 경축합니다. 이 노옹老翁 김동근金東根은 다년간 춘천에서 장 선생 비호로 다년간 거주하다가 작년 10월 말 장남 거주지 서울로 이주하였습니다. 그간 격조하였음이 죄송천만이로소이다.

20년 전 강원도 교육계를 퇴임하고 춘천에서 서울로 이사하는 소생에게 과거의 우의로 별책을 편찬하여 강원도를 퇴거하는 소생의 증물證物로 회송하여 주셨습니다. 교육자 제위에게 더욱 감사하는 동시 죄송할 따름이옵나이다. 일부 송부하오니 소납笑納천만입니다.

1990. 2. 12.

김동근金東根

***

강원도 초대 교육감

1 새해를 맞이하여 만복을 빕니다 2 굳게 참고 견디어 마음이 흔들리지 아니함

졸축서매拙祝書枚

제번除煩하옵고

경오년庚午年도 저물어 가는데 10월 영애令愛 결혼식에 참석을 못하여 결례가 많았습니다.

만시지탄晩時之嘆이었사오나 작금에 쓴 졸축서매拙祝書枚[1]를 앙송仰送 하오니 하람下覽하신 후 본인들에게 전하여 주시면 감사하겠습니다.

경오 납월 초일일庚午 臘月 初一日[2]

안동준安東濬 배拜

장 윤 대인 좌하大仁 座下

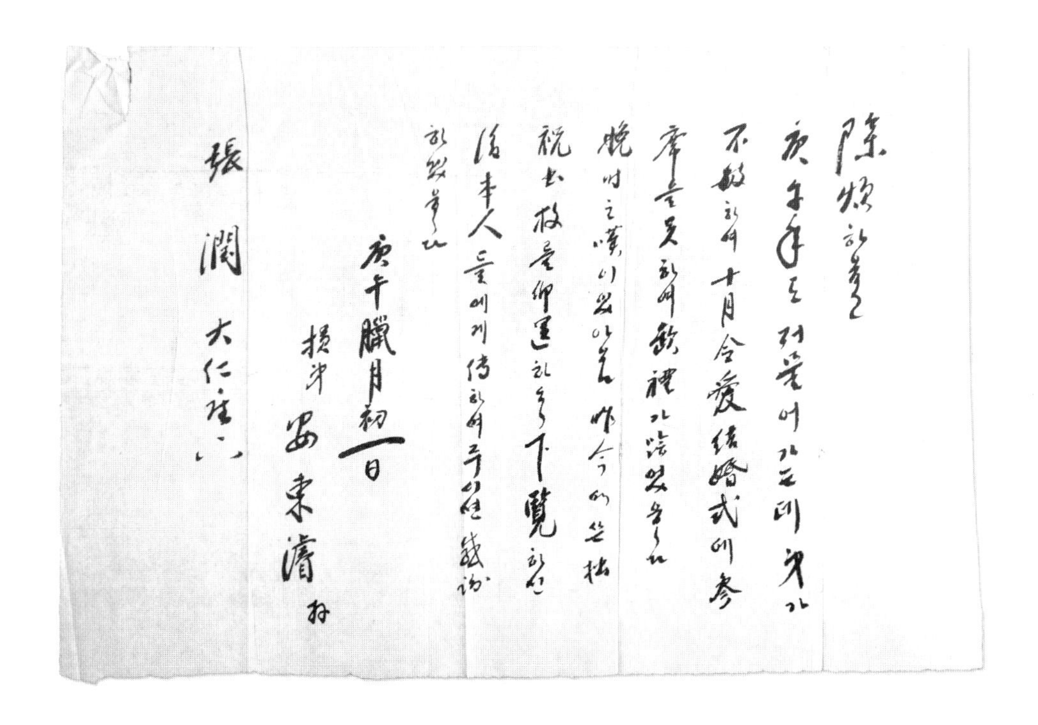

除煩하옵고
庚午年도 저물어 가는데 [illegible]가
不敏하여 十月 令愛 結婚式에 参
席을 못하여 缺禮가 많았읍니다
晩時之嘆이었사오나 昨今에 쓴 拙
祝書枚를 仰送하오니 下覽하신
後 本人들에게 傳하여 주시면 感謝
하겠읍니다

庚午臘月初一日
拙弟 安東濬 拜

張潤 大仁 座下

***

안동준 선생께서는 충주 학교법인 미덕학원 설립자.

---

1 자신이 쓴 축하 글씨를 겸손하게 일컫는 말 2 1990. 12. 1.

후에 오는 인간이 나보다 낫다

지난 구정에는 정에 넘치는 선물을 보내주셔서 정말 고맙게 받았습니다. 언제까지나 구의舊誼를 잊지 않으시고 돌보아 주시는 덕의德義에 그저 감격할 따름입니다. 젊어서 주책없이 배운 것 무용無用의 학문이 해방이 되자 새나라 건설의 한 구석의 보탬이 될 기회를 얻어 이 무용지물 같던 인간이 그래도 제 나름대로 나라에 이바지한 긍지를 절실히 느끼며 살아온 생명이 어느덧 장수의 행운을 누려 다음에 온 세대들의 정의롭게 힘찬 활약으로 국운이 놀랍게 신장함을 목격하는 심회心懷는 그저 감개무량할 따름입니다.

며칠 전 소위 후배라고 할 사람들이 서넛 찾아왔다 갔습니다. 각기 자기들 저서를 한 권씩 내놓았는데 그 내용의 깊이는 이 노후물老朽物의 얼굴을 붉히게 하였습니다. 그들의 살아온 세계는 내가 보내온 세상과는 비교할 수도 없이 넓고 다양하며 그들의 지식은 해박하였습니다. 그러면 나는 그들 앞에 얼굴을 붉혀야 하겠습니까? 나보다 후에 오는 인간이 나보다 낫다는 것은 그만큼 이 나라가 나아졌음을 의미하며 그만큼 나의 긍지가 높아지는 것입니다.

그러고 보면 귀형께서는 직접 교육 기관을 창설, 더 유능한 인간을 만들어 내는 사업을 경영하며 한 지방에 확고한 지반을 닦아 이 나라를 더 낫게 만들 인재들을 만들어 내고 계시니 그 얼마나 도저한 일입니까. 한국은 과거에 지식을 위한 지식을 숭상했습니다. 그것은 소생이 달갑게 보지 않던 소극적 교육이었습니다. 이제 국가의 국민이 적극적이고 행동적이게 유도하는 것일 것입니다. 귀형은 이제까지 그런 인간들을 육성해 왔고 이 육영 사업에 효율을 높여가고 계십니다. 그만큼 우리 국민의 역량이 높아지며 그 여덕이 전 국민에, 이 한 구석의 소생에게까지 미치며, 귀형께서 소생에게 베푸시는 호의가 바로 소생이 한국인인 행운에서 오는 것임을 느낍니다. 전반생을 허송한 소생으로서는 반쪽이나마 다시 찾은 조국의 품

지난 旧正에는 情에 넘치는 膳物을 보내주셔 정말 고맙게 받았읍니다 언제까지나 舊誼를 잊지 않으시고 돌보아 주시는 德義에 그저 感銘할 따름입니다 젊어서 주책없이 배운 것이 無用의 學問이 解放이 되자 새나라 建設의 한 구석의 보탬이 될 機會를 얻어 이 無用之物 같던 人間이 그래도 제나름대로 나라에 이바지한 矜持는 現實生活에 無能한 人間에 그저 나라의 고마움을 切實히 느끼며 살아온 生命이 어느덧 長壽의 幸運을 누려 다음에 온 世代들의 驚異롭게 힘찬 躍進으로 國運이 놀랍게 伸長함을 目睹하는 心懷는 그저 感慨無量할 따름입니다

며칠전 所謂 後輩라고 할 사람들이 서넛 찾아왔다 갔읍니다 各己 自己는 著述을 한 卷씩 내놓았는데 그 內容의 깊이는 이 老朽物의 얼굴을 붉히게 하였읍니다 그들의 살아온 世界는 내가 보내온 世上과는 比較할 수도 없이 넓고 多樣하며 그들의 知識은 該博하였읍니다 그러면 나는 그들 앞에 얼굴을 붉혀야 하였읍니까? 나보다 後에 오는 人間이 나보다 낫다는 것은 그만큼 이 나라가 나아졌음을 意味하며 그만큼 나의 矜持가 높아지는 것입니다

그리고 보면 貴兄께서는 直接 教育機關을 創設하여 直接 國民을 더 有能한 人間을 만들어 내는 事業을 經營하며 한 地方에 確固한 地盤을 닦아 이 나라를 더 낫게 만들 人材들을 만들어 내고 계시니 그 얼마나 도저한 일입니까 韓國은 교육에 知識爲한 知識을 崇尙했읍니다 그것은 小生이 달갑게 보지 않던 消極的 教育이었읍니다. 이제는 國家의 重要課題가 國民이 積極的이고 行動的이게 誘導하는 것이 그 基本方針인 것입니다 貴兄은 이제까지 그런 人間들을 育成해 왔고 이 育成事業에 努力을 繼續해 가고 계십니다 그만큼 우리 國民의 水準이 높아지며 그 餘德이 온 國民에, 이 한구석의 小生에게까지 미치며, 貴兄께서 小生에게 베푸시는 好意가, 바로 小生이 韓國人인 幸運에서 오는 것임을 느끼며, 前半生을 失念한 舊韓의 속에 虛送한 小生으로서는 半쪽이나마 다시찾은 祖國의 물의 溫氣를 貴兄을 通하여 느끼옵니다

morning glory

의 온기를 귀형을 통하여 느끼옵니다.

이제 소생은 늙었습니다. 소생의 동배同輩는 거의 전부 세상을 뜨고 최근에는 건강인의 표본같이 보이던 소생보다 3세 반 아래인 이숭녕李崇寧 박사가 타계하는 것을 보고 인생의 무상과 쓸쓸함을 느꼈습니다만 인생칠십고희人生七十古稀인데 고희를 20년이나 더 살면서 주제 넘는 소리를 하는 것은 자신의 우매를 고백하는 일이며 이런 장수 역시 자기가 성취한 일의 미비함에 참괴慙愧를 가질 뿐이옵니다. 소생과는 비교할 바가 아니지만 귀형께서는 우리 모두의 생명을 지켜주는 국가에 크게 영속적으로 기여하는 사업을 경영하고 계십니다. 귀형의 사업 자체가 소생의 한국인으로서의 긍지를 높여주고 있습니다. 아무쪼록 자중하시어 국가에 공헌을 더욱 키워주시기 바라오며 소생 노망한 나머지 감사의 표현이 올만兀漫해진 것을 용서하시기 바라옵니다.

1994. 2. 17.

손우성孫宇聲 배상拜上

***

필자의 대학 은사. 성균관대학교 불문과 교수. 대학원장 역임.

이제 小生은 늙었읍니다 小生의 同輩는 거의 全部 世上을 떠고 最近에는 健康人의 標本같이 보이던 小生보다 3歲半 아래인 李良宰博士가 他界하는 것을 보고 人生의 無常(?)을 느끼며 쓸쓸함을 느꼈읍니다만 人生七十古來稀인데 古稀를 20年이나 더살면서 주제넘는 소리를 하는 것은 自身의 愚劣을 告白하는 일이며 이런 長壽自是 國家의 恩德임을 느끼며 自己가 成就한 일의 微微함에 慚愧를 느낄 뿐이오니 그런 機會自是 國家의 恩德임에 感謝의 마음을 품읍니다 小生과는 比較할 바가 아니지만

貴兄께서는 우리 모두의 生命을 지켜주는 國家에 크게 永續的으로 寄與하는 事業을 經營하고 계십니다 貴兄의 事業自体가 小生의 韓國人으로서의 矜持를 높여주고 있읍니다 아무쪼록 自重하시어 國家에의 功獻을 더욱 키워주시기 바라오며 小生 老衰한 나머지 亂筆의 表現이 冗漫해진 것을 容恕하시기 바라옵니다

2月17日

孫宇聲 拜上

張潤 理事長 貴下

둘째 묶음

장독대 깨어 교문의 초석으로

—친구들의 편지

인천 교향악단 연주는 대 호평

길수吉洙! 미안하기 짝이 없소.

한번 만나질 못하여 무엇이라고 말 할 도리가 없소.

그러지 않아도 3,4일 전 머리 깎은 명배明培[1]를 만난 꿈을 꾸고 우리 3형제[2] 상봉相逢 날을 그리워하던 중이오.

못 만난 것은 나의 잘못, 불성의不誠意는 아니오니 부디 양해하시오.

나는 심포니 지휘에 데뷔하기 위하여 원주 고향서 상경 후 오늘까지 인천에 있어요. 연주일에 가까운 친우는 모두 와 주었는데 우리 3형제만 무심無心하게도 흩어져 있어 꿈을 다 꾼 것 같소.

성과는 대성황이었고 인천 전시全市의 대 호평을 얻었소. 동봉한 것은 그날 프로Program이오며 신문 기사 평은 부송付送치 못하니 사진과 함께 어느 기회에 보여드리겠소. 자세히 의논도 못하고 가서 같이 지내지도 못한 몸이건만 항상 형의 주위 환경과 매일 심사를 잘 그리고 있습니다.

자모慈母, 누님 모두 안녕하시오.

모쪼록 예민한 신경을 쓰는 자모를 위로하며 가사처리家事處理 잘하여 앞길을 개척하길 바라오. 여가 있으면 귀향하겠오. 마지막으로 모든 행운과 건강을 빌며 이만.

***

[추追] 정재동鄭載東[3]일 보면 방학이라고 놀 생각 말고 상경하여 계획대로 연구하라고 하시오. 부탁하더라고…

---

1 초등학교 친구 2 홍승학, 김명배와 필자는 형제라고 불릴 만큼 친하게 지냈다. 3 정재동 씨는 20여 년간 서울시립교향악단 상임 지휘자를 지냈으며, 지금은 미국에 거주하고 있다.

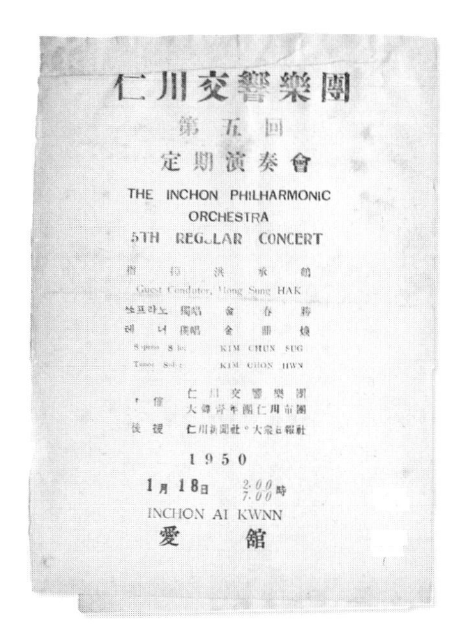
仁川交響樂團
第五回
定期演奏會
THE INCHON PHILHARMONIC
ORCHESTRA
5TH REGULAR CONCERT
指揮 洪承鶴
Guest Conductor, Hong Sung HAK
Soprano Solo: KIM CHUN SUG
Tenor Solo: KIM CHON HWN
主催 仁川交響樂團
大韓青年團仁川市團
後援 仁川新聞社 · 大衆日報社
1950
1月 18日 2:00 7:00 時
INCHON AI KWNN
愛館

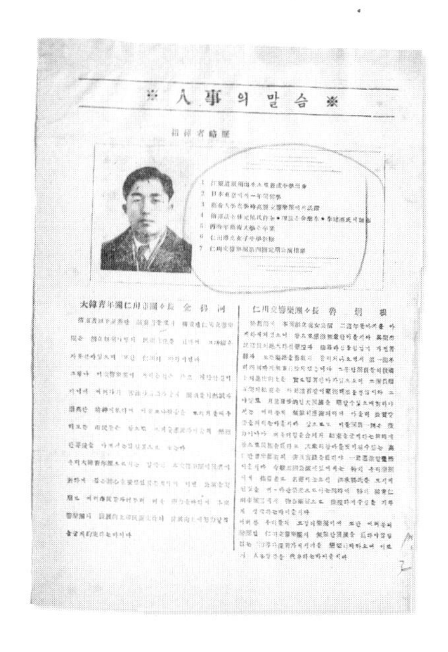
※ 人事의 말씀 ※
指揮者略歷

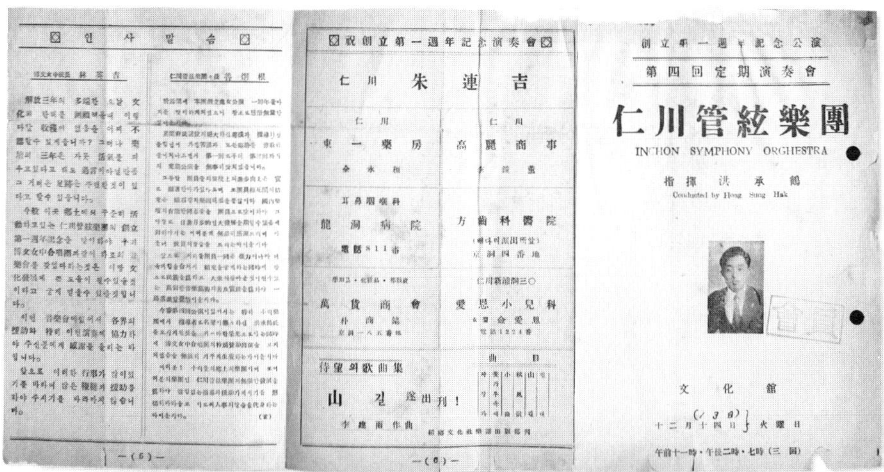
인사말씀
祝創立第一週年記念演奏會
仁川 朱連吉
東一藥房
高麗商事
龍洞病院
方齒科醫院
萬貨商會
愛恩小兒科
曲目
待望의 歌曲集
山길 近日出刊!
創立第一週年記念公演
第四回定期演奏會
仁川管絃樂團
INCHON SYMPHONY ORCHESTRA
指揮 洪承鶴
Conducted by Hong Sung Hak
文化館
十二月十四日 火曜日
午前十一時·午後二時·七時 (三回)

＊＊＊

원주초등학교 동기인 홍승학洪承鶴 씨는 젊어서부터 음악가로서 명성을 떨쳤다. 1950년 1월, 인천 교향악단 정기 연주회에서 지휘를 할 때 프로그램과 함께 보내온 편지. 그는 동란 당시 월북, 생사를 모른다. 김명배 씨도 생사를 알 길이 없다.

폭탄이 두 차례나 떨어져

길수에게

야, 길수야. 그 원주에서 그렇게 떠나기 힘들던 차가 간신히 떠난다 하였더니 기어코 유문[1]도 채 못 가서 뒷 바퀴 샤프트가 빠져 그곳에서 또 한 시간이나 지체. 과연 오래간만에 방문한 「홈타운」, 나 떠나가는 것이 몹시나 섭섭하였던 듯이 여러 수단을 써가며 나를 원주 쪽으로 붙드는 듯하여 감개무량 하였으나 결과에 있어서는 수원 가니 해가 저물어 으스스한 여관방에서 일박一泊. 종일 굶고 추위에 떨던 몸을 막 더운 석반夕飯에 풀고 나니 난데 없는 폭탄이 두 차례나 검은 하늘에서 근방에 떨어져 원주에서 나는 아직 세례의 경험이 없다고 떠든 것이 고만 히니꾸[2]되고 말았네. 그날 밤은 또 언제 이 반갑지 않은 선물이 낙하할지 몰라 잠을 자는 둥 마는 둥 새웠다. 그 익일은 부스스 내리는 눈을 뚫고 영등포를 거쳐 부평富平에 도착. 도중에 각종의 손님들이 탄 버스를 이용하니 그 와글바글 혼잡을 이루는 것이 오히려 평화로웠던 옛날을 연상시켜 반갑더라. 부평서 이곳까지는 지프 편便이 있어 왔는데 별안간 닥친 한파에 정말 산 채로 얼어버리는 줄 알았다.

이곳 돌아오니 만사여전萬事如前하며 경태[3]도 여러 가지 불편한 환경에서 건투중. 여하튼 이 겨울만 지내고 하부下釜하여 보자고 하였다.

그러면 또 편지 쓰지. 오늘은 안착 소식이나 전하고.

1951년 11월 27일

금성金城에서 이종덕李鍾德 서書

***

동향 친구인 이종덕 씨는 6.25 동란 때 강원도 금성에서 미군 통역을 했다. 당시 보내온 편지.

---

1 학성동 2 일어-비꼬는 말 3 김경태, 서울 상명공고 교장 역임

형의 결혼식 날에 거행된 하바드 대학 졸업식

길수吉洙 형에게

약 2주일 전에 서울 돈암동의 이종덕李鐘德 형으로부터 혜함惠函을 받고서 여러 가지 새롭고 귀중한 소식을 전달 받았는데 그중에서 특히 인상 깊은 뉴스가 있었으니 그는 다름 아닌 형의 결혼에 관한 것이었습니다.

그 순간 나는 마음껏 형의 대사를 축하하는 반가운 심경과 또 한편으로는 그러한 기꺼운 식전에 참가치 못한 것은 둘째로 하고 적어도 형을 직접 만나서라도 축언을 드리지 못하는 미안한 느낌과 적적한 마음의 교차로 괴로움을 금치 못하였습니다.

이제 늦었습니다만, 형의 한 겸손한 친구로서 선의와 우정을 다하여 이 지면을 통하여 형의 화혼을 축하드리는 바입니다.

종덕형 소식에 의하면 또 대성고등학교가 명실공히 그 위용을 갖추면서 일로 발전을 계속하고 있다니 이 역시 고맙고 반가운 일입니다.

형의 비상한 능력과 노력의 결정이라고 믿으며, 우리 고향의 비약적 전진을 위하여서 특히 경하할 일이라고 생각합니다.

현재, 하기 휴가로 휴교 중인 것으로 추측하며 형께서도 더위에 너무 무리하지 마시고 충분히 휴양하시기 바랍니다.

오늘이 바로 한국에서는 8월15일일 것이며, 지금 라디오 보도에 의하면 8.15 기념식전에서 한국 국민이 중립 감시단의 축출을 주장하고 있다는 것인데, 복잡한 문제이니만큼 감개무량과 흥분을 느끼지 않을 수 없습니다. 무사히 해결되기만을 기원하고 있습니다.

나는 형들이 염려하여 주신 덕분으로 지난 6월 16일(이날이 한국에서는 6월 17일, 형의 화혼일입니다)에 거행된 하버드 대학 졸업식에서 "석사" 학위를 받았습니다.

앞으로 계속하여 1년간 더 머물기로 결정하였습니다.

더위에 몸조심하시고 시간이 허용하는 한도 내에서 고향 소식, 귀교 소식, 친구들 소식 등등을 전하여 주시면 감사하겠습니다.

1955. 8. 15.

유형진柳炯鎭 배拜

***

필자와 원주 초등학교 동문인 유형진 교수는 석사 학위 취득 후 5년간 더 미국에 머물며 하버드 대학에서 박사 학위를 받았다. 귀국 후 숙명여자대학교 총장, 한양대학교 사범대학장, 대한교육연합회 회장 등을 지냈다.

지금은 귀심여시歸心如矢

우리나라 대포집 같은데 (또 그런 것밖에 없으며, 그것 이하짜리도 없고 집의 형식, 가격, 시설이 전국 통일) 한두 잔 하고 자는 일뿐이요, 공부는 좀 심한 편이고 한국인으로서 틀리기 쉽고 혼동하기 쉬운 Syllable의 Stress를 Tape에다 반복하니 영어는 가뜩이나 자신이 없는데 점점 오리무중五里霧中으로 들어가는 것 같소. 지금은 귀심여시歸心如矢 같고 돈만 있으면 우리 강산이 제일 좋은 것 같고 외국은 단시일간短時日間 돈이나 뿌리러 오는 곳이며 당지當地의 백호주의白濠主義도 지금은 절대적絶對的인 것은 아니나 하여튼 좋아 봤자 아무 연분緣分없는 타산지석他山之石이라. 그리고 또 죄송한 것은 최근까지 원주 장창국張昌國 1군사령관 생각을 하면 불쾌도하여 망설이다가 특히 최근에 그래도 안부 인사 겸 형의 이야기를 썼고 비록 저번뿐이 아니라 일반적으로 나와 동일한 사람으로 알고 지사知事에게 좋게 추천을 하도록 편지를 냈습니다. 그리고 김 교장, 김 선생(김용배) 들에게도 각각 인사 전언하시고 만일 회신 주실 때에는 김 교장 선생의 Full name과 또 저번에 말씀드린 가톨릭 신부의 주소도 부탁드립니다. 난필을 사죄하며 여불비례餘不備禮

1964. 3. 15. 어於 Sydney

제弟 박경윤朴敬潤

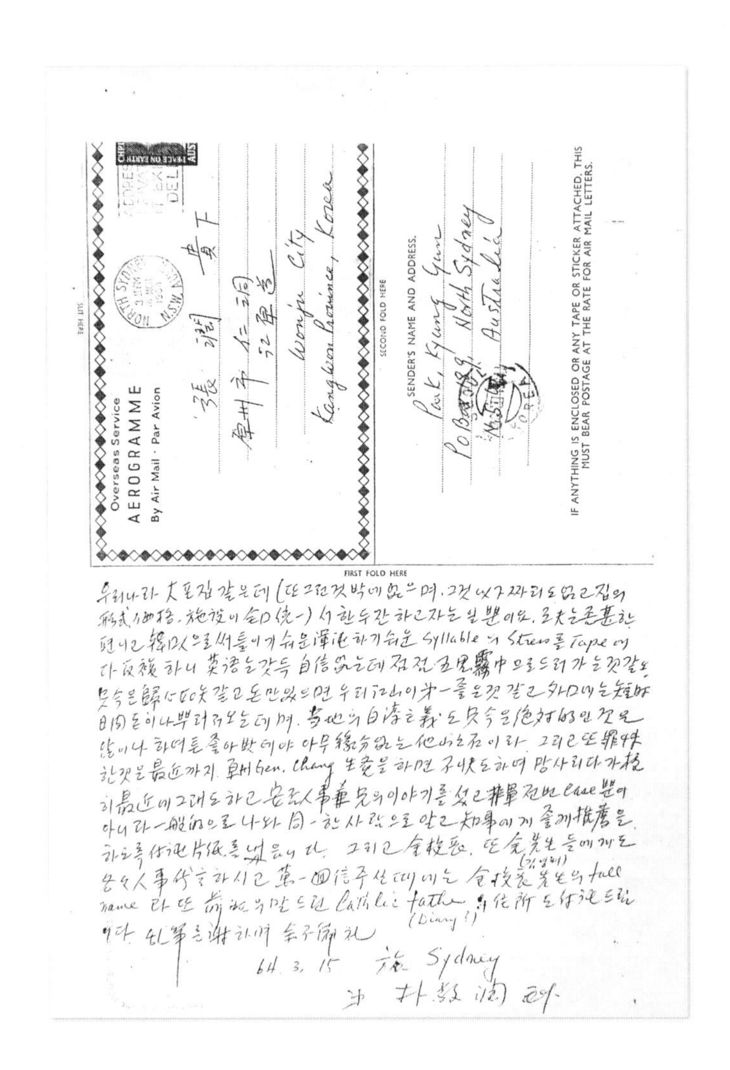

***

박경윤 선생은 필자 결혼의 중매를 하신 분이다. 폐암투병 시 필자에게 건강 검진을 권유해 필자는 위암을 초기에 발견해 수술 후 쾌유했으나, 박 선생은 아깝게 타계하셨다. 편지중의 김 교장은 김재옥 대성고 교장이며, 김 선생은 김영배 대성고 교사로 박 선생의 추천으로 채용했었다.

제자에게 길을 열어 주시오

윤이 형

헤어진 날 저녁에 인印군이 찾아 왔습니다. 서류를 서둘러 만들게 하여 여기에 동봉합니다. 보는 바와 같이 까다로운 선생만 몰려 있기로 학내에서 이름난 영문과에서 불구의 몸으로 이토록 좋은 성적을 내었습니다. 청은 이왕 말이 나온 것이니 무조건 채용하여 주십시오. 인군을 일전에 제가 추천하였더니(다른 곳에 말입니다) 몇 사람과 더불어 시험을 보게 되었는데 떨어졌습니다. 그 이유가 이 사람의 신체적 핸디캡에 있는 것으로 나부터도 짐작이 가기 때문에 애당초에 인군을 소개하는 것이 괜한 상심만을 해주는 감이 있었던 차입니다.

한 번 채용이 되면 이 사람으로서는 제2의 생을 원주에서 시작하는 셈이 되는 겁니다. 부디 내 사랑하는 제자에게 길을 열어 주시오. 그 대신 이 사람의 모든 것을 내가 책임집니다.

1966년 12월 24일

이문영

참, 오늘이 크리스마스 이브날입니다. 복 많이 받으시오.

＊＊＊

배재고 동기 이문영 고려대 교수가 교사를 추천해준 편지. 그때 임용한 인종건(영어과) 교사는 한쪽 팔을 잃은 분이었는데 대성에서 정년 퇴직했다.

촌저寸楮로 갈음하오니 양찰諒察하시길

근계謹啓

삼라만상森羅萬象이 생동하는 희망찬 새봄을 맞이하여 귀체 금안 하심을 앙축仰祝하나이다.

금반今般 정부 인사 발령에 따라 강원도 농림국장의 무거운 짐을 맡게 되었습니다.

회고하면 지난 1년 10개월 춘천시장으로 재임하는 동안 대과 없이 임무를 수행하였음은 오직 귀하의 따뜻한 성원과 편달의 은덕으로 생각하여 감사를 드립니다.

워낙 비재천학非才淺學한 탓에 신 임지에서의 맡은 바 일을 다 할까 크게 염려가 됩니다마는 변함없는 귀하의 충고와 지도로 성심껏 일할까 하오니 채찍질하여 주시기를 바라오며 일일이 진배進拜함이 도리인줄 아오나 우선 촌저寸楮[1]로 가름하오니 양찰諒察하시고 내내 고당高堂의 만복과 귀체貴體 보중保重 하시기를 소원하나이다.

서기 1968년 4월 15일

전영춘田英春 근배謹拜

＊＊＊

원주, 춘천, 인천, 광주 시장을 지낸 친구 전영춘 씨는 임지가 바뀔 때 마다 소식을 전해왔다.

1 짧은 편지

인심은 지금이나 예나 다를 것이 없다

태암 선생께

실로 오랜만입니다. 혹시 태암이 '이성상사'에 전화라도 하였다면 나의 근황을 알았을 것으로 알지만 나는 작년 11월 23일에 입원하여 진단을 위한 개복 수술을 받고서야 비로소 간에 종양이 붙어 자란다는 것을 알게 되었어요. 짧은 말로 암입니다. 태암도 상식적으로 잘 알고 있겠지만 간암이란 '죽음'과 동의어입니다. 처음에 입원했던 병원에서는 손을 댈 수가 없으니까 그대로 절개했던 복부를 꿰매고 입원한지 3주 만에 퇴원, 1주일 후에 다시 Memorial Hospital, New York이라고 암과 간의 절개 제거 수술로 유명한 병원에 다시 종양 부분을 제거 수술 받기 위하여 입원했었어요. 이곳에서는 여러 검사를 거치는 동안 몸의 상태가 도저히 수술을 감당할 수 없게 악화되어 입원한지 2주 만에 수술을 단념하고 Chemo Therapy라는 약물 치료를 받는 수밖에 없다는 의사들의 합의에 의해 1주일을 병원에서 이 약물 치료를 받고 3주 만에 또 퇴원, 그 후로는 외래 환자로서 약물 치료를 받으러 다니고 있는 중입니다.

그동안 가까운 친구들은 다들 알고 문안의 서신이나 전화가 왔는데 태암한테서 일언조차 없으니 아마 오늘까지 내가 죽음을 이기고 투병하고 있다는 사실을 모르고 있는 것 같고, 그래서 제일 소식이 궁금한 태암에게 이렇게 서신을 적고 있는 것입니다. 이제는 한 고비 넘은 것 같소. 내가 믿고 의지하는 예수 그리스도께서 약속하신대로 나를 죽음에서 끌어내서 병을 낫게 하시는 것으로 확신합니다.

아직은 밖의 출입은 못하나 이렇게 일어나서 편지를 쓸 수 있는데 까지는 회복이 된 것입니다. 오는 3월 28일에 Liver Scanning이란 X-Ray 사진을 찍게 되면 그간 얼마나 치유되었는가를 과학적으로 알게 되는 것이요. 그때에 또 소식을 전하지요.

인심은 지금이나 예나 다를 것이 없다는 것을 확신케 해준 것이 이번의 와병을 통한 체험입니다. 성서의 말씀대로 무엇을 먹을까 무엇을 마실까 무엇을 입을까 염려하지는 않지만 이제 나는 병과 싸우는 동시에 실업자가 되어 버렸어요. 광덕의 조석훈 사장이 하루는 집으로 찾아와 거북한 표정을 지으면서 머뭇거리다가 사표를 내달라는 것입니다. 여러 번 사의를 표했을 때는 만류하던 그가 이제 누워서 월급을 타먹게 되니까 이번에는 자기가 그만두어 달라는군요. 이 사람이 20년이 넘는 친구이고 사업 초기에 나에게 다소 신세도 진 이인데 이 모양입니다. 퇴직금 조로 4개월 월급을 준다니까 내가 일어날 때까지의 식생활 비용은 지불해주는 것이지만. 그러나 사직을 하는 좋은 기회를 주었다고 감사하고 있지요. 그도 사업상 사회적 책임도 큰 사람이니까 아무쪼록 성공하기를 하나님께 기도드리며 나의 섭섭한 마음을 달래고 있습니다.

태암의 육영 사업은 잘 되어 가는지. 전번 소식에는 모든 것이 잘 정돈된 것으로 말했었는데 그대로 잘되고 있는지. 하도 유동성 많은 작금의 세태이기에 역시 궁금하더군요. 이제는 딴 생각을 말고 육영 사업에만 전념하시오. 제일 보람 있는 사업이 아닙니까? 나도 이제부터는 내 일에 전념하고 고생이 된다고 딴 생각을 안 하기로 결심을 했어요. 우리 애들은 다 잘 있지요. 옥종이의 출가 문제가 제일 큰 일로 남아있고, 금종이와 숙종이는 대학에 다니고 있어요. 은종이는 고 2년이고, 숙종이와 은종이는 대학을 마친 후에 의과대학에 진학하겠다고 벼르고 있지. 다들 공부를 열심히 하고 학교 성적도 좋으니까 소원대로 되리라고 믿고 있어요. 태암의 애들 소식도 좀 전해주시오. 여백도 얼마 없으니 이만 줄이겠소. 부인과 애들에게 항상 건강의 축복이 있기를 기원하오. 뉴욕에서

1975. 3. 15.
이범일李範日

***

6.25 동란 때 미10군단 통역으로 만난 이범일 씨는 종전 후 미국으로 가서 사업의 성공도 했으나 간암으로 투병하다가 아깝게 숨졌다. 그는 많은 편지를 보내왔었다.

시인의 통신

정 운 님, 감사합니다
새해 항상 건승하시길

구 [illegible]
1976. 12. 28

장독대 깨어 교문의 초석으로

태암 장형

그동안 너무 적조하였습니다. 더욱이 좋은 책 보내주신 것 받고도 인사도 못 드려 송구스럽습니다. 그동안 댁 내외 두루 평안하실 줄로 멀리서 축원하고 있었습니다.

보내어 주신 수필집 고맙게 잘 읽어 보았습니다. 형의 인생 철학의 일단이 펼쳐져 있어 감명 깊었습니다. 특히 학교 만드시느라, 또 이끌어 나가시느라 고생하시고 노심초사하신 심경 잘 알 수 있었습니다. 누대의 장독대를 깨어 교문의 초석을 만드신 심정, 깊은 감동을 느끼지 않을 수 없었습니다. 언제고 한번 형의 심혈을 기울이신 대성학원의 모습을 보고 싶은 생각이 다시 한번 간절하여졌습니다. 형의 그 성의와 열의로 이 학원은 앞으로 무궁무진한 발전을 할 수 있을 것이란 믿음을 느낄 수 있었습니다.

좋은 벗에게서 좋은 책을 받고서도 제대로 인사도 못 차린 이 게으른 아우를 너무 책망치 마시기 진심으로 부탁드립니다.

대성학원의 무한한 발전을 바라며

1981. 3. 20.

장세희 드림

***

서울대학교 자연과학대학 학장과 대학원장을 지낸 친구 장세희 교수가 필자의 수필집을 읽고 보내온 편지. 장세희 교수는 한글 학자 장지영 선생의 차남.

세상을 즐기시는 선비의 진면목

참으로 오랜만이올시다.

지척이 천리라고 같은 하늘아래 살면서도 이토록 뵙기가 어렵구만요.

기간 시골 평창에 내려가 있다가 방금 귀소하온바 책상 위에 놓여 있는 귀저를 보옵고 친히 귀형을 대한 듯 반갑고 기쁜 마음을 가누지 못합니다.

이제 곧 완독하겠습니다. 우선 수 편을 읽고 그 주옥같은 내용에 깊은 감동을 받았습니다.

망중한忙中閑 그 바쁘신 중에도 붓과 더불어 세상을 즐기시는 선비의 진면목을 여실히 보여주신데 대하여 한편 부러우면서도 고마운 마음을 금치 못합니다.

귀서 "그 세월 그 사연"은 항상 좌우에 두고 애독하겠사오며 완독한 다음 오래 간직하여 귀중한 선물로 살겠습니다.

총망중 우선 감사의 말씀만으로 여는 약례불비 하나이다.

앞으로 더욱 문운을 빕니다.

1981년 3월 23일

황기현黃琪鉉 배拜

***

중앙정보부에 근무했던 황기현 씨가 본인의 책을 받고 보내온 편지.

장 윤 이사장님 앞

한미수교 백주년을 맞아 이곳 동부지역 미 신문에 수교일인 5월 22일자로 변변치 않은 제 글이 게재되었는데 참고로 보내드립니다. 백년을 점철한 거창한 국가 관계의 굴곡과 부침보다도 그 밑에 흐르는 진정한 인간관계를 기리는 내용입니다. 혹 공감이 가실런지요. 가정과 사업에 축복이 있으시기를 빕니다.

1982. 5. 22.

최원극 올림

LETTERS

A personal touch to U.S.-Korea ties

This year marks the centennnial of the establishment of relations between Korea and the United States.

On May 22, 1882 the two nations signed a treaty of peace, amity, commerce and navigation in Inchon, the port city west of Seoul. In commemoration of the occasion, Gov. King proclaimed 1982 as the "Year of Korea-United States Friendship." It is supposed to consummate a century of shared hardship, mutual confidence and joint struggle and progress toward a common goal between the two nations.

During this period, Korea experienced: National awakening from feudalism with the inflow of American influence; national movements against Japanese colonial rule and finally liberation from it through American support and struggle; the bitter Korean War which was fought, from beginning to end, by American soldiers, over 33,000 of them losing

cessful. Following the cataract operation, my father recovered his vision, and through sustained diabetes medication and simple diet, he regained strength and weight. And my mother has been completely freed from all the ailments caused by her condition. The attention, devotion and care of the doctors and nurses secured their supreme bliss. I want to convey the most sincere gratitude of my entire family to those in the medical profession who helped give them new lives.

This is only part of the story. It is equally gratifying to see my children all proceeding at full steam in their schooling, having overcome their initial setbacks in the early stages of settlement. They have indeed "no problems" whatsoever and are zealously pursuing their college courses to prepare themselves for future roles in their respective callings.

We are still strangers to fame and fortune, but nothing is lacking to my family which embraces three satisfactory, faithful generations. How can one's family be more wholly preserved, better motivated and more truly blessed? The crises encountered by my parents and the setbacks that plagued my children were blessings in disguise.

Before coming to America, I worked at American organizations in Korea for some 25 years, probably one of the longest tenures for a foreigner. But had it not been for the past three years, my tour with American units would have been an isolated story and a forgotten chapter, like so many others around the world.

It is true that my family episode is nothing unique. I imagine many alien families in this country have gone through similar experiences. Yet, it is humbly desired that these human ingredients might serve as tiny but valuable links connecting minds, nations and centennials.

It will be an added blessing if truly grateful and aspiring families that make up America keep this nation unspecially special and render it a continuing success story and an unceasing glory in this huge drama of mankind.

WON K. CHOE

Springfield

***

평소 가깝게 지내던 최원극 씨가 도미 후 보내온 편지. 최원극 씨는 다석多石 유영모柳永模 선생의 사위이다.

한·미수교 백년의 인간적 감회

금년은 한미 수교 백주년을 맞이하는 해다. 1882년 5월 22일 한국과 미국 두 나라는 항도 인천에서 평화, 화친, 통상, 항해 조약을 체결하였다. 「킹」지사는 1982년을 「한·미 친선의 해」로 선포하였는데 이는 지난 1세기에 걸친 한·미 두 나라가 나눈 고난과 상호 신뢰 그리고 공통 목표에 대한 두 나라의 공동 투쟁과 전진을 드높이 기리는 것이 될 것이다.

이 기간에 한국은 미국의 문물에 접하여 봉건주의로부터의 민족적 개화를 보게 되었으며 일제의 식민 통치에 항거하는 민족 운동을 전개하여 마침내 미국의 지원과 참전으로 해방을 성취하였고 뒤이어 발생한 쓰라린 한국 전쟁에서는 미국이 처음부터 끝까지 이에 참여하여 무려 33,000여 장병의 희생과 「맥아더」원수의 종언을 초래하였으며 최근에는 한국과 미국 두 나라 장병은 월남전의 고역을 같이하였다.

전후 한국은 안보, 경제 재건 및 민주 발전 등의 각 분야에서 미국의 광범한 지원으로 꾸준하게 뒷받침 되어왔으며 그 전선은 아직도 약 4만 명의 미군 병력에 의해 수호되고 있다. 최근 기십 년 동안 격동하는 세계 정국에서 두 나라는 가장 확실한 혈맹 관계를 견지하였다. 두 나라 관계를 이처럼 대국적인 면에서 헤아릴 수 있으나 나는 이를 소박한 인간적 면에서 생각해보고자 한다.

나와 내 가족의 지난 3년간의 미국 생활은 평범하면서도 특별한 것이었다. 83세의 고령인 양친은 처음 얼마동안 꽤 좋은 건강상태였으나 그 후 건강이 급격하게 악화되었다. 부친은 당뇨와 백내장으로 기력과 시력이 약화됐으며 모친은 담석증에 걸려 위급한 상태가 되었다. 극히 노쇠한 고령임에도 불구하고 병세가 위독하여 긴급 수술을 받게 되었는데 수술 결과는 성공이었다. 부친은 백내장 수술 후 약화됐던 시력을 회복하였으며 지속적 약물 치료와 간단한 식이요법으로 당뇨병을 극복하여 기력과 체중을 회복하였다. 모친은 담석증으로 야기되었던 온갖 질환에서 완전히 회복되었다. 양친을 담당했던 의사와 간호원들의 노력과 헌신

그리고 정성어린 간병은 최고의 축복이었다. 양친에게 새 생명을 마련해준 이들 의료진에게 나는 온 가족의 깊은 사의를 전한다.

내가 하고 싶은 이야기는 이것만이 아니다. 우리 모두에게 큰 몫을 차지하는 자녀 교육을 생각해 볼 때 이주 초기에 봉착하였던 온간 난관과 고배를 저들이 용케 극복하고 이제는 한결같이 학업에 일로매진하고 있어 내심 감격을 금할 수 없다. 저들은 이제 그야말로 이 사회에서 아무 문제가 없는 것 같으며 자기들이 맞이할 내일의 준비를 위해 한결같이 대학 과정을 열심히 치르고 있다. 나와 내 가족은 명성이나 재산은 아무 것도 가진 것이 없다. 그러나 스스로 만족하고 충실한 3대를 거느린 가정에는 부족한 것이 없다. 하나의 가정이 이보다 더 보전될 수 있으며 더 큰 의욕을 가질 수 있으며 더 참된 축복을 바랄 수 있을까. 돌이켜 생각할 때 양친이 당면했던 위기와 가아家兒들이 겪은 시련은 하나의 축복이었다.

나는 미국에 오기 전에 약 25년간 주한 미국 기관에서 일해 왔는데 이는 이직 당시 외국인으로서는 미국 기관에서의 최장 근속의 하나로 꼽힐 수 있을 것이다. 그러나 만일 지난 3년간이 여기에 추가되지 않았다면 미국 기관에서 보낸 내 지난 날은 오늘날 세계 도처에서 볼 수 있는 것처럼 하나의 고립된 일화요 망각의 장이 되고 말았을 것이다.

이상 소개한 내 가정의 이야기는 결코 특이한 것이 아니다. 필시 많은 다른 이주 가정이 이와 유사한 경험을 가지고 있을 것이다. 그러나 이와 같은 인간적인 요소가 마음과 마음을 연결하고 나라와 나라를 연결하고 지난 백주년과 다음 백주년을 연결하는 작고도 귀중한 고리가 되기를 충심으로 바란다. 나아가서 이 나라를 형성한 많은 감격과 이상에 충만한 가정들이 이 나라를 길이 특별하게 간직하고 이 거대한 인류의 무대에서 부단한 성공과 영광을 안겨준다면 다시없는 축복이 될 것이다.

1982. 5. 22.

최원극

***

한미 수교 백주년을 기념해 「스프링필드」 발행 「모닝 · 유니온」 지에 실린 기고문.

책 구경이나 열심히 하렵니다

안녕하십니까.

떠날 때는 일부러 들려주시었는데, 못 뵙고 명함만 받게 되어서 미안 천만입니다. 몇 번 다닌 길이지만 날로 발전을 해서 아직도 생소, 또 기력이 전과 달라 시차 극복에 시간이 많이 걸리어서 슬슬 어물어물 다니고 있습니다. 이기백[1] 선생의 한국사 신론은 하버드 대학의 연경학회와 일조각이 한·미에서 동시 출판하여, 해외판은 하버드 대학 출판부가 전담하기로 대체로 방침을 세우게 되는 것이 이제까지의 수확이라 할 수 있겠죠. 20일은 되어야 귀국하기 때문에 장 선생에게만 부담을 드리게 되어서 미안합니다. 회의는 오늘부터인데 어제 도착하여 꼼짝 않고 잠만 잤더니 이곳 시간 3시부터는 잠이 깨어 이것저것 뒤적거리다가 펜을 들었습니다.

떠나면 서울 생각뿐이고, 사방 주위, 상하 천지가 그놈의 영어 투성이라, 다 못 알아듣고— 알아듣는 것이 아주 조금이죠— 속 시원히 말 못하고, 어려운 것은 유사장[2]이 도와주지만, 번번히 겪는 답답함과 아쉬움이 이, 삼년 지나면 또 새로 겪어야 하니 일종의 방랑벽이라 하겠습니다.

회의장에는 "총회꾼" 노릇이나 하고 -이미 많이 했으므로 요령도 생겼지요- 책 구경이나 열심히 하렵니다. 보스턴에서는 마침 만청[3]군이 뉴욕에서 합류, 떠나기 전에 몇 십 년 만에 한 방에서 베개를 나란히 하고 늦게까지 이야기하면서 하룻밤을 자고, 그 이튿날 동서로 갈라졌습니다. 이야기 거리 많이 장만 중입니다.

1982. 6. 15.

제弟 한만년韓萬年

---

1 이기백李基白 역사학자, 서강대 교수 2 유익형柳益衡 범문사汎文社 사장 3 한만청韓萬靑 한만년 사장의 계씨, 서울대 병원장 역임

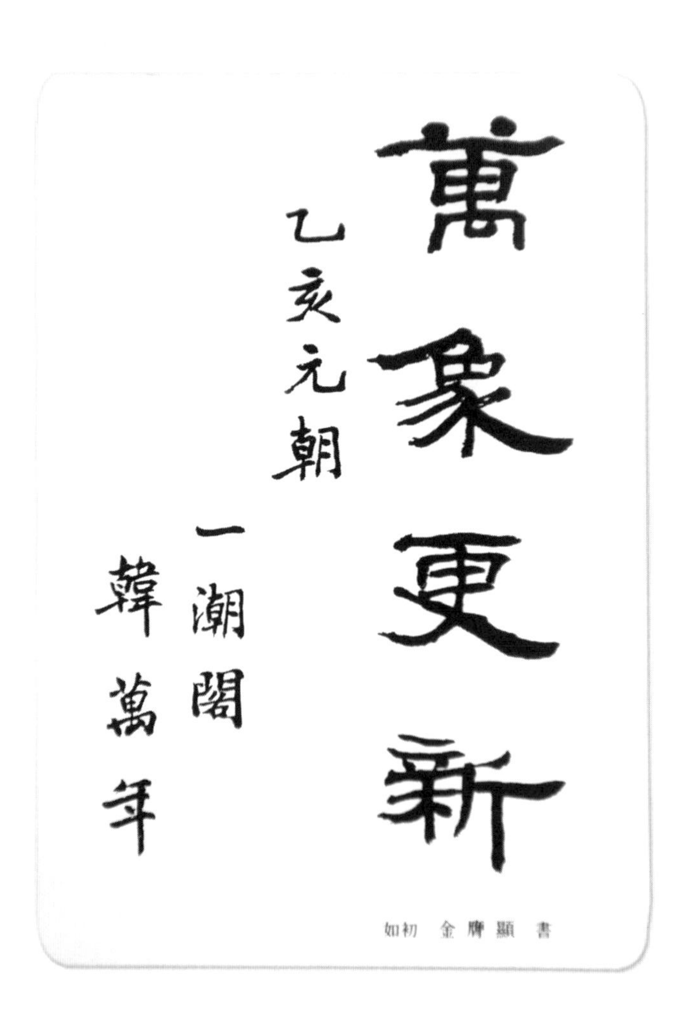
萬象更新
乙亥元朝
一潮閣
韓萬年
如初 金膺顯 書

***

월봉月峰 한기악韓基岳 선생의 차남. 1953년 도서출판 일조각을 창립하고, 많은 양서를 출판하여 우리나라 지식 산업 사회 육성에 이바지한 공으로 정부로부터 국민훈장을 받았다. 1981년 6월 20일 월봉 선생 서거 40 주기에 즈음해 유도회儒道會 원주지부(지부장 장윤) 주관으로 고향인 원주시 부론면 홍호리 월봉 기슭에 사적비를 건립했다. 이에 대한 보답으로 구봉 한만년 선생은 월봉 장학금을 만들어 원주지역 남녀 고등학생들에게 지급했다. 학교법인 대성학원 이사, 대한출판문화협회 회장 등을 지냈다.

제 눈에 안개가 서립니다

한만년 사장님 아전

하루 속히 쾌유하시기를 빕니다.

저의 경우는 병원에 입원 중 누가 찾아오는 것도 전화를 걸어 주시는 것도 어느 정도 병세가 호전되어서부터 받았습니다.

전화를 걸까 몇 번씩이나 망설이다가 결국 오늘까지 미루어 왔습니다.

화신和信 지하에서 오랜만에 뵙고 점심 식사도 맛있게 들었는데 그 후 발병하신 소식 듣고 제 마음이 쓰리고 아팠습니다.

제 주위에서 제일 정이 가는 분, 무엇이든지 털어놓고 말씀드리고 싶었던 형의 일이니 왜 관심이 없었겠습니까? 월봉 장학금 전달식 때 쾌유를 비는 묵념을 드리면서 제 눈에 안개가 서리더군요. 꼭 반드시 이겨내셔야 합니다.

암수술을 이겨낸 한만청 아우님 같이, 저같이—

문병도 전화로도 찾아뵙지 못한 못난 친구 탓하여 주세요.

2002. 5. 27.

장 윤 합장

너무나 소중한 편지가 되어

태암 형

보내주신 친서와 원고 반가이 받았습니다.

어떤 일이고 한번 시작된 일에 결실을 명확히 하시려는 형의 과단성 있는 명쾌함의 결과로 생각합니다.

평소 써 놓으신 글도 있으실 법하여 너무 촉박한 줄 알면서도 그날 말씀드렸는데 과연 너무나 소중한 글을 보내주셔서 크나큰 감동으로 읽고 또 읽었습니다. 태암 형께서 말씀 하신 대로 편지도 물론 수필이 됨은 말할 나위 없거니와 같은 마음속의 자기를 토로한 글이 훌륭히 문학이 된다는 것이 저의 사견입니다. 하여간 거듭거듭 글을 읽으며 뭉클하고 뜨거운 부정父情에 옷깃을 여몄습니다. 그것이 남이 아닌 태암 형의 글이라는 데서 문학 작품에서 받는 공감 이상의 아픔을 느꼈습니다.

그런데 사실은 예기치 않았던 글이라 혼자서 여러모로 심사숙고 하다가 이 글을 올립니다. 나중에 책을 한 권 올릴 생각입니다만 제가 말씀드린 그 『수필공원隨筆公苑』의 성격이 한국 수필 문학 진흥회라는 단체를 모체로 하고 수필 문우회라는 동인회의 사람들과 진흥회 사람들의 글을 싣는 계간지로 적자 출판 상태라 고료는 전무하고 그러면서도 개재하는 글에 대해서는 편집회의를 거쳐야 하는 격식을 만들어 놓고 있습니다.

이 책에 싣는 글은 대체로 정치 성향의 것을 피하고 있음으로 해서 형의 글을 내놓았을 때 행여 그와 같은 시각으로 논하여지는 일이 없을까를 생각하였습니다. 제弟로서는 내 마음의 아픔을 그대로 담는 것 같은 형의 글 「편지」를 혹여 가부可否로 설왕설래 당하고 싶지 않아서 5일이 제출 마감일입니다만 제의 자의로 그냥 보류하여 보관키로 했습니다. 일단 편집자 회의에 넘길까 생각도 했습니다만 그

글이 너무나 소중한 글이어서 오히려 고이 간직하는 편이 좋을 것이라는 생각이 들었습니다. 만에 하나 편집하는 사람이 난색을 표하면 제 기분이 좋지 않을 것을 미리 생각해서입니다.

이번 여름호는 넘기고 다음 가을호까지 좀더 생각해 보고, 아니면 다른 작품을 주셨으면 하고 생각했습니다. 이런 경우 제의 심정을 어떻게 설명 드리면 좋을지… 오늘이 마침 5월 5일 어린이날이자 석가탄신일입니다. 이미 다 성장한 자녀지만 부정父情은 항상 산 같고 바다 같고 어찌 그 높고 깊음을 헤아리겠습니까. 성가할 때까진 어린이를 생각하는 것이나 별로 다를 것이 없지요.

때로는 부자지간의 연을 윤회로 비유해보기도 하지만 불가의 도리야 어찌되었건 우리는 정말 알 수 없는 인연에 얽혀 억겁을 갚고 갚아지는 업보 속에 사는 것이 아닌가 생각해 봅니다. 제는 늦게 성림회에 함께 하여 덕망 있고 신애 있는 학형들과 한자리 하는 기쁨을 다달이 하며 또 하나의 즐거운 연을 속으로 되새기고 있습니다. 특히 태암 형과는 비록 학창 시절에 기억하는 오감은 없었지만 그 깊으신 신덕과 진솔하신 품성, 기개 앞에 늦게나마 우의의 옷깃을 스치게 돼 마음속으로 흠쾌함을 깊이 새기고 있습니다. 소년은 늙기 쉽다더니 어언 60의 나이를 헤이며 그래도 참으로 마음을 터놓고 지난날의 젊음을 그대로 표현하고 교환할 수 있는 지기를 갖는 기쁨을 저는 항상 자랑스러이 생각합니다. 평시에도 이와 같은 심중을 토로하고 싶은 경우가 자주 있었습니다만. 저의 어리석은 심정의 일단을 전합니다.

건강하시고 댁내 평안이 언제나 함께 하시기를 빕니다.

1987. 5. 5.

남사南沙 정봉구鄭鳳九 배拜

＊＊＊

대학 동기 정봉구 숭전대학교 불문과 교수가 보내온 편지.

현장 학습의 장으로 우리 학생들을 보낼까 합니다

김학수金學洙 UN ESCAP(유엔 아시아-태평양 경제사회 위원회) 사무총장님 보세요

지난 2월 26일 밤 우연히 KBS 심야프로를 보다가 향우의 프로필과 현재 하고 계시는 일들이 소개되었습니다. 내 나이도 이제는 진팔십進八十이 되어서 그런지 사소한 일도 정감이 솟구칩니다마는 그날 밤 따라 Human Drama의 주인공으로 활동하시는 형의 모습이 한 장면마다 스쳐 지나갈 때 그렇게 감동적일 수가 없었습니다. 무척 고맙기도 하고, 장하시기도 하고, 우리 원주에도 저렇게 훌륭한 일에 종사하는 인물이 있었다니 감격스런 마음을 금할 수가 없었습니다.

자고로 우리 원주에는 치악산이 가로막혀 인물이 잘 안 난다는 정설을 완전히 사라지게 한 밤이었습니다. 다음날 아침 김경태金慶泰[1] 교장한테 전화를 걸어 내가 느낀 감동스런 스토리를 나누기도 했습니다.

나는 늙어서 틀렸지만 장래의 큰 일꾼이 될 우리 대성학교 학생에게 소개 되고 그들이 직접보고 느끼는 현장 학습의 장으로 한번 귀지貴地를 견학 시킬 수는 없는지요. 이럭저럭 사학을 한 평생 경영하다보니까 무엇이든지 교육과 관계되는 생각을 하게 되는 것이 몸에 뱄습니다. 차를 타고 가다가도 길가에 좋은 노송 한 그루가 있으면 학교에다가 옮겨 심으면 얼마나 좋겠는가 하는 주책 없는 생각이 들지요.

일 년 내내 외국으로 공무 여행을 다니신다는데 혹 폐가 되면 어찌하나 걱정도 됩니다마는 너무 무리하지 마시고 긍정적으로 생각하여 주세요.

2002. 3. 12.

불비례不備禮 장 윤張 潤 합장合掌

---

1 서울 상명공고 교장 역임

견학을 적극 검토하겠습니다

존경하는 장 회장님께

보내주신 3월 12일 자 혜서惠書 반갑고 감격스럽게 배송拜誦하였습니다. 저도 익히 장 회장님의 존함을 알고 있사오며 특히 저의 집이 무실동茂實洞 515번지이기 때문에 대성학교 건물을 먼발치로 바로 보고는 하였습니다. 이번에도 귀임 전 무실동 선산에 성묘를 다녀왔습니다.

이번에 KBS 제10회 해외 동포 특별 수상 때 쯤 방영되었던 저의 활동 상황을 보아 주셨음을 감사드리며 저에게도 감격적인 정감을 전달하여 주심을 더욱 깊이 감사드립니다.

대성학교 학생들의 견학 건에 대해서는 우선 가능하다는 말씀부터 드립니다.

1) 몇 명 쯤 오실려는지?

2) 방문 시기가 언제쯤이 좋으실 것인지?

결정하시어 일차一次 한국에 있는 여행사들과 상의하시기 바라며 대체적인 안을 가지고 저에게 알려 주시면 가능한 방안으로 적극 검토해 드리겠습니다.

건강하시길 빌며

2002. 3. 15.

방콕에서 김학수金學洙 올림

교육 망가뜨린 열린 교육

김학수金學洙 총장 인형 아전雅展

이번에 우리 아이들 44명과 지도교사 2명 포함하여 46명이나 되는 많은 인원이 귀지를 방문하게 되었습니다.

옛날 우리들은 수학여행 한번 제대로 못해보고 졸업을 했는데 요즈음은 테마 theme 여행이라며 일본에 60명, 중국에 64명, 태국에 44명, 국내 제주도에 148명 등을 보냈습니다. 다양한 문물文物을 접하는 기회가 된다며 문교부가 권장하고 있답니다. 열린 교육한답시고 다 망가뜨린 것 같습니다.

고루한 생각인지 모르지만 학교 교육은 사람을 키우고 인간을 만들고. 정치는 나라 사랑이 근본일진데 학교는 인격 없는 교육장이 된 지 오래되었고, 희생 없는 신앙과 교회는 날로 번창 중에 있습니다. 나는 지금 무실동 김 총장 고택古宅 터 건너편 아파트에 살고 있는데 밤에 보면 열십자 교회의 네온싸인이 열 개가 넘습니다. 정치는 민주주의 한답시고 원칙 없는 정치가 된지 오래됐지요.

애들 보내면서 덕담을 나누어야 할 처지에 어쩌다 이렇게 험구險口만 늘어놓았습니다. 용서하세요. 홍삼차류紅蔘茶類 좀 보내드립니다. 소납하세요. 마음에 부담 느끼지 마시고 평소에 살아오신 소신대로 애들에게 덕담이나 해주세요.

일시라도 귀국하시게 될 때 꼭 한번 학교를 방문하여 주세요. 진심으로 환영합니다.

2002. 11. 11.

불비례 장 윤 합장

***

김학수 전 유엔 아시아-태평양 경제사회위원회 사무총장은 원주 출신이다. 한국은행 근무 중 영국과 미국에 유학, 대우 그룹 상임이사 등을 지냈다. 김학수 총장의 도움으로 대성학교 학생들에게 태국 유엔 아시아-태평양 경제사회 이사회 견학을 시킬 수 있었다.

태암형께

원주라서 고운 것 아니며
고향이라서 아름답구나.
치악산雉岳山이 우뚝 뵈오니
백운白雲山이 히말라야롭고
봉산鳳山도 알프스다웠다.
코 흘리개 키 재며 글 나누던 벗
어느새 다가고 하나만이 남았다.
둘도 아니고 하나가.
집터 지키고 당주되니
원주는 더욱 커보인다.
귀한 동무 고마운 벗
그가 없어도 고향이 아름다울까.
동해여 마지막일세.
흰머리 하나 둘 세우고 있네.

방촌方寸 최서면崔書勉 드림

＊＊＊

초등학교 동창인 최서면 전 재일 한국 연구원장이 보내온 시(2002. 6. 17.)

고향 관련 자료 정리합시다

방촌方寸 최서면崔書勉 아형 보세요.

보내주신 사진과 정에 넘치는 서한 고맙게 읽었습니다. 오랜만의 해후 상봉이라 반가웠고 정담도 많이 나눈 것 같았지만, 막상 그날 밤으로 상경하셨다기에 아쉬움도 많이 남는 듯하였습니다. 향제인 함 의원[1]에게도 선배들의 우의와 고담준론이 보기에 따라 좋은 모습이 되었을 것입니다. 항상 동분서주 하시는 형에게 이런 부탁드려 실례가 안 되는지 모르겠으나 원주와 관련되는 것, 하다못해 유행가 가사의 한 구절이라도 좋으니 고향과 관계되는 자료나 사료가 있으시면 형이나 나나 좀 건강할 때 정리를 하여 놓고 싶은 심정입니다. 그리고 체중이 너무 과하신 것 같으니 각별 건강에 유념하시기 바랍니다. 불비례

그날 같이 내려왔던 여성들[2]에게 실례나 안 되었는지 안부 전하여 주세요.

2002. 6. 17.

태암 장 윤 합장

1 함종한咸鍾漢 국회의원, 강원도 지사 역임 2 러시아에서 안중근의사 추모 발레를 한 여성 무용수들

인생은 동전의 양면

태암苔巖 선생 혜감惠鑑

옥체청안玉體淸安 하시리라 믿습니다.

보내주신 수필집 잘 받았습니다. 진작 독후감을 올린다는 것이 늦었습니다.

"文は人なり"(글은 사람 됨이다)라고 합니다. 문중행간文中行間마다 선생의 해박한 인격이 잘 나타나고 있었습니다.

가족 사랑, 학원설립學園設立 여담餘談, 불입호혈不入虎穴이면 부득호자不得虎子라는 격언을 실천하신 낙선애화落選哀話, 고향 자랑 등 참으로 흥미진진하게 읽었습니다. 제 고향 예천醴泉 갈 때마다 청량리역에서 중앙선을 타고 원주原州, 제천堤川에 죽령의 긴 터널을 지나서 영주榮州 까지 열차를 탄 것이 어제 같은데 어언 50여년 전의 일입니다. 그래서 원주는 낯익은 지명입니다.

낙선 유감을 읽었을 때 고 채영철蔡永哲 동문이 회상 되었습니다. 채 형은 드문 수재였는데, 그는 저의 2년 뒤에 경성공업京城工業을 나온 동문으로 서울에서 세 번이나 낙선 고배를 마셨습니다. 그때 제가 충고 못한 것이 지금 와서 보니 거듭거듭 후회가 됩니다.

인생이란 동전의 표리表裏와 같이 양면이 있는 것 같습니다. 'Boys, be ambitious 소년이여, 야망을 가져라'는 말이 있는 반면 '수분守分 -자기 분수를 지켜라'는 말도 있는데 애석한 일이었습니다. 우관 선생이 대학에 남으라고 하셨을 때 남았으면 지금쯤은 국내 저명 학자가 되었을 것입니다. 태암 선생은 학교명 그대로 대성大成하셨습니다.

팔순을 지내자 다리가 접혀져서 지팡이를 짚고 있습니다만, 기분만은 상금尙今[1] 초지심불로初志心不老[2]입니다.

앞으로도 잘 부탁드립니다.

2003. 12. 20.

김 환金 渙

***

김 환 선생은 필자의 성균관대학교 동기로서 아호는 백민白民. 1961년 12월 한국 정부 파견 교사로서 도일渡日해 나고야 시에 있는 아이치 현 한국 학교 교장을 지냈다.

1 지금까지 2 첫 뜻과 마음은 늙지 않았음

유명을 달리한 정태영 형

최희빈 여사에게

지동 정태영 형이 유명을 달리하신지 상당한 세월이 흘렀습니다. 그러나 아직까지 우리 주위에 살아계신 것 같이 착하고 따스한 정 선생의 향기가 감돌고 있는 듯합니다.

지난 2004년 대성학원 창립 50주년 기념식을 치루고 나서 반세기의 발자취를 기록하는 작은 사료관史料館을 마련하게 되었습니다.

이 사료관에는 정태영 형과 같이 학원을 진심으로 도와주신 분들을 비롯해 역대 이사장과 학교장 그리고 교직원과 동문회장을 비롯해 각계에서 활동하는 자랑스런 대성 출신들의 활약상이 전시되고 있습니다.

이 모든 작업들이 가능하게 된 것은 홍숙희 할머니께서 돌아가신 이후 정 형과 유족들이 마련하여 주신 화곡 장학금을 사료관 설치를 위해 사용할 수 있도록 양해를 해주신 음덕 덕분이었습니다. 동봉한 기념 사진은 사료관에 비치된 위치와 내용을 알려드리는 데 도움이 될까 해서 송부하여 드리는 것입니다.

우선 지면으로 감사의 말씀을 드리면서, 다른 유족분들에게도 심심한 감사의 말씀 올립니다.

날씨가 풀리면 자녀들과 같이 한 번 다녀가셨으면 합니다.

2007. 3. 24.

학교법인 대성학원

장 윤 합장

***

벽초 홍명희의 생질인 정태영 변호사(1929.9.29-2003.12.4)는 원주초등학교를 거쳐 경기고, 서울대 법대를 졸업한 후 평생을 깨끗한 법조인으로 일관하였다. 1976년, 서울에서 원주로 낙향, 대성학원의 법률 고문으로 법인 이사 등을 지냈다. 1989년, 정 변호사 자당이신 홍숙희 여사께서 별세하신 후 화곡[1] 장학금을 대성 중 · 고 학생들에게 지급해 왔다. 이 편지는 그의 작고 후 필자가 부인에게 보낸 것이다.

1 화곡은 홍여사의 남편 정진규 선생의 아호

셋째 묶음

웅지를 좌절하지 마소서

—친인척 · 지인 들의 편지

웅지를 좌절하지 마소서

장윤 인형仁兄 보십시오.

혜함 반가이 받았습니다. 군을 제대하시고 유유자적悠悠自適하시는 듯하여, 촌시寸時가 바쁜 저로서는 부러운 생각 간절합니다.

오랜만에 자당을 뫼시고 향토에 머무르니 효도가 지극하시며 앞날을 위하여 예기銳氣를 충분히 기르소서. 일순 형은 부산에 진출하여 활약 중인 듯 전문傳聞하니 큰 포부를 이룩할 것으로 믿고 원축불기遠祝不已[1]오이다. 귀형의 도미 유학의 계획이 그 후 어떻게 진행되고 있는지, 근일 국내에서 듣는 바에 의하면 해외 유학을 적극적으로 장려하는 조치로서 정부에서 500불 한도로 정부 환율로 환전하여 준다는 말도 있으매 속히 추진하소서. 웅지를 좌절하지 마소서. 미국에서 학비는 1년 2학기 매 학기 2,3백 불 들고, 학생 생활비는 미국에서 월 최소한 5,6백 불씩 드는 모양이나 유학생 거의가 다 적당한 구직求職으로 학비를 충당할 수 있는 듯하나이다.

혹 무슨 부탁이 계시다면 힘껏 견마지로犬馬之勞를 사양 안하겠으니 연락 주소서. 스칼라쉽[2]도 종교 학교를 제하고는 일부 월사금 면제로서, 그것도 학기마다 갱신이 필요하나 사소한 금액인지라 구애 받지 말고 사비로 와서 구직 면학의 길도 과히 어렵지 않으니 그리 알고 적극 노력 하소서. 총총 불비 올림.

Washington D.C. U.S.A.

1952. 10. 13.

해군 중령 이낙규李樂圭

1 먼 곳에서 축하하여 마지 않음 2 장학금 제도

＊＊＊

처가가 원주인 이낙규 전 한국 과학 기술 연구소 공작실장은 6.25 동란 직후 필자의 미국 유학을 적극 권유했었다. 육영 사업에 투신하느라 도미하지 못했다.

원념遠念의 덕택인가 흔희만천欣喜萬千

장 석사張 碩士 시안하侍案下

혜함은 봉독하옵고 존당 만복을 축원하며 자당님 건강을 봉축하옵니다.

이곳은 의구하오며 현재 아이들은 50명으로 동대 1명, 홍고 2명, 중학 10명, 이하 전원 국민교 취학 중이옵니다.

장 선생께서 못 보신 동안 많은 성장을 가져 왔습니다.

원념[1]의 덕택인가 하며 흔희만천欣喜萬千[2]이옵니다.

전자에 혜송하여 보내 주신 청첩은 식전 베풀어진 이삼일 후에야 도달하여 묵연히 오형吾兄[3]의 새로운 모든 것을 심축 합장 하였나이다.

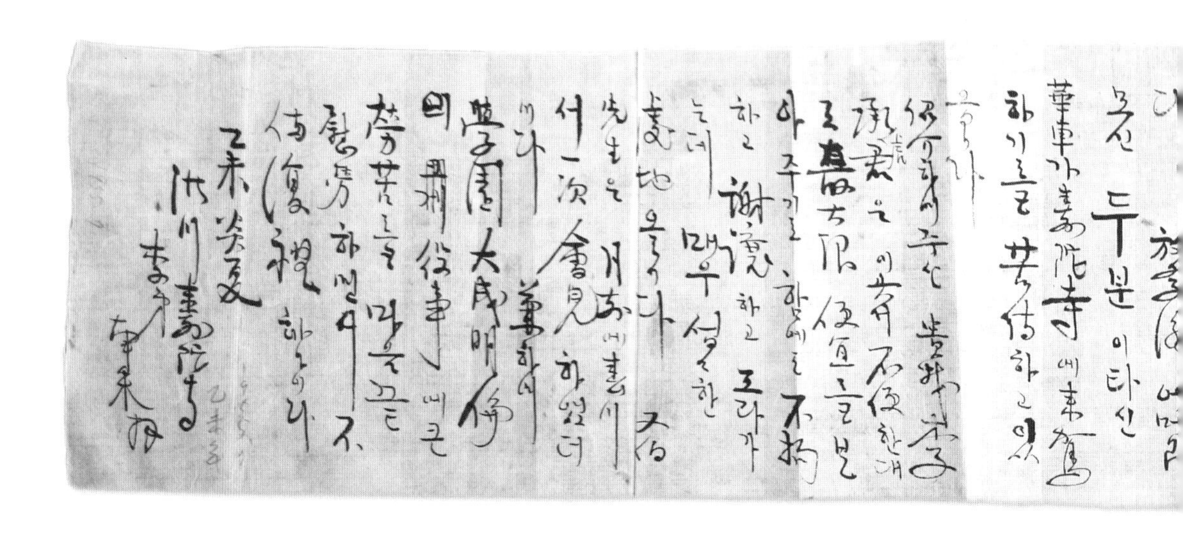

1 遠念, 멀리서 염려해 줌 2 너무 좋아서 기뻐함 3 상대방을 높여 부르는 말 4 자동차 5 오시기를 6 예를 갖추지 못함

방학 후 어머님 모신 두 분이 타신 화차華車[4]가 수타사에 내가來駕[5] 하기를 고대하고 있습니다.

소개하여 주신 귀교 이승호 군은 이곳에서 불편한 대로 최대한 편의를 보아주기로 함에도 불구하고 사양하고 돌아가는데 매우 섭섭한 처지이옵니다.

우백 선생은 월전에 춘천서 1차 회견 하였더이다.

겸하여 학원 대성 명륜의 역사에 큰 노고를 마음껏 위로하면서

불비복례[6] 하나이다.

을미염하乙未炎夏 (1955. 7.)

홍천 수타사 이李 제弟 남채南采 拜

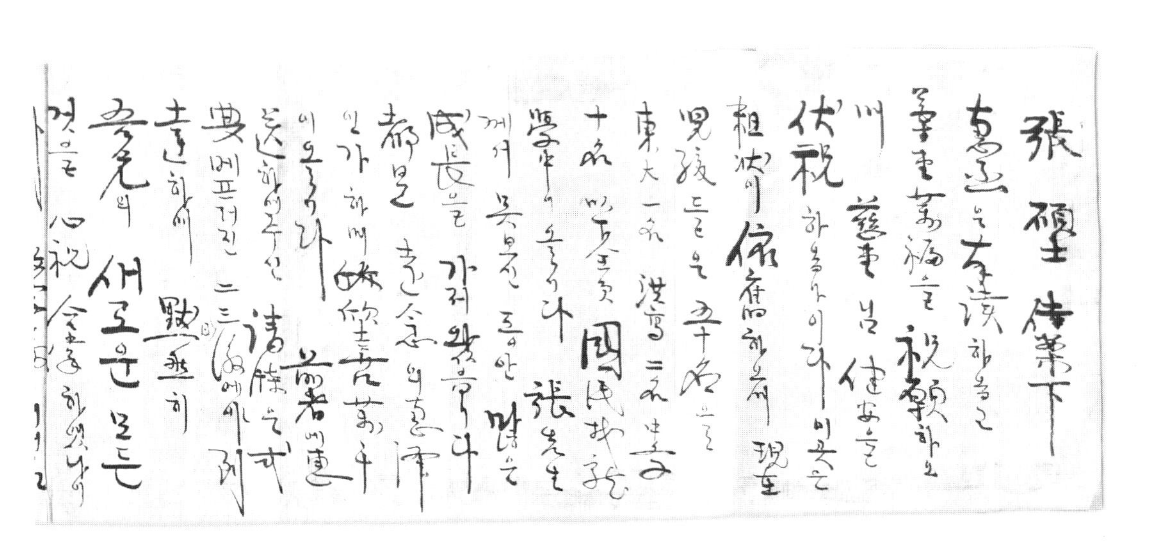

***

수타사壽佗寺 주지였던 이남채 스님이 필자의 결혼 소식을 듣고 보내온 편지. 남채 스님은 훗날 태고종太古宗 총무원장을 지냈다. 1979년 11월 2일 62세로 입적.

편지에 나오는 우백 선생은 대성고 교장을 지낸 이원복 선생이시고, 이승호李承虎 군은 대성고 1회 졸업생이다.

존의를 받들지 못하오니 혜찰 바람

삼가 올립니다.

긴급지사緊急之事로 진배치 못하옵고 전화로라도 말씀 사뢰고자 하였더니 마침 안 계시다 하옵기 인편人便하여 적어 올리나이다.

허문虛聞[1]을 과신過信하시고 비재非才[2] 소생小生을 몸소 찾아주신 두터우신 뜻 감격하여 마지않사오며 어찌 보답함을 사양하오리까마는 근무상勤務上 여의如意하지 못한 몸이옵기 상사上士의 뜻을 좇아 처신處身코저 하였던바 하청下請[3]하시는 조건, 즉 주 15시간은 너무 과하다 할뿐 아니라 오전 중을 전적으로 빠지게 되면 공무 처리상 지장이 있다 하시며 오후라면 다시 고려하겠다는 말씀으로 선뜩 응락치 아니 하시오니 봉공奉公[4]하는 몸을 어찌 할 도리 없사와 존의를 받들지 못하오니 혜찰하시옵기[5] 바라오며 교육감님 직접 면담하셨다 하오니 더 말씀 드리지 않사옵고 이만 줄이나이다. 올라가 뵈옵지 못함을 용서하시고 끝으로 한결같이 안녕하시기 비나이다.

단기 4289년(1956) 9월 18일 하오下午 5시

이동희李東熹 재배再拜

장윤 선생님 옥궤하玉机下

***

원주시 교육위원회 이동희 장학사에게 강의를 부탁한바 사양하는 답신을 보내왔다.

1 헛소문 2 재주없음 3 요청 4 나라와 사람을 위해 이바지함 5 헤아려 주시옵기

건실한 미국 사람들의 생활

장 선생님

그동안 안녕하셨습니까?

자당慈堂께서도 안녕하시오며 사모님, 그리고 귀동자분도 안녕하신지요. 그리고 장일순 선생님 댁도 무사하시오며 여러 교직원 선생님들도 안녕하십니까? 출발 전에 들린다던 것이 그만 수속에 몰려서 인사를 가 뵙지 못해 죄송하옵기 짝이 없습니다. 이곳에 온지도 벌써 한달이 거진 되어 갑니다. 학교 공부도 궤도에 올라 시작되었고 숙소도 이제는 안정이 되었습니다. 여기 와 보니 연구에 필요한 참고 자료는 무궁무진하지만은 시간과 정력만이 문제될 따름입니다. 미국 사람들의 생활은 퍽 예상과는 달라서 건실해 보였습니다. 이 사람들의 물질 문명에 대해서는 부러워도 해 보았고 멸시도 해 보았습니다만 오늘 교회에 가보고 이들의 깊은 신심信心에는 놀라지 않을 수 없고 멸시도 할 수가 없었습니다. 그러면 여러분께 안부라도 전해 주시옵고 부디 안녕히 계십시오.

1958. 10. 6.

온병헌溫秉憲

＊＊＊

온병헌 선생은 대성고등학교 영어 교사를 지냈으며 재단법인 대성학원 설립 이사. 문교부 편수관실에서 근무하다가 미국 피버디 대학에 유학할 때 보내온 편지.

원고 보내드립니다

전략前略

교장선생님, 전일前日 부탁하옵신 원고 좀 늦게 보내드립니다.

별로 준비도 못하고 급하게 써서 보내드리기 때문에 미비한 점이 많습니다.

용서하십시오. 선생님의 건강을 빌며 여불비餘不備 하옵나이다.

1959년 12월 2일

서울 성신고교聖神高敎

박양운朴養雲 신부 올림

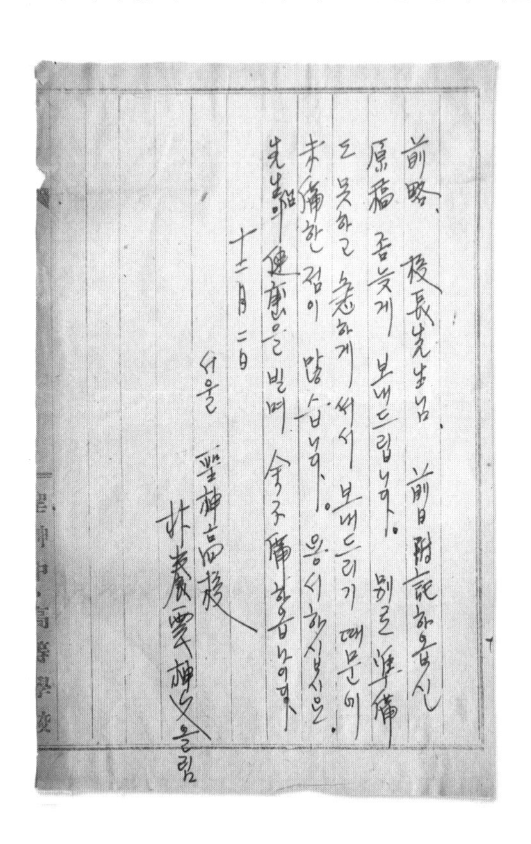

前略,

校長先生님, 前日 附託하옵신

原稿 좀 늦게 보내드립니다. 別로 準備

도 못하고 急하게 써서 보내드리기 때문에

未備한 점이 많습니다. 용서하십시오.

先生님의 健康을 빌며 余不備 하옵나이다.

十二月 二日

서울 聖神高校

朴養雲 神父 올림

聖神中·高等學校

***

원주 문막文幕출신인 박양운 신부神父는 고향선배이시다. 울바노 대학을 나와 신부를 양성하는 성신고 교장을 지냈다. 이 글은 대성고등학교 교지 '치악' 3호에 원고를 보내며 동봉한 편지이다.

옻, 이태리 포플러, 오동나무

장 윤 씨 귀하

원로에 찾아오셨는데 만날 기회를 놓쳐서 미안합니다. 문의하시는 점에 대하여는

1. 옻 예방 : 아직 없습니다. 체질에 따른 것이며 아직 예방이라든가 면역이라든가 하는 문제는 전연 효과가 없는 것으로 되어 있습니다. 옻이 옮은 다음은 저의 개인 비방으로서 소금 1에 물 1을 섞어서 두드러기가 터질 때까지 문지르면 곧 낫곤 합니다. 민간차인 버드나무 연기, 맑은 피, 개장국 등이 있으나 저로서는 신기하다고 보지 않습니다.
2. 이태리 포플러의 구득 : 서울 시내의 포플러 협회에 금년 10월 중으로 신입[1]하시기 바랍니다. 신입순으로 분양유가分讓有價한다고 합니다. (주소는 군당국에 문의하시기 바랍니다.)
3. 오동나무 종자 : 종자로 번식시키는 일이 드물기 때문에 직접 어느 개인에게 의뢰 하시는 것이 좋을 줄 믿습니다. 특별하신 목적이 아니시면 분근번식分根繁植이 좋을 줄 믿습니다.
4. 협동 송년호(1961)는 아직 볼 기회가 없었습니다. 만일 입수하실 수 있으면 1부 보내 주셨으면 참고가 될 듯하나이다.
5. 오동나무 육묘법幼苗法 (분근번식)

   엄지 손가락만 한 크기의 뿌리를 20cm 내외로 잘라서 삽목을 합니다. 보통 삽목과 달라서 삽수揷穗[2] 끝이 지상에 노출되지 않도록 조심하여야 하며 비료를 미리 충분히 주십시오. 1년에 2m 가량 자랍니다. 시기는 묘포 작업 시기와 같습니다. 이상 요건만 알려드리나이다.

이창복李昌福

***

식물학의 태두였던 서울대학교 농과대학 이창복 교수가 필자의 문의에 대해 보내온 답신 (1961. 12.)

---

1 신청 2 꽂은 나뭇가지

이태리 포플러 구하기가 어렵구려

윤 즉견潤 卽見[1]

2주일간 걸쳐 공무원 교육원에서 시행한 교육을 필畢하고 오늘부터 출근하여 보니 비로소 여汝[2]의 서신을 접수케 되었다. 그동안 별고없이 지내고 있는지 궁금하다.

이태리 포플러는 상금 분양받지 못하고 있으며 송 비서관이 출장하였기로 아직 종결을 짓지 못하고 있다. 만일 묘목을 분양받게 되면 서신으로 연락 취하겠다.

봄 절후도 완연한데 매사 잘 계획 발전시키기를 축원하네. 총총悤悤하기로 하고 촌저寸楮로서 끝맺는다.

1962. 3. 21. 종형從兄 서書

그동안 무고한지 궁금하다.

이태리 포플러는 농림부 비서관이 얻은 중에서 겨우 백본이 분양되어 기중其中 오십본은 승길承吉[3]이에게 보내고 오십 본을 돈암동敦岩洞 집에 보관하고 있다. 상경 편이 유하면 찾아가도록 바라며 금년 계획이 좋을 듯하다고 농림부에서 말하고 있다. 총총悤悤 각필擱筆[4]

1962. 4. 4. 종형從兄 서書

---

1 속히 보라 2 너 3 승길承吉, 필자의 종제 4 다 쓰고 붓을 놓음

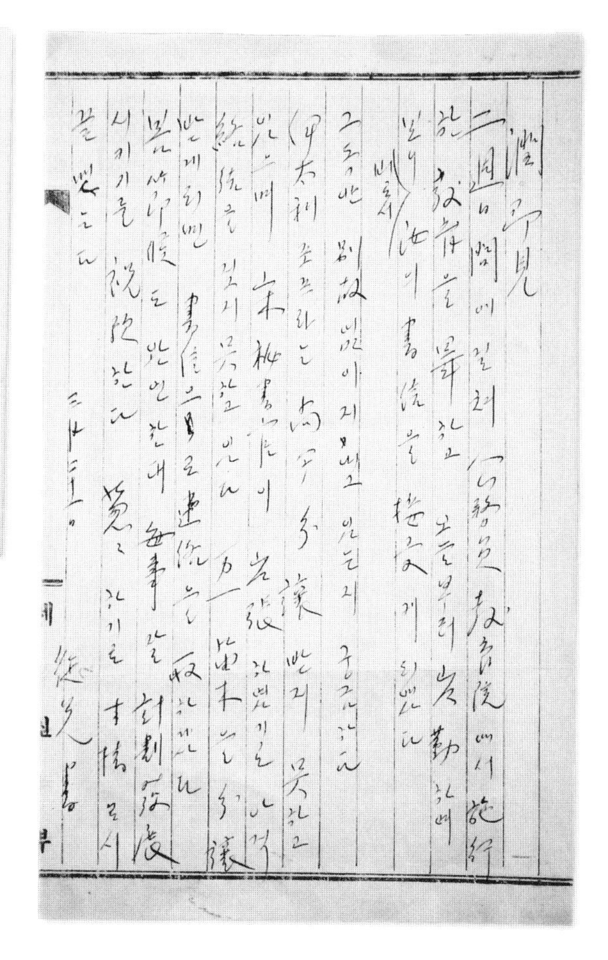

***

5 · 16 혁명 후인 1962년, 산림녹화운동이 전국적으로 펼쳐졌다. 속성수인 이태리 포플러 묘목을 구하기가 무척 어려웠다. 필자는 당시 용산 우체국장으로 재직하던 장승태 종형에게 묘목 구매를 도와둘 것을 요청해 간신히 구해 심을 수 있었다. 장승태 종형은 훗날 체신부 장관을 지냈다.

아기가 어찌 꽁꽁 앓는지

아저씨, 아주머니

지난번엔 병원에 갔다가 아저씨께 전화했더니 자리에 안 계시더군요. 집으로 전화하려 했는데 누굴 만나서 그만 그냥 오고 말았습니다. 오랫동안 소식 드리지 못해서 죄송합니다.

꼬마들이 요샌 몸 건강하게 잘 자라고 있겠지요. 그 땐 아파서 아저씨가 걱정하고 계셨기에 말입니다. 아주머닌 아이들 때문에 바쁘실 줄 압니다. 이젠 제 자신이 당하고 있기 때문에 이해가 잘 됩니다.

전 중독 증세로 아기 낳기 전에 입원했다 퇴원했는데 갑자기 진통이 와서 예정보다 3주일이나 미리 낳았답니다. 후가 좋지 않아 12일이나 병원에 있다 퇴원해서도 내내 고생 좀 했지만 이젠 많이 좋아져서 걷기도 하고 입맛도 돌아왔어요.

오랫동안 기다리던 아들을 얻은데 대한 댓가를 톡톡히 치룬 셈이지요. 젖이 돌지 않아 아기는 우유를 먹고 큰답니다. 이름은 효찬孝讚으로 지었습니다.

오빠네가 와 있는 동안 연락을 드렸어야 할 텐데 그땐 제가 몸이 한참 무거울 때라 주로 집에서 안정하고 있었고 실제로 오빠네는 세 번만 잠깐씩 만났습니다.

지금 아기를 젖 먹여 그네에 눕혀 놓고 부지런히 펜을 놀리고 있는 참입니다. 그제는 첫 번으로 예방 접종 시켰는데 꼬마가 어찌 꽁꽁 앓는지 혼났답니다.

그럼 다음에 기회 있을 때 연락드리거나 찾아뵙겠습니다. 집안이 모두 평안하시기 바라면서 이만 그칩니다.

1969년 6월 6일

부평에서 효숙 드림

효숙이는 영원의 세계로 떠났습니다

장 윤 선생님

전화가 되지 않으므로 연락치 못하였습니다. 장윤 선생님에게는 오랫동안 소식이 끊겼거나 편지를 받아 놓고도 이 몇 달 동안 효숙이는 답장 쓰지 못하였습니다. 효숙이는 지난 6월 17일 이 세상 육신의 옷을 벗어 압축된 이 세상의 삶을 마치고 인생을 완성하는 영원의 세계로 떠났기 때문입니다.

그녀의 짧은 일생이나마 정리하여 드리는 것이 당신과의 영원한 우정을 위하여 우리 남은 식구가 해야 할 것 같은 느낌을, 그녀의 임종 얼마 전에 받았기에 필을 듭니다.

효숙이는 1938년 음력 2월 29일 한산 이씨 집안 막내로 원주 근교 간현에서 태어났고 어려서 부모를 여의고 6.25 전후하여 어려운 시기에 어렵게 그러나 불타는 향학열로 시골서 초등학교와 중학교를 마치고 서울로 진출하여 정신여고에 입학, 이후 캐나다 선교부와 선교사 Miss Cameron, Sanders, Underwood, Current 그리고 캐나다의 Current 일가, Jewitt 목사님, 그 외 제가 지금 알 수 없는 여러분으로부터 경제적, 정신적 도움을 받으며 1958년 연세대학교 간호대학에 입학하여 평생을 병든 사람의 육신과 영혼을 구하는 데 바치기로 인생 철학을 굳히면서 수업하고 1962년 졸업과 함께 원주 기독병원에서 일을 시작하여 보람을 느끼며 웃음을 잃지 않는 마음으로부터의 봉사 생활을, 위에 적은 분들에 대한 보답, 나아가 하나님에 대한 감사로 삼아왔습니다.

1964년 가을 저와 결혼하여 부평에서 살림을 시작하자 저는 취업하는 것을 반대하였더니 돈 때문이 아니라는 것을 증명이나 하듯 인천 기독병원에 무료 봉사로 나가 저는 그녀의 참 뜻을 알고 마침 가까운 거리에 있는 미 8군 121 야전 병원에 자리가 있어 1966년부터 다시 백의의 천사에 전념하게 되었습니다.

시어머니를 극진히 모신 효숙이와 저 사이엔 아이가 없었습니다. 그러던 중 노모가 노환으로 와병하시자 효숙이는 극진한 간호와 헌신적인 정성을 쏟았고 온 동네에 알려져 이웃과 교인들은 노모의 쾌유와 아기를 주실 것을 기도하여 주셨으나 1969년 6월 노모는 77세로 평화스런 모습으로 이 세상을 떠나셨습니다. 하나님께서는 이와 같은 효성을 기려서 다음해 봄 선물을 주셨습니다. 결혼 7년 만에 우리는 기릴 찬讚자를 붙여 효찬이라 이름하였습니다. 지금 6학년, 다음 해에 하나 더 맡기시니 효원. 5학년.

효숙이는 하나님이 주신 아들이라 생각하며 두 아이를 정성껏 길렀습니다. 아이들이 학교에 들어갈 나이가 되자 초등학교 다닐 동안만이라도 온 정성을 쏟는다며 10년 봉직하던 병원을 쉬고 초등학교를 졸업시키면 다시 평생 소원인 백의의 천사로 돌아가기로 다짐하였습니다. 이 기간 동안 그녀가 받은 보수는 저의 사업 초기에 큰 밑거름이 되었습니다.

그러나 1978년 가을 청천벽력의 암 진단이 내려지고 곧 유방 절제 수술을 모교병원에서 받고, 얼마 살지 못한다는 선고를 받았으나 저는 차마 효숙에게 이야기할 수 없었습니다. 회복이 늦고 경과가 좋지 않아 이듬해 여름, 인생을 정리하기 위하여 금식 기도원에 들어갔습니다. 가는 길에 양복점에 들려 마지막으로 저의 양복지를 골라 줬습니다. 10일 간의 금식 기도가 건강을 회복시켜 기쁜 마음으로 희망을 갖고 집으로 돌아왔습니다. 이후 죽을 때까지 암 환자들에게 도움을 주는 일을 하기로 결심하고 미국의 암 협회, 암 환자들에게 희망을 주는 각종 모임 또는 개인과 교신하여 상담 소양을 쌓은 후 모교 병원의 암 환자 병실을 찾아 무료 봉사하며, 한국에는 아직 없었던 유방 절제 환자용 특수 브래지어 개발에 허약한 몸을 끌고 다니더니 성공시켜 이 분야의 분들에게 싸게 공급하는 길을 터놓고야 말았습니다. 다니는데 점점 불편을 더 느끼게 되자 암 센터에서 암 환자의 주소록을 만들어 이후 전화로 수백의 환자들과 상담, 경험담, 영혼의 구원을 위한 전도, 수기를 인쇄하여 암 수술 대기 환자, 수술 후 공포와 절망에 빠지는 사람들에게 화평과 소망과 구원을 주는 안내역을 다하였습니다.

1981년 점점 쇠약하여가는 자신을 너무나 잘 알고 있는 효숙이는 자신의 인생을 하나하나 정리해가며 신 개척 교회를 돕다가 겨울부터는 운신할 수도 없게 되자 설교 녹음 테이프, 찬송가 테이프 등으로 신앙을 더욱 굳히더니 오랫동안 글을 쓰거나 볼 수 없게 되자 성경 녹음 테이프, 기독교 방송, 극동 방송 등으로 꺼져가는 육체에 생명의 말씀으로 지탱하여 가다가 척추에 전이되었다는 진단으로 방사선 치료를 받았으나 경과가 좋지 아니하여 다시 집으로 인생 마감을 준비하러 돌아왔습니다. 하나님의 뜻이 어디에 있는지 쉬이 부르시지 아니하고 충분한 준비 기간을 주셨습니다. 운명하기 직전까지 맑은 정신으로 모든 것을 처리하고 그날만을 기다렸습니다.

이제 그녀는 고통스런 육체의 옷을 벗었습니다. 병든 사람들에게 육신의 편안과 영혼 구원이 평생 소원이던 그녀의 뜻을 짧은 인생에서 다하지 못한 것을 우리 식구는 안타깝게 여겨 이런 뜻을 좇는 간호학이나 신학을 공부하는 어려운 사람을 돕는 것이 그녀와 우리가 늘 함께 있는 것으로 믿어 조위금 전액에 우리가 조금 보태어 작은 기금을 만들어 돕는 일을 시작하겠습니다.

우리는 그녀가 우리 방에서 잠시 어디론가 육체가 여행을 떠났을 뿐 이제까지와 아무런 변동도 없이 우리와 함께 있음을 느끼고 믿고 있습니다.

옛날과 다름없이 우리를 대하여 주시기 바라며 효숙이 대신 제가, 또는 언젠가 효찬孝讚이와 효원孝源이가, 답장을 쓰게 되겠지요.

1982. 7. 12.

효숙이가 사랑하는 남편 이세희李世熙 드림

＊＊＊

이효숙 씨는 필자의 집에서 여고를 다녔는데 친 조카처럼 가깝게 지냈다. 결혼해서 두 아들을 두었으나 젊은 나이로 아깝게 숨졌다. 효숙과 남편 이세희 씨의 편지를 함께 싣는다.

미국 생활에 적응해 갑니다

아저씨, 아주머님께

보내주신 연하장 반갑게 받아보았습니다. 멀리에 있으니 편지 받는 것이 큰 즐거움이 되었습니다. 일찍 소식 드렸어야 할 텐데 이제야 전하는 것 정말로 죄송합니다. 이곳에 올 때 너무 서두르느라고 주소를 갖고 오지 못했습니다.

그동안 집안에 별고 없으시고 모두 안녕하신지요? 그리고 영기, 영인, 영태도 학교에 잘 다니는지요?

이번 연하장에 보니 아저씨께서 다시 학교로 들어가신 것 같은데 진심으로 축하를 드립니다.

이모님께서는 집안일도 바쁘실 텐데 저희 집 일까지 보아주시느라고 수고가 많으시리라 생각합니다. 지난번 이사 때도 많은 힘이 되어주셨다고 어머님께서 몹시 고마워하였습니다. 이모님이 제일 어머님께 힘이 되어드렸으리라 생각하며 항상 감사하게 생각하고 있습니다.

저희 세 식구는 염려해 주시는 덕분에 모두 잘 있습니다. 이곳 뉴욕은 미국이라고는 하지만 외국인이 너무 많아서 인종 차별도 없고, 한국 음식도 무엇이든지 있어서 음식 고생은 하지 않습니다. 한국 사람도 많고 아는 사람들도 근처에 살고 있어서 그렇게 외롭지는 않습니다. 그런 대신 인구가 많아서 인종 전시장 같고 더럽고, 시끄럽고 서울에 댈 바가 아닙니다. 이젠 이곳 생활도 익숙해져서 별 불편 없이 지내고 있습니다. 저도 현석이 낳은 후 살이 찌는 것 같더니 지금은 다시 옛날로 돌아갔습니다. 현덕이도 이제 5개월 되었습니다. 많이 크고 통통해져서 몹시 귀여워졌습니다. 요즘은 이가 나려는지 몹시 침을 흘립니다. 순해서 제 침대에 누워 장난감과 딸랭이를 가지고 혼자서 잘 놀며 별로 저를 괴롭히지 않아서 다행으로 여기고 있습니다.

현덕 아빠도 병원에 잘 나가고 있고, 집에 오면 현덕이가 귀여워서 어쩔 줄을 몰라 하며 좋아합니다. 저희는 내년에(7월-벌써 올해군요) 레지던트는 보스톤에 가서 하게 되었습니다. 전공 과목은 내과고 병원은 보스톤 대학교 부속 병원인 재향군인병원입니다. 이곳보다 도시도 깨끗하고 조용해서 살기에 좋을 듯하고, 의학의 본 고장이라 교육 받기도 좋을 듯합니다. 이사 갈 아파트도 구해 놓았는데 동네도 깨끗하고 집 앞에 넓은 잔디도 있고 해서 현덕이 키우기도 좋을 것 같아 얼른 7월이 왔으면 합니다. 뉴욕의 이 아파트 집은 괜찮은데 고속도로 근처라서 시끄럽고 마당이 없어서 햇볕 구경하기도 힘듭니다. 새로 가는 집은 침실도 둘이어서 현덕이에게도 방을 줄 수가 있을 것 같습니다.

서울에서 많이 염려해주시고 이곳에서도 여러 사람들이 도와주셔서 모든 일이 다 순조롭게 되어가서 무척 다행으로 생각합니다. 이모부께서는 원주에 계시는지요? 영기는 아직도 원주에 있겠지요?

올해는 모든 식구가 함께 모여서 단란하게 살게 되시기를 빕니다. 서울 소식 기다리면서 오늘은 이만 줄입니다. 영기, 영인이, 영태에게도 안부 전해주십시오.

온 식구에게 건강과 행운이 깃들기를 멀리에서 빕니다.

1971. 1. 3.

뉴욕에서 미화 올림

강원도를 도와주세요

홍완기洪完基 교수, 유미화劉美華 이질녀 보시게

느닷없이 편지를 보내게 되어 미안한 마음 금할 수가 없어요.

지금 우리 강원도민은 온 국민과 더불어 2014년 동계 올림픽 평창 유치 문제로 온갖 정성을 다하고 있어요.

IOC위원 실사단들이 지나가는 길목마다 고사리 같은 어린이 손에 만국기를 흔들며 환영하는 모습이며 전 도민이 뛰쳐나와 남녀노소 소리 높여 Welcome을 외치면서 환영하는 정성은 그들에게도 무척 감동적인 인상을 각인 시켰을 것입니다.

환영 민속놀이 한마당에서는 IOC위원들도 함께 어울려 홍겹게 춤까지 추는 모습을 보면서 나도 격한 감정으로 눈물이 나더군요.

우리 강원도민이 이렇게 자신이 넘쳐 열과 성을 다하는 모습을 볼 때, 이제 감자바위 강원도가 아닌 새로운 역사의 장을 기록하는 새 한국의 기록자가 될 것으로 확신합니다.

우리 강원도는 도세가 약해 선거 때마다 항상 경제적으로나 정치적으로 냉대를 받아 왔지요. 그것이 한이 되어 2014년 동계 올림픽 유치만큼은 기필코 달성시키고야 말겠다는 의지로 우리는 뭉쳤어요. 우리는 배수진으로 뒤로 물러설 수 없는 사활을 건 숙명적 날을 맞고 있어요. 과테말라 IOC총회가 30일 앞으로 다가왔어요.

오는 7월 4일 (현지시각) 102명의 IOC위원이 강원도 평창, 오스트리아 잘츠부르크, 러시아 소치 중 하나를 선택하게 됩니다. 정부에서도 경기장 시설과 인접 교통망을 구축하기 위하여 4조 1,764억 원의 예산이 지원될 것으로 알고 있습니다.

앞으로 남은 한 달 동안은 IOC가 허가하는 홍보 행사가 전혀 없기 때문에 평창은 "물밑 활동"에 주력하게 될 것입니다. 핵심은 투표권을 가진 삼성의 이건희 회장과 두산의 박용성 IOC 두 위원만이 다른 IOC 위원들을 자유로이 만날 수 있기 때문에 더욱 더 심각한 국면의 대결이 될 것입니다.

이 회장은 홍 박사에게는 각별한 환자이고, 주치의로서의 관계가 있는 인연을 알고 있기 때문에 드리는 편지이오니 우리 도민의 간절한 소망을 반드시 이룰 수 있도록 도와주세요.

우리는 알고 있어요. 그 분의 심정이 얼마나 착잡한가를…

그러나 그 분이 사려 깊은 외교 활동으로 끝내 승리를 안겨다 줄 유일한 분이란 걸 알고 있기 때문에 이렇게 합장 기도하는 마음으로 편지를 보냅니다.

By asking for the impossible we obtain the best possible. 'Napoleon'
(불가능을 극복하면 최고의 가능성을 얻는다. 나폴레옹)

2007. 6. 4.
장 윤張潤

***

필자의 이질녀 유미화의 남편 홍완기 교수는 1970년에 도미, 암 전문의로 최고 영예인 미 국립 암 자문위원이 됐다. 홍 교수 내외가 도미한 다음 해에 보내온 편지와 2007년 평창 동계 올림픽 지원을 당부하며 필자가 보낸 편지를 함께 싣는다.

사진은 홍완기 텍사스대 M.D. 앤더스 암센터 종양외과 부장이 KBS의 재외동포 지도자 표창 때 필자와 찍은 사진

밴쿠버는 너무도 아름다운 곳

장 선생님께

떠나올 때 인사도 드리지 못해서 죄송스럽습니다. 사모님도 안녕하시겠지요. 예의도 모르는 애라고 많이 나무라 주세요. 저는 염려해 주시는 덕분에 잘 지내고 있습니다. 집 생각이랑 모두 다 그립긴 하지만 열심히 노력하려 합니다. 장 공사님 말씀대로 너무도 아름다운 곳이에요. 학교도 너무 좋구요. 또 훌륭한 교수도 많아요. 장 공사님 댁에선 처음에 와서 곧 저녁을 잘 차려주셨구요. 그 후론 제가 바빠서 잘 찾아뵙지 못하지만 전화는 가끔 드리고 있습니다. 항상 친절하게 보살펴 주시고 또 저도 마음 든든하게 지내고 있습니다. 모두 장 선생님 덕분이에요. 항상 감사드리고 있어요. 장 선생님께선 여기 오실 기회가 곧 있을지는 모르겠네요. 여기서 만나 뵐 수 있었으면 좋겠어요.

1972. 11. 11.

이혜숙李慧淑

***

이혜숙씨는 필자의 초등학교 동기인 이재청李載淸 씨의 딸로 그 당시 밴쿠버 총영사를 지낸 장재용 대사의 주선으로 캐나다 브리티시 컬럼비아 대학교University of British Columbia에 유학했다.

화랑대 그 나날

존경하는 장윤 선생님

『그 세월 그 사연』을 엮은 역저를 받고 소생 자신의 화랑대 그 나날을 생각해 봤습니다. 디즈레일리Disraeli가 인고의 꿈과 영원한 청춘으로 인생을 이기듯이 장 선생님도 인재의 배재 정신으로 가고 계십니다. 제 자신도 동방의 중원을 이룩하는 중동 정신이 있나봅니다.

신유년(1981년) 3월 20일

선생의 중암中庵 근서

육군사관학교 교수부장 준장 이동희李東熙

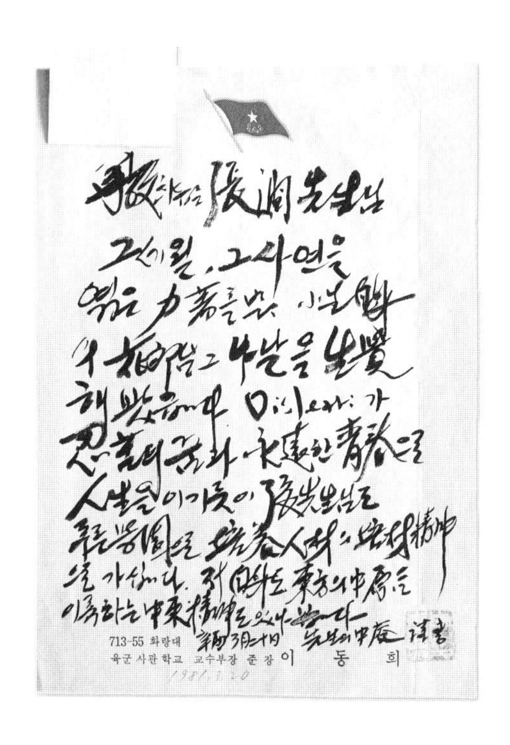
713-55 화랑대
육군 사관학교 교수부장 준장 이 동 희

***

『그 세월 그 사연』은 1981년에 간행된 필자의 수필집이다.

마지막 포부 실현할 터

장윤 이사장 안하案下

대단히 늦은 인사가 되겠습니다만

새해에 복 많이 받으십시오.

연말연시에 걸쳐 약 한 달 동안 자리를 비웠다가 오늘 이곳 춘천에 와보니 귀하의 연하장이 책상 위에 놓여 있어 약간 놀라기도 하고 또 무척 고맙기도 하였습니다. 소생이 한림대학에 관여하고 있다는 사실을 어떻게 아셨는지 궁금하기 때문입니다. 또한 구정을 잊지 않으시고 관심을 가져주시니 소생으로서는 감격스럽습니다.

학교일 여의하시리라고 믿습니다. 귀하와 같이 성의를 쏟으시면 안 되는 일이 없겠지요. 소생은 월, 화, 수는 고대에서 강의를 하고 목, 금, 토는 이곳 춘천에서 삶을 즐기고 있습니다. 총장을 그만두면 계속 성대에서 평교수로 교편을 잡겠다던 꿈을 이루지 못하고 이렇게 방황하는 것이 안타깝기는 합니다만, 어떻든 이제 남은 힘을 마지막 포부의 실현을 위하여 한림대학에 쏟아보려고 합니다. 많은 성원 베풀어 주시기를 간망합니다. 그럼 내내 건승하셔서 육영사업에 정성을 베풀어 주시기 바랍니다.

1983. 1. 25.

현승종玄勝鐘 배拜

張潤 理事長 案下

대단히 늦은 人事가 되겠읍니다만

새해에 福많이 받으십시오.

年末年始에 걸쳐 約 한달 동안 자리를
비웠다가 오늘 이곳 春川에 와보니 貴下의
賀狀이 책상 위에 놓여 있어 약간 놀라기도
하고 또 무척 고맙기도 하였읍니다. 小生이
翰林大学에 관여하고 있다는 事実을 어떻게
아셨는지 궁금하기 때문입니다. 또한 舊情을
잊지 않으시고 관심을 가져주시니 小生으로서
는 감격스럽기 때문입니다.

学校일 如意하시리라고 믿습니다. 貴下와
같이 誠意를 쏟으시면 안되는 일이 없겠
읍지요. 小生은 月·火·水는 高大에서 講義를
하고 木·金·土는 이곳 春川에서 삶을 즐기고 있
읍니다. 總長을 그만두면 계속 高大에서 平敎
授로 敎鞭을 잡겠다던 꿈을 이루지 못하고
이렇게 彷徨하는 것이 안타깝기는 합니다만,
어떻든 이제 남은 힘을 마지막 抱負의 実現
을 위하여 翰林大学에 쏟아 보려고 합니다. 많은
聲援 베풀어 주시기를 懇望합니다. 그럼 내내
健勝하셔서 育英事業에 精誠을 베풀어 주시기 바
랍니다. 1983. 1. 25 玄勝鍾 拜

한림대학

***

현승종 전 국무총리가 한림대학교 총장 재직 시절 필자의 연하장을 받고 보내온 답서.

세 가지 썩지 않는 것

고영길高永吉

대만 지선 고급 공상 직업학교[1] 이사장

1984년 2월 18일부터 대성학원과 지선 고급 공상 직업학교는 자매 결연을 맺어 현재까지 횟수로 11년간 우정 어린 사귐을 해 오고 있습니다. 그동안 두 학교 사이에는 창설자와 교사, 학생들이 여러 차례의 교류 방문이 있어 서로 연구하고, 마음으로 이해하는 활동을 통해 양측 교사와 학생들 간의 견문과 지식의 성장, 우의의 교감 등에 몹시 큰 이로움이 있었습니다. 더우기 1994년 5월 7일 대성학원이 건학 40주년 경축 행사를 확대 거행할 때 본교 창설자께서 교사와 학생 16명을 인솔해 가셔서 축하하고 돌아온 다음 그들로 하여금 자매 학교 방문 기행 감상문 등 다섯 편의 작품을 쓰게 하여 오고간 문서와 합쳐 제 31기 학교 교지에 실어 교류 방문 기록의 일부분으로 삼았습니다. 아울러 대성학원에도 보내 이 일련의 과정을 자세히 알려드린 바 있습니다.

1995년 12월 25일 대성학원 설립자이신 장윤 이사장께서 교사와 학생 10명을 인솔하여 답방해주셨습니다.

공자의 제자인 자하子夏가 일찍이 "군자에게는 세 가지 변화가 있으니 멀리서 바라보면 엄연儼然하고, 다가가면 따뜻하고, 말씀을 들으면 마음이 끓어 오른다"라고 했습니다. 장윤 이사장께서는 심지가 인자, 관후하시어 정성과 믿음으로써 사람을 대하십니다. 평소에 학생 사랑하기를 당신의 친자식 사랑하듯 하시나 인격 수양과 학문적 성취에 대한 요구는 엄격하십니다. 교직원 대하기는 집안 사람

1 臺灣 至善 高級 工商 職業學校

들 대하듯 하시나 맡은 바 책무에 대해서는 능력을 다하고 마음을 다하도록 요구하십니다.

당신은 자신에 대해 엄격하시어 생활이 단출하고 소박하시며 태도와 말씀은 온화하고 고아高雅하여 도에서 벗어나지 않아 친구들과 이웃이 존경하여 높이 여김을 깊이 받으십니다.

한국의 교육계에서는 더욱 명망 있으시어 비단 원주에서 대성학원을 세우셨을 뿐만 아니라 서울에서도 상명 여자 중·고등학교, 상명공고 등을 설립 이전하는데 재단 이사로 크게 기여하였습니다. 참으로 백성을 위해 하늘이 선생께 부여한 명을 알아 마음을 다한 것은 국가에 공헌한 최대의 공적입니다.

중국의 13경經 중의 하나인 『좌전左傳』이라는 책 양공 24편에 보면, "가장 크고 으뜸인 것은 영원히 후세에 영향 줄 본보기를 지어 그 덕을 끝없이 남기는 것이요, 그 다음은 재난으로부터 백성을 구제하여 그 어려움을 없애주는 것이요, 그 다음은 정밀하고 긴요하여 영원히 썩지 않는 언론이나 학설을 세우는 것이다. 비록 이들은 세월이 변해도 없어지지 않으니, 이를 일러 세 가지 썩지 않는 것이라고 한다"는 기록이 있는데, 이 말은 바로 대성학원의 창설자이신 장윤 이사장님을 두고 한 말이 틀림없을 것입니다.

***

1996. 6. 20. 『그 세월, 대성과 함께』에 실린 글.

국제 형사 재판소 재판관으로 선출

장윤 이사장님께 드립니다.

감사한 마음으로 인사드리옵니다.

저는 지난 11월말 정부로부터 새로 탄생하는 국제 형사 재판소 재판관 후보로 선출되었음을 통보 받았습니다. 처음에는 갑작스럽고 준비가 없어 적이 당황하였으나 이사장님을 비롯하여 각계각층의 여러분들께서 후원회를 발족하여 전폭적으로 밀어주신 데 대하여 깊이 감사드립니다. 특히 대통령 선거를 앞둔 시점이었고 성탄과 연말의 어수선한 분위기에도 불구하고 적극적으로 후원회에 참석하시고 물심양면으로 격려해주신 덕택에 새로운 각오와 사명감을 가지고 선거에 임할 수 있었습니다. 격려해주신 한 분 한 분께 깊이 감사드립니다.

근년 정초에 뉴욕으로 건너가서 꼭 한 달 동안 우리의 유엔 대표부를 본부로 삼고, 대표부 외교관들과 팀을 이루어 비준 국가의 유엔 주재 외교관들을 찾아다니면서 불철주야 선거 운동에 돌입했습니다. 복잡한 선거 규칙 때문에 예측조차 불가능하고 참으로 힘든 선거였으나 본국에서 이사장님께서 보여주신 열성적인 성원을 배경으로 끈질기게 노력하였습니다. 마침내 2월 4일 오후 재적 3분의 2를 훨씬 넘는 압도적 다수표로 일차 투표에서 단번에 당선되었습니다. 일차 투표에서 당선된 7인 중 저만 유일한 남성 후보였습니다. 그 후 18인의 재판관을 선출함에는 2월 7일 자정에 이르기까지 33차 투표를 거듭해야 했습니다.

인류가 법을 통한 세계 평화와 인권 옹호를 위하여 집단 살육, 인종 청소, 전쟁 기타 인도주의에 반하는 극악무도한 범죄가 자행되는 경우에 인도적 개입을 하여 범인을 처벌할 수 있도록 국제 형사 재판소의 창설을 논의한지 50여 년 만에 드디어 그 실체가 구성된 것입니다.

제가 뜻 깊은 역사적 순간에 우리나라를 대표할 수 있게 된 것은 오로지 저에게 여러 가지로 후원해주신 이사장님의 덕택임을 잘 알고 머리 숙여 감사드립니다. 그리고 제가 당선되기까지에는 외교통상부를 비롯하여 법무부, 산업자원부, 감사원과 국가정보원 등 정부 기관들의 협조와 지원이 절대적이었음을 아울러 보고 드립니다.

제가 당선된 낭보가 전해지자 곧바로 전화, 축전, 화분, 축하 서한 등으로 축하해주시고 기쁨을 같이 해주신 이사장님께 깊은 감사의 말씀을 드립니다. 또한 고위층 예방 등을 위하여 잠시 귀국했을 때 성대한 후원회를 베풀어주시고 바쁘신 중에도 참석하시어 축하해주신 은혜를 잊을 수가 없습니다. 저는 이사장님께서 보내주신 분에 넘치는 축하와 후원을 마음속에 깊이 간직한 채 국제 형사 재판소가 지향하는 법을 통한 세계 평화, 인권 옹호 및 인도주의 실천의 이상을 달성하는 데 헌신할 것을 다짐합니다.

현재 알려진 일정은 3월초에 재판소가 설치된 헤이그로 가서 11일에 취임 선서를 하는 것입니다. 저는 이번 학기에 하버드 법대 교수로서 가르치고 있으므로 여름 전에 귀국할 수 없어 우선 이 지면으로 감사의 인사에 가름함을 용서해주십시오.

이사장님의 건강과 만사형통을 기원하오며,

1999. 2. 1.

하버드 법대에서

송상현宋相現 올림

張潤 学園長님께.

잊지 아니하시고 저의 祖父님의 逸話가 적힌 樹州 선생의 「酩酊四十年」中 해당부분을 복사하여 보내주시니 참으로 감사드립니다.

Season's Greetings from the International Criminal Court

La Cour pénale internationale vous présente ses meilleurs voeux pour la nouvelle année

새해에는 宅内 均溫하시고 大成学園의 무궁한 발전을 祈願하나이다.

2007. 12. 17

宋相現 攢手

***

고하古下 송진우宋鎭宇 선생 기념 사업회와 관련해서 알게 된 고하의 손자 송상현 미 하버드대 교수가 보내온 편지. 송상현 교수는 서울대 법대학장을 지내고 국제 형사 재판소장으로 재임 중이다.

무괴아심無愧我心으로 삼락三樂의 훈訓

송상현 교수님 아전

우리나라 법조인으로서는 처음으로 국제 형사 재판소 초대 재판관으로 선임되신 것을 진심으로 심축 드립니다.

지난번 서울대학교 총장 건으로 얼마나 상심이 크셨을까 생각하니 제 마음도 그리 좋지 못하였습니다.

저도 젊었을 때 낙선의 고배를 마셔보았기에 위로의 말씀도 드리지 않았습니다. 마음의 상흔은 본인 스스로가, 시간이 해결하는 것이기 때문입니다.

집안 가족 분들께서 건강들하시고, 무괴아심無愧我心으로 천하 영재를 길러내는 삼락의 훈을 간직하시는, 젊은이들의 정신적 지도자가 되시옵소서.

축하의 인사 말씀 제대로 못 드리는 것 같아 죄송합니다.

2003. 2. 10.

장 윤 합장

사람을 허탈하게 만드는 아이러니

존경하는 장 이사장님께

저는 지난 4월 15일 퇴원한 후 순조로운 회복을 보이고 있으며 잃었던 체중도 반 이상 회복하였습니다. 외형적인 것뿐만 아니라 내적으로 힘이 솟는 것이 매우 감격스럽습니다. 지난번 3년간 건강을 되찾기 위하여 병원에도 가고 운동도 해보았습니다마는 허사였는데 3월 14일부터 한 달간 입원함으로서 체중 감소의 원인도 발견되었습니다. 사람을 허탈하게 만드는 아이러니 같은 것이었습니다.

요사이 골프는 잘 즐기고 계십니까. 젊은 골퍼들 중에서도 라이벌이 없겠습니다. 젊지 않는 연세에 그런 장타는 누가 봐도 부러워하지 않을 수 없을 것입니다. 저도 이제 연습장에 다닐까 합니다. 신문에 나오는 골프 기사를 정독하면서 이미 알던 것과 비교연구하고 있습니다.

지난 5월 13일 저와 수현이는 4.2kg짜리 손자를 보았습니다. 준탁俊鐸이라고 이름지었는데 잘 먹고 잘 자랍니다. 지금은 6kg이 되었는데 얼마 전부터 낮에는 안 자려고 해서 수현이와 제가 교대로 애를 보고 있습니다. 주말이 되면 영운瑛韻이 집으로 갔다가 일요일 밤에 다시 오고 있습니다.

지난 번 원주에 갔을 때 신세 많이 졌습니다. 9월에 가서 보답하겠습니다.

이모님도 안녕하시겠지요. 더운 계절을 맞이해서 건강하시고 만사형통하시기를 기원합니다.

2000. 6. 27.

전순규全順奎, 유수현劉秀玹 근배

***

필자의 이질녀 유수현의 남편 전순규 전 대사(포르투갈, 파키스탄 등 근무)가 퇴원 후 보내온 편지.

'숲을 지켜낸 사람들' 한국어판 출간에 즈음하여

우리들은 패전의 허무 속에 망연자실하여 입을 옷도 없고, 먹을 양식도 없으며, 살 집도 없이 본능적으로 생활에 필요한 물질에만 정신을 빼앗기고 있던 차에, 하늘에서 솟아난 듯 민주주의가 도입되어, 중앙 집권에서 지방 분권으로의 지방자치법이 시행되게 되었습니다.

소위 자기들이 사는 지역을 보다 훌륭하게 발전시키기 위하여 서로들 대화하고, 모두들 적극적으로 협력하여 훌륭한 생활 환경을 만들어 가자는 것이었습니다. 그러나 생각하는 대로 일이 잘 진행되지는 않았습니다.

아귀도에 떨어져 굶주림에 시달리는 사람같이, 국민들은 오로지 물질에만 정신이 팔려, 서로 밀치고 떠밀면서 자기 먼저 물질을 차지하려는 경쟁 속에 시달려야만 하였습니다. 돈, 돈 하면서 돈만 있으면 이 세상 모든 것을 살 수 있고, 태평하게 지낼 수 있다는 생각에만 골몰하였습니다.

사람들의 인정은 메말라 갔습니다. 자연이라 할지라도 돈만 있으면 언제든지 살 수 있고 창출할 수 있는 것으로 착각하며 자연을 파괴하기 시작하였습니다.

나는 조그마한 읍의 수장으로서 향토를 사랑하기 때문에, 이런 풍조를 보고만 있을 수 없었습니다. 인생의 풍요로움은 물질의 풍요가 아니라 마음이 풍요로워야 합니다. 인간은 자연의 순환 중 하나의 고리에 불과하며, 모든 생물의 생명을 이어받아 생존하여 가는 존재임을 잊어서는 안 됩니다.

어떠한 시대가 도래하더라도 조상님의 넋을 공경하고, 사람과 사람이 마음으로 도와 가면서 소중하게 생각하는 것이 인간의 도리임을 역설하였습니다. 그것은 조상님의 지혜를 이어받아 다음 세대로 전수하는 것이 우리들에게 부과된 의무라고 생각하였기 때문입니다. 이런 생각을 가지고 추진하여 오던 마을 가꾸기의 과정을 한데 묶어 글로 남기는 것이 어떻겠느냐는 강권에 못 이겨, 워낙 재주가 없는 본인의 분수도 모르고 써 내려간 것이 이 책 『숲을 지켜낸 사람들』이었습니다.

그러던 어느 날 갑자기 한국의 장윤 선생으로부터 전화가 걸려왔는데, 그 내용은 나의 보잘것없는 이 책을 한국어로 번역하시겠다는 말씀이셨습니다. 나는 일순간 내 귀를 의심하였습니다. 나의 책을 번역하신다구요? 그때 나는 무엇인가 크게 잘못된 것이 아닌가라는 생각이 들었습니다. 그런 지 얼마 안 되어 강원도청 최헌영崔憲泳 국장님과 조태진趙泰鎭 횡성橫城 군수님 등 일행이 저희 마을을 방문하여 주셨는데, 이분들의 격려 말씀도 계셨지만, 나는 이 책을 발간하는 것이 정말 잘하는 것인지 아니면 혹 망신이나 당하지 않을까 하여 자문자답도 해 보았습니다.

그 무렵 한국에서는 지방자치법이 시행된 지 5년째가 된다는 말씀을 들었습니다. 본인은 대단히 놀랐습니다. 과연 한국은 대단합니다. 서두르지도 않고 떠들썩하지도 않은 가운데, 세계 선진국 대열 속에서 다듬어진 국민적 훈련이 점진적으로 진행되는 것에 감명을 받았습니다. 이웃 나라인 한국은 이렇게 발전하고 있는데 우리 일본은 어떻게 될 것인가. 여기에 생각이 미치자 한국에서의 지방 자치 제도는 분명히 성공을 거두리라 믿어 의심하지 않습니다. 우리 일본은 물심物心이 가난한 가운데에서의 출발이었습니다. 그러나 한국은 모든 면에서 풍족한, 그러면서도 물질보다 마음이 풍요로운 가운데에서 출발하였습니다.

밤하늘의 빛나는 별같이 한국에서 시·읍·면의 자치 행정이 빛나는 성과를 거두는 장래의 모습이 눈에 떠오르는 듯합니다.

조그만 면이나 읍이 모여서 나라가 됩니다. 한국의 지방 자치가 성공한다는 것은 대大 한국이 크게 발전한다는 약속인 것입니다. 도덕 지향의 나라, 문화 지향의 나라, 종교심이 두터운 나라, 조상 숭배의 정신이 강한 나라로 크게 발전하여, 또 다시 옛날처럼 우리 일본의 정신 문화 발전에 기여해 주는 나라가 되기를 절실히 바랍니다.

끝으로 나의 『숲을 지켜낸 사람들』의 발간이 지역 가꾸기에 다소나마 참고가 되신다면 더 없는 영광으로 생각하겠습니다.

감사합니다.

1999년 9월 10일

『숲을 지켜낸 사람들』의 저자

고다 미노루鄕田 實[1]

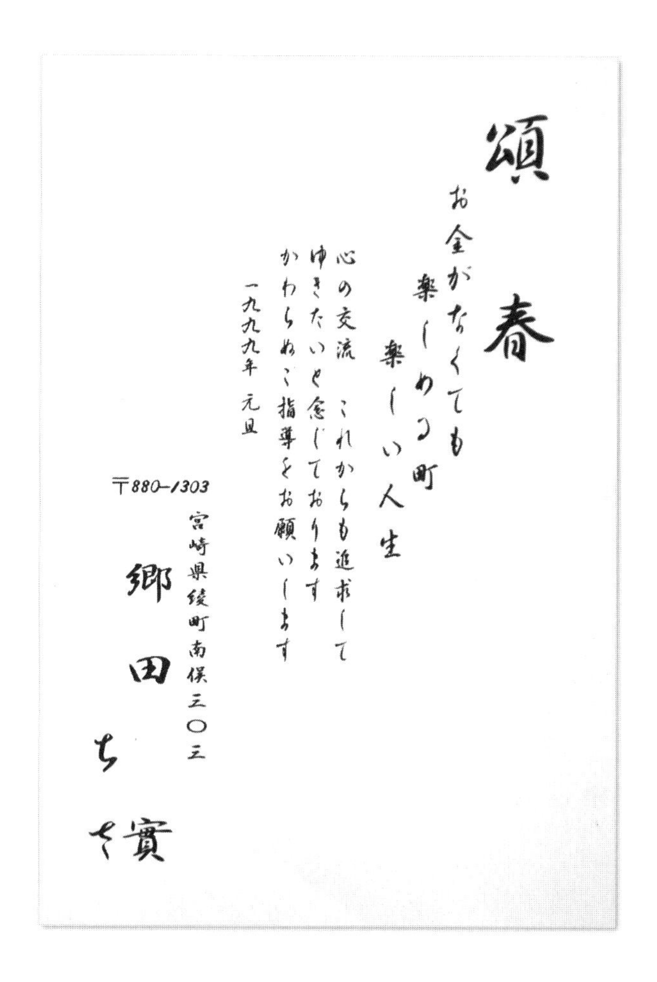

頌春

お金がなくても
楽しめる町
楽しい人生

心の交流 これからも追求して
ゆきたいと念じております
かわらぬご指導をお願いいたします

一九九九年 元旦

〒880-1303
宮崎県綾町南俣三〇三

郷田 實
ちと

---

1 일본 규슈九州 미야자키현宮崎縣 아야초綾町 정장町長으로 5선 당선한 인물. 녹색 환경, 유기 농업의 선구자적 역할을 한 환경 운동가.

비타민을 보냅니다

존경하옵는 장윤 이사장님과 사모님께

한미 문화 재단의 일을 본 지도 일 년이 지난 듯합니다. 일 년에 두 번씩 한국 문화를 15개 도시에서 공연, 전시, 6.25 참전 미국 군인들에게 감사 메달을 전달하고 있습니다.

국방부에서 하는 것이 아니라 재정이 부족한 개인 재단의 일입니다. 문화 사업은 나라에서 하는 것보다 개인들의 모임이 하는 정도이고 여름과 겨울에 교실을 이용해서 학생들이 하고 있습니다.

보내드리는 비타민은 65세 이상의 어른들이 드시는 것이므로 하루에 하나씩 사모님과 이사장님이 식후에 드시면 좋습니다.

몇 달 전에 저도 칠순이 되어서 재미로 어학원과 한미 재단 일을 보고 있습니다. 어머님은 95세이셔서 간병인이 돌보고 있습니다. 저의 집사람은 딸의 허리가 아파서 미국에 가서 있습니다.

그러면 이만 줄이고 건강하시기를 기원하면서 난필로 각필擱筆하옵니다.

2000년 3월 1일

조성규趙成圭 배拜

張潤 理事長님

지난해 보살펴 주신 厚意에
깊이 感謝드리며
삼가 새해에 萬福을 비나이다.

趙成圭 拜上

지난해 11월에 딸의 결혼식을
치루었읍니다. 檢認定 받은 교과서
때문에 정신없이 12月을 보내는 바람에
이 card를 보내 드리며 問安도 드리지
못해서 죄송합니다. 1월 30일에
提出했읍니다.

***

전 연세대학교 어학당 조성규 교수의 편지. 조성규 교수는 필자의 원주 후배이다.

홋카이도는 설국雪國

장 이사장님

분주히 떠나오느라고 인사도 드리지 못하고 이곳에 왔습니다.

그리고 소식도 이렇게 늦어졌습니다.

저는 늘 염려하여 주시는 덕으로 잘 지내고 있습니다.

무덥던 여름에 이곳에 왔는데 지금은 온통 눈으로 덮여 있습니다. 세월은 한 곳에 머물러 있지를 않습니다.

재임 기간 지역의 어른으로서 따뜻하게 돌보아 주신 점 고맙고 아름답게 느끼고 있습니다.

오래 간직하겠습니다.

한해가 다 가는 길목에서 이사장님을 비롯한 댁내 행운이 늘 같이하시기를 빕니다.

안녕히 계십시오. 난필을 놓습니다.

2000. 11. 14.

일본 홋카이도 삿포로 시에서

하서현河瑞鉉 드림

＊＊＊

하서현 강원대 총장이 퇴임 후 일본 홋카이도의 삿포로에서 보내온 편지

모자라는 능력 노력으로 메울 터

장 이사장님

건강하신지요.

원주를 떠난 후에도 정을 잊지 않고 마음을 써주시는 데 대해 늘 감사합니다.

저는 작년(2000년) 7월 대법원 송무국장訟務局長으로 불려 와서 모자라는 능력을 노력으로 메우려고 애를 쓰고 있습니다.

서울에 오실 때 미리 연락 주셔서 제가 한 끼 식사라도 대접해 드릴 기회를 주시기 바랍니다.

건강하시고 밝고 훈훈한 웃음이 이사장님 주위에 가득한 새해가 되시길 빕니다.

2001. 1. 1.

박병대朴炳大 올림

새해를 맞이하여 건강과 행운이
함께 하시길 바랍니다.

Happy New Year!

***

원주지원장 역임. 현재 서울고등법원 부장판사

암 조기 발견으로 다행

장 선생님

편지 받고 깜짝 놀랐습니다. 평소에 건강에 관한한 장 선생님을 가장 '모범생'으로 생각하고 있었거든요. 아무튼 조기에 발견해서 정말 다행입니다. 빠른 쾌유를 빌며, 봄에는 그곳에서 즐겁게 재회할 수 있기를 기대합니다. 저는 상태가 (여러 모로) 아주 나쁩니다. 2000년은 그야 말로 제겐 '최악의 해' 였습니다. 손이 떨려 글씨가 엉망입니다. 그만 줄이겠습니다. 사모님께도 안부를 전해주세요. 설 선물 감사합니다.

2001. 2. 13

이덕희李德姬

***

필자의 투병 소식을 듣고 작가 이덕희 씨가 보내온 편지

아호는 일우逸友가 어떠실지

이덕희 선생께

어려운 부탁을 해주시어 고맙기도 하고, 그만큼 책임도 무거워지는 것 같습니다. 지난번 전화로 이 선생이 아호雅號를 말씀하셔서…

화십우花十友라 하여 여러 종류 꽃 이름을 별칭別稱으로 부르는 것이 있는데, 예를 들면, 매화꽃은 청우淸友라 하여 깨끗한 벗의 대명사요, 작약꽃은 요염하고 사람을 홀린다 하여 염우艶友라 하고, 연꽃은 정객靜客이니 정우淨友라 부른답니다.

이덕희, 전용종, 유자효, 강운구 제형들과의 오랜 만남을 두고 지란지교芝蘭之交라 해도 과언이 아니 될 것입니다. 그래서 지란芝蘭을 방우芳友라 한답니다.

끝으로 청아하고 고상한 꽃을 국화라 하는데, 특히 국화는 다른 꽃이 다 시들어 갈 때 늦게 피며, 서릿발을 견디어 이겨내는 은일자隱逸者 같은 품격의 꽃이라 일우逸友라고 한답니다.

해서, 아호를 일우逸友라 생각하여 보았습니다. 택하시든 버리시든 마음 편안하게 하세요. 불비.

2007. 9. 29.

장 윤 합장

웅대한 '표현의 자유'

박용상朴容相 판사님 아전

우선 영전하신 것을 축하드립니다.

저도 책이라고 몇 권 출판하여 본 경험이 있습니다만 이번 보내주신 『표현의 자유』란 책은 그 목차만 보아도 방대함에 경탄을 금치 못하였습니다. 제가 보관한다면 보물을 감추어 놓고 햇빛을 가린 채 은닉하는 것 같은 죄스런 생각이 들어, 제 사위가 서울 법대 출신으로 서울 중앙대학교에서 민법을 강의하고 있기에 전하여 줄까 생각하고 있습니다.

항상 다망하신 중에 괘념掛念하여 주시는 정분이 무척 소중하게 생각이 들어 더욱 고맙게 생각합니다. 앞으로 더욱 건강하시고 뜻하시는 일들이 잘 풀리시기를 기원드립니다.

2002. 6. 3.

불비례 장 윤 합장

***

박용상 판사가 헌법 재판소 사무총장으로 부임했을 때 보낸 편지

여의주 굴리시는 나날

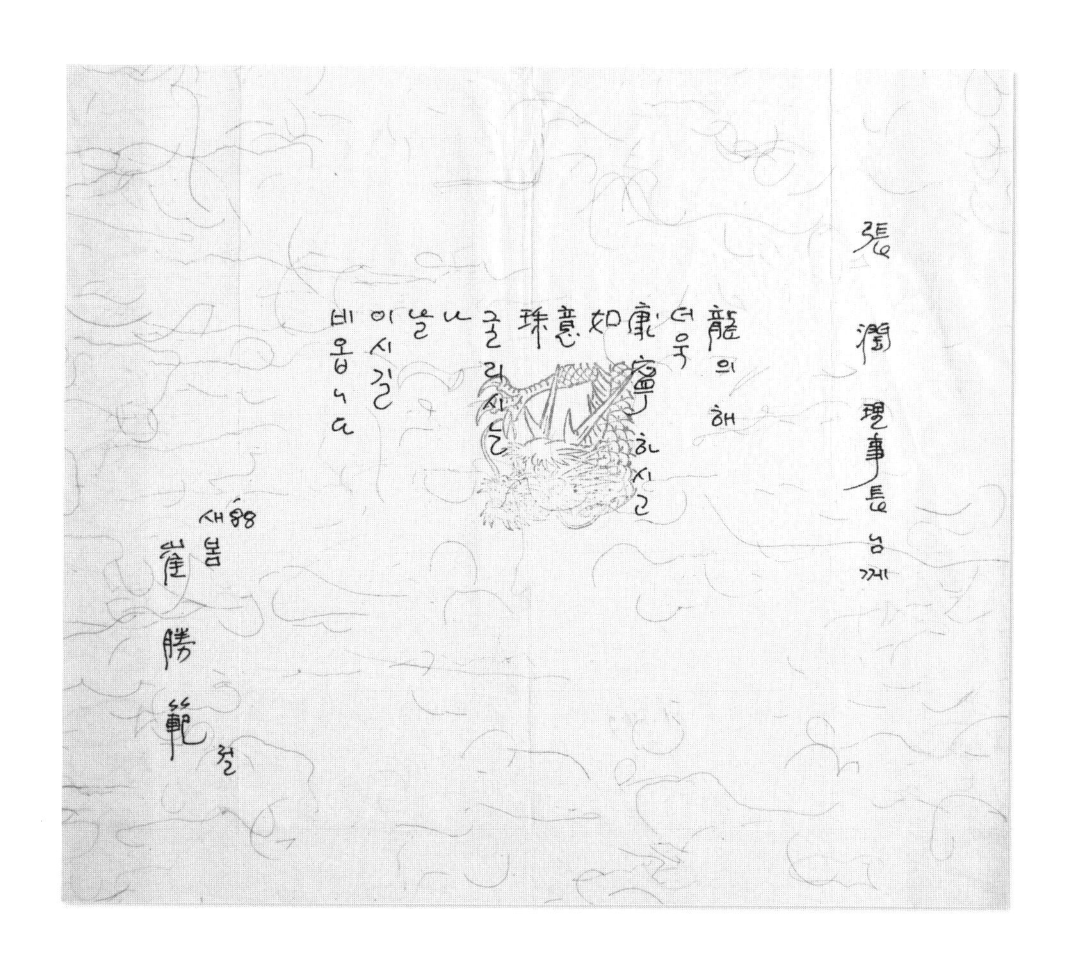
張潤理事長님께

龍의 해
더욱
康寧하시고
如意珠
굴리시는
나날
이시길
비옵니다

새88
봄
崔勝範 절

***

시조시인 최승범 전북대 명예교수가 보내온 연하장. 최승범 교수는 신석정 시인의 큰사위이다.

시정 넘친 연하장

최승범崔勝範 교수님 아전

한번 뵌 일도 없고, 누구의 소개로 인연이 맺어졌는지도 모른 체 수년간 연하장을 보내드리고 받고 하였는데 이번 희수를 맞아 연하장을 정리하다가 선생의 연하장이 시정에 넘쳐 고맙기도 하여 제 연하장 철에 고이 간직하게 되었습니다.

전북대에 계신 것을 알고 있었으나 그 후 소식이 끊겼고 저 역시 2, 3년 전에 위암 수술을 받게 되어 고생도 많았으나 조기 발견이 되어 이제는 건강하게 소일하고 있습니다. 우연히 조선일보의 기사를 읽게 되었고 이제 이렇게 편지를 올리게 되었습니다. 학교는 일선에서 물러나 학원장이란 이름으로 주週에 한번 꼴로 학교에 나가 보고 있습니다. 노익장으로 큰 사업의 중책을 맡으셨다니 경하드리면서, 더욱 고맙게 생각됩니다.

2003. 9. 17.

불비례 장 윤 합장

나도 시인 되었으면

유자효柳子孝 시인께

나도 유 선생 덕으로 시인 한번 되었으면 합니다.

세상살이에 남다르려니, 굳게 믿고 속아서 시집온 우리 마누라 김정순金貞順에게 고생 많이 시켰다고 무슨 선물을 하리까?

주간 잡지 오늘의 운세에도 밀려난 사주팔자인데 늙은이들 모이면 그래도 마누라보다 앞서 가는 것이 상팔자라지만, 나는 그렇게 못하겠소이다.

내가 먼저 가면, 제 배 몹시 아픈 것 참아가며 낳아서 키워온 자식이지만 단돈 만원조차 달라고 하지 못할 여린 마누라가 불쌍해서요.

두고두고 가끔씩 읽겠습니다. 고맙습니다.

다 읽고 나서 박호영 시인의 평을 읽어보니 내가 하고 싶은 말씀이 많이 나오더군요. 좋은 친구를 두셨습니다.

2003. 11. 1.

장 윤張 潤 합장

정상에 올라갈수록 짐을 덜어야

박용수朴龍壽 총장님 보십시오.

최상익崔相益 교수로부터 저에 대한 말씀 듣고 놀랐습니다.

무엇인가 잘못 알고 계신 것 같아 몇 말씀 드리고자 합니다.

우선 저는 그런 자격이 부족한 사람입니다. 따라서 그런 대상 인물이 될 수가 없습니다.

사기史記에 나오는 구절이라 합니다.

'持方枘欲內圓鑿(지방예욕내원착), 네모난 막대를 쥐고 둥근 구멍에 집어넣고 싶어 한다'

저도 옥편을 몇 번씩이나 들여다보고 겨우 그 뜻을 알게 된 구절입니다.

네모진 것은 네모진 구멍에만 들어가고 둥근 것은 둥근 구멍에만 들어가는 것이 순리입니다.

억지는 순리를 비웃는 오기에 불과합니다. 달걀로 바위를 깬다고 하면 그것은 억지입니다. 어린이도 억지를 부리면 매를 맞습니다. 작은 그릇이 큰 그릇을 담지 못합니다. 개울이 시냇물을 담으면 넘칠 것입니다. 모든 것이 순리에 어긋나면 억지로 통합니다.

김대중 씨도 노벨상을 타고 난 뒤 말이 많았고, 도리어 욕된 소리가 여러 사람들 입에 회자 되지 않았습니까? 분수를 모르면 개인이나 나라가 욕을 먹게 됩니다.

사람의 일생이란 무거운 짐을 지고 원행遠行 하는 것과 같다. 서두르지 말라. 언제나 부자유스러운 것이 상정常情이라 생각하면 그렇게 불편할 것도 없다. 인내하는 것은 무사장구無事長久의 기초요, 노여움은 적이라 생각하라. 이기는 것만 알고, 지는 것을 모르면 그 해가 뼛속까지 스며든다. 자기를 책하되 남을 책하지 말라.

이는 일본을 삼백 년 지배하던 도쿠가와 이에야스德川家康가 자식들과 부하에게 남긴 유언입니다.

본인의 지론도 비슷합니다.

인생이란 무거운 짐을 지고 산에 올라가는 것과 같다. 정상에 올라갈수록 짊어지고 가는 무거운 짐을 하나 둘 씩 덜어야 한다. 그래서 가벼운 몸과 마음으로 정상을 넘어야 인생을 그런대로 즐기면서 살 수 있다.

이와 같은 생각으로 살고 있는 저에게 명예의 멍에를 또 지라구요?

제 나이 진팔십進八十이 다 되었습니다.

인생이란 길이 가파르면 쉬엄쉬엄 천천히 가라 했습니다. 내리막길이라도 달리지 말고 천천히 가라 했습니다. 달리면 넘어집니다.

평평하다고 성큼성큼 가지 말라. 그렇게 해서는 멀리 못 갑니다. 인생이란 길은 알맞게 걸어서 가야 발병이 나지 않습니다.

나 같은 위인을 그렇게까지 생각하셨다면 일생일대의 큰 실수를 하시는 것입니다. 강원대학교 영예에 흠집이 생깁니다. 저에게도 망신스러운 일이구요. 욕된 일은 삼가는 것이 도리입니다.

언제 갈지 모르는 인생에게 무슨 명예 박사가 필요 하겠습니까?

제가 이를 수락하면 오만한 인간이 되는 것이고, 억지를 부리는 노욕의 표상이 될 수밖에 없습니다. 남들이 보면 추하게 보일 수도 있습니다.

요새 세상 돌아가는 것을 보면 절망적인 생각이 들 때도 종종 있지 않습니까? 한편으로는 우리 인류 사회는 희망이 남아 있는 것 같기도 하구요. 이곳저곳에서 그래도 사람스러운 인간들이 살고 있는 세상이니까요.

어딘지 좀 산뜻한 사람, 좀 멋지게 보이는 사람, 훌륭한 사람, 마음에 와 닿는 사람이 있지 않을까 하는 기대도 있지요.

내가 좋아하는 분, 그리고 사귀고 싶은 박용수 총장님, 우리가 사귄 지 이틀밖에 더 됩니까 — 원산에 갔을 때.

저를 리버럴한, 거들먹거리는 늙은이로 풀어 주세요. 명예 박사를 준다 해도 싫다는 사람이 우리 강원도에 있다는 사실이 좀 기쁘지 않으세요?

젊은 알렉산더 대왕이 거리의 철학자 디오게네스를 찾아간 일이 있지 않습니까? 그는 사람스러운 인간을 찾아보겠다면서 대낮에 촛불을 켜고 다니는 늙은 방황자가 아니었습니까? 대왕이 어떤 청이라도 들어 주겠다고 하니 통나무집에서 살던 그는 "대왕님, 햇빛이 가리니 비켜 서주십시오" 라는 한 마디 뿐이었습니다. 그리고 나서 대왕은 내가 알렉산더가 아니었다면 디오게네스가 되었을 것이라는 한 마디를 남기고 떠났다고 합니다. 얼마나 시원스럽고 산뜻한 장면입니까?

총장님, 저는 이대로가 편안하고 좋거든요. 저에 대한 말씀들이 거론되었다는 사실만으로 저는 기쁜 마음으로 살겠습니다. 그리고 눈물겹도록 고맙게 생각합니다. 저는 대학 때에도 각모를 써 본 일이 없는 야인적 학생이었습니다. 새삼스럽게 또 백발이 허연 늙은이가 각모를 쓴다면 얼마나 꼴볼견이 되겠습니까?

저를 진정 좋아하신다면 그런 뜻에서 저를 도와주실 수는 없는지요?

2004. 4. 12.

여불비례 태암 장 윤

***

강원대로부터 명예 박사 학위 수여를 제의 받고 보낸 필자의 사양하는 편지. 강원도에서 북한 안변에 연어 부화장을 만들어 주었을 때 강원도 관계자들이 북한을 방문한 적이 있었다. 그때 필자는 남북교류위원 자격으로 동행했었다. 박용수 총장과는 원산행을 함께 했다.

시련을 겪어야 진짜 물건이 됩니다

이상수李相洙 의원 보십시오.

제 딸 영인榮仁이가 위장 취업으로 구속되고 이 변호사께서 동분서주 하시면서 애써주신 수고로움은 제 평생 잊지 못할 은혜로 남아 있습니다.

그런 인연으로 딸 아이 결혼 때에 주례까지 서 주셨는데 이제까지 사람 노릇을 제대로 못한 용렬한 인간이 되었습니다.

변명이 되겠습니다마는 저도 우연히 위암이 발견되어 3년 전에 수술까지 받았으나 진팔십進八十의 나이가 되고 보니 회복이 늦어지는 느낌입니다.

딸 때문에 신세를 진 제가 이 의원을 위해 아무것도 해드리지 못하는 무력한 늙은이가 되다보니 안타깝고 한스러운 생각뿐입니다.

우리 딸에게 유별나게 잘 돌보아 주신 고마움과 보답으로 보내드린 약간의 변론비辯論費마저 되돌려 보내신 이 의원이 돈 때문에 곤욕을 치르고 계시는 모습이 떠오를 때마다 분노가 치미는 마음입니다.

나는 믿습니다. '이 의원만큼 돈에 담담한 사람 있으면 나와 보라고 해' 산에 가서 목이 터져라 외치고 싶은 심정입니다.

인품이 출중하시고 정치인으로서 갖추어야 할 소양이 충분한 이 의원께서 때를 잘못 만나고, 사람과의 잘못된 인연으로 고생하시는 것도 운명이려니 생각하실 수밖에 없습니다.

어떤 책을 읽다가 "역시 남보다 뛰어난 사람은 큰 병을 얻어 사선을 넘어 보거나, 회사나 집안이 망하여 파산을 당해 보거나, 이것도 저것도 아니면 옥살이를 하여 보거나, 이런 수라장修羅場에서 한 판 겪어 보아야 진짜 물건(사람다운 사람)이 된다"라는 짧은 구절이 있습니다.

고금의 훌륭한 정치가나 지도자는 이런 시련과 고통과 불행을 함께 겪은 사람들이 많습니다. 이 의원, 나는 일몰이 가까운 사람이지만 이 의원은 장래가 길지 않습니까? 앞을 보시되 좀 더 먼 데를 보시면서 인생의 전기로 삼아 잠재 능력을 키우셔야 합니다.

이런 때 일수록 새로운 인생의 삶으로 충전하는 계기로 삼으시기 바랍니다.

2004. 5. 25.

장윤張潤 합장合掌

옥중 생활은 반성의 기회

안녕하십니까

기승을 부리던 불볕 더위도 가고 조석으로 서늘한 바람이 불어와 가을의 길목에 접어들었음을 느끼게 합니다.

그동안 건강하시고 뜻하신 일들은 잘되는지요.

찾아뵙고 인사드리지 못하고 서신으로 문안드림을 용서해 주시기 바랍니다.

옥중에 있는 동안 염려하고 배려해 주신 따뜻한 은혜에 대해 다시금 머리 숙여 감사드립니다.

6개월의 옥중 생활은 고뇌와 아픔의 나날이기도 했지만, 지난날을 반성적으로 돌이켜 볼 수 있는 좋은 기회이기도 했습니다.

또한 저희들의 아픈 희생이 우리 정치와 선거 문화를 개혁하는 데 작은 밑거름이 되었다고 생각하며 보람을 느끼기도 합니다.

저는 잠시 미국에 가 워싱턴 조지타운 대학의 아시아 정책 연구소에서 동 아시아 경제에 관해 공부하고자 합니다.

어느 기자가 세계적인 연주가를 찾아가 연주를 하지 않을 때는 무엇을 하느냐고 묻자, 그는 연주를 하지 않을 때는 “연습”을 한다고 대답했다고 합니다.

끊임없이 연습하고 준비하는 자만이 인생의 명연주를 할 수 있다고 생각합니다.

저도 인생의 마지막 3막을 멋있게 연주하기 위해 더욱 열심히 연습하고 준비하고자 합니다.

변함없는 지도 편달을 부탁드리며, 다시 한번 따뜻한 격려에 감사드립니다. 건강하시고 가정에도 늘 행복이 함께 하길 빕니다.

2004. 8.

이상수李相洙 드림

희망찬 새해를 맞이하여
온 가정에 항상 건강한 웃음과
행복이 가득하기를 기원합니다.

지난 한해에도 저에게 말없이
보내주신 애정과 성원에
머리숙여 감사드립니다.

새해에도 국민에게 믿음과 희망을 주는
깨끗한 정치, 통일과 민주화를 이루는
바른 정치를 위해 더욱 노력하겠습니다.
모쪼록 새해에도 애정으로 깨우쳐 주시고
이끌어 주시기를 부탁드립니다.

새해아침 이 상 수

안 승 드림

***

딸 영인이 운동권 학생 시절 두 번씩이나 옥고를 치를 때 많은 도움을 준 전 국회의원 이상수(노동부 장관 역임) 씨가 감옥에서 나온 뒤 보내온 편지.

산수傘壽를 맞아 접기로

공하신희(恭賀新禧)

여기에 동봉한 작품(作品)은 우리나라 서예(書藝)와 전각(篆刻)계(界)의 태두(泰斗)이신 철농(鐵農) 이기우(李基雨) 선생께서 在世時 저에게 각별한 정으로 주신 작품중의 하나입니다.

출전(出典)은 잘 모르겠으나 만상필진(萬祥必臻)이라는 구절로 만가지 상서(祥瑞)로움이 반드시 이루어지라는 뜻으로 해석됩니다.

선생께서 항상 즐겨 쓰시던 구절로 새해에 여러분께 저의 소망(所望)을 비는 저의 뜻을 철농(鐵農)께서도 기뻐해 주실 것으로 믿습니다.

○추이(追而)

그동안 3,40년 연하장을 보내드리고 받아왔던 전례를 제 나이 산수(傘壽)를 맞아 접기로 한 점 혜량하여 주십시오

2006년 병술년(丙戌年) 세수(歲首)

苔巖 張 潤 合掌

형식에 얽매이지 않아도 되는 자유에 도달

장욱 선생님께

안녕하세요?

선생님께서 "산수를 맞아 접기로…" 하셨다는 글을 보고 숙연해 집니다. 그러나 때가 되었으므로 포기 한다는 말씀이 아니라 이젠 "나는 형식에 얽매이지 않아도 되는 자유에 도달 했다"는 말씀으로 이해 합니다. 부디 그 자유를 오래 오래 누리시길 빕니다.

2006. 1. 10 강운구 올림

***

사진작가 강운구씨가 사진 작품과 함께 보내온 글.

대만 공추천 박사 시집 잘 받아

존경하옵는 장윤 원장님에게

기간其間 안녕하십니까?

오래 적조하였습니다.

보내주신 고故 공추천孔秋泉 박사님의 시집 잘 받았습니다.

귀중한 시집 잘 간직하겠습니다.

병원에 다니느라고 회답이 지연되었습니다.

저도 책상을 정리해 보겠습니다.

장 학원장님과 관련이 있는 것이 있으면 곧 보내 드리겠습니다.

세상이 복잡해서 학원 경영에 애로가 많으실 줄 압니다.

교육은 백년대계라고 믿습니다.

아무쪼록 건승하시기를 기원합니다.

건강을 축원합니다. 불비례不備禮

2006년 3월

제弟 김준철金俊喆

***

고 공추천孔秋泉 대만 담강대淡江大 교수의 시집이 와서 김준철金俊喆 전 청주대 이사장에게 전해준바 보내온 답서.

수사는 할수록 어렵고,
인간은 겪을수록 모르겠다

김홍일金洪一 부장 검사님 귀하

그간 너무 적조하였습니다.

월간 조선 기사를 읽고 반가움도 컸었습니다마는 그것보다도 기사에 실린 Human Story를 통하여 아주 남자 대 남자로서 반해버렸습니다.

「수사는 할수록 어렵고, 인간은 겪을수록 모르겠다」는 구절은 참으로 가슴에 와 닿는 명언이었습니다.

저도 교육은 할수록 어려워지고 인간은 겪을수록 정말 모르겠다고 느낍니다. 그것이 인간사 같습니다.

「검사는 도랑에서 오물을 치우지만 맑은 물을 흐르게 할 순 없다」 오물을 치워 주었으니 교육하는 당신들이 맑은 물을 흐르게 하여야 되지 않느냐는 질책같이 들리기도 합니다. 마음속으로 우리 김 검사님 축복 드리며 장한 분으로 경외합니다. 복잡한 세상, 희망도 사라지는 것 같았는데 다시 기운을 차려 보겠습니다.

옮기시게 될 때 주소나 연락주시기 바랍니다.

2004. 12. 5.

불비不備 장윤張潤 합장合掌

사법 정의 구현 위해 노력

학원장님께!

벌써 무자년戊子年 정초正初입니다.

그간 귀체貴體 강령 康寧하시고 가내제절家內諸節이 두루 균안均安하시온지요?

저는 학원장님께서 염려하여 주시는 덕분에 무탈하옵니다.

작년 연말에 보내주신 따뜻한 정성에 고개 숙여 감사드리옵니다.

여러 가지로 부족하고 미숙한 저를 아껴주심에 감사드릴 따름입니다.

신년에도 모쪼록 강령하시고 큰 발자취를 남기시길 비옵니다.

저도 미력이나마 국가 발전과 사법 정의 구현을 위해 노력하겠사옵니다.

이만 줄이옵니다.

무자년(2007년) 정월 5일

김홍일金洪一 배상

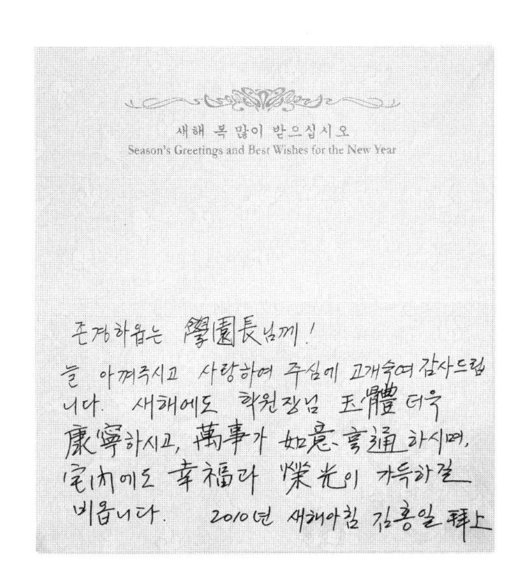
새해 복 많이 받으십시오
Season's Greetings and Best Wishes for the New Year

존경하옵는 學園長님께!
늘 아껴주시고 사랑하여 주심에 고개숙여 감사드립니다. 새해에도 학원장님 玉體 더욱 康寧하시고, 萬事가 如意, 亨通하시며, 宅內에도 幸福과 榮光이 가득하길 비옵니다. 2010년 새해아침 김홍일 拜上

***

김홍일 대검 중수부장이 보내온 새해 인사 편지. 그는 원주지청장을 지냈다.

강원도가 떴습니다

김진선金振銑 지사知事님 아전雅展

기운 내십시오. 얼마나 심신이 고단하시겠습니까?

정말로 잘 싸우셨습니다.

우리는 진 것이 아니라 다음 승리를 위해 2,3년 준비 기간을 번 것이라 생각하십시오.

늙어서 그런지 막상 편지를 쓰려는데 왜 눈물이 흐르는지 모르겠습니다.

져서 우는 것이 아닙니다.

분해서 우는 것이 아닙니다.

하도 기쁘고 감격스러워서 눈물이 나는가 봅니다.

제 폐부를 에는 듯한 아픔이 엄습하면서도 생의 감격을 안겨다 준 우리 도백道伯의 장한 모습이 대견스럽기도 하고 성스럽기도 해서입니다.

애당초 누가 강원도를 쳐다보기나 했습니까?

우리나라에서 조차 평창하면 아는 사람이 몇이나 됐습니까?

이 나라에서 가장 낙후된 땅, 있으나 마나 거의 무시될 만큼 소외된 강원도를 세계의 무대에서 뒤흔들어 놓은 장본인이 되셨습니다.

하루 밤새에 강원도가 떴습니다.

평창이 전 세계에 알려졌습니다.

우리보다 수십 배나 큰 나라 캐나다가, 그 유명한 밴쿠버가 이름도 몰랐던 평창에게 3표 차로 이겼다는 사실보다 2표 차로 평창이 승리할 뻔했던 기적 같은 결과에 놀란 함성이 컸던 것이지요.

그동안 우리들은 얼마나 눈물겹도록 싸웠습니까?

얼마나 애간장이 탔습니까?

얼마나 마음과 마음이 바스러지도록 지구를 돌았습니까?

수많은 난관과 고통을 이겨냈고 무모한 짓을 한다는 냉소와 냉시 속에서도 우리는 뛰고 또 달렸습니다.

우리는 성실한 자세로 남을 탓하지 않고 강원도민이 하나 되어 인화단결로 밀고 나간 결과라 생각합니다.

우리는 무엇이든지 해낼 수 있다는 잠재 능력을 발견했습니다.

순간적 승리의 쾌감보다 영원하고도 소중한 값진 우리의 혼을 일깨우는 데 성공했습니다.

이제 싸움은 끝이 났습니다.

각자 제 자리에 되돌아가 생업에 충실할 때입니다.

이 이상 욕심을 내서도 안 되고 싸워서도 안 됩니다.

김 모씨의 일을 생각하면 참으로 유감스럽지요. 자다가도 벌떡 일어나는 분심을 참기 어렵습니다.

그러나 우리들의 무대는 국내가 아니라 국제 사회인 점을 깊이 생각하셔야 합니다. 더군다나 정치판으로 싸움이 연장되면 안 되겠지요. 칼은 대되 손에 피는 묻히지 마시도록. 국회의원직은 박탈할 수도 있지만 IOC 위원직은 본인의 의사에 반해서 벗기지는 못하는 것이 국제적인 관례로 알고 있습니다.

그에게 도량 넓은, 한 수 위의 입장에서 아량을 베풀어 보세요.

우리에게는 미래가 있지 않습니까?

지금 우리나라가 바로 가고 있는 세상은 아닌 것 같습니다. 정부가 너무나 무능하고 갈피를 못 잡고 있습니다. 민주니 자유니 하면서 민주 회복의 전사같이 날뛰지만 민주에도 순리가 있고 자유에도 원칙이 있는 법인데 공리도 정의도 없는 사회가 어찌 이 이상 지속되거나 용납될 수 있겠습니까?

영국의 극작가 세익스피어는 「리어왕」 대사를 통하여 다음과 같은 말을 남겼습니다.

「It is times plague that the mad man leads the blind」
(지금은 말세다. 미친놈이 앞 못 보는 소경을 이끌고 가는 꼴이다)

이제부터 지나 온 세월보다 더욱 큰 시련을 겪게 될 미래를 위하여 노력하시고 심성을 크게 기르는 데 힘쓰도록 하십시오.

2003. 7. 9.
불비 태암 장윤 합장

끝까지 최선을 다하겠습니다

장윤 학원장님께

설 명절은 따뜻하게 보내셨는지요?

염려해 주신 덕분에 저도 뜻 깊은 명절을 보낼 수 있었습니다.

또한 많은 분들께서 크게 성원해 주신 덕분에 지난 2월 14일부터 17일 까지 실시된 2014년 동계올림픽 IOC 현지 실사도 잘 마쳤습니다.

우리의 정성에 하늘에서도 감동해 IOC평가단의 평창 방문에 때맞춰 함박눈도 내려주시고, 강원도민은 물론 국민 여러분 모두가 보내 주신 엄청난 성원에 저도 모르게 감동의 눈물을 흘렸습니다. IOC 평가단도 평창의 준비된 모습과 열정적인 모습에 극찬을 아끼지 않았습니다.

감사를 드리고 마지막까지 변함없는 지지와 협력을 부탁드립니다.

저도 이런 우리의 정성과 열기가 반드시 승리의 열매로 결실을 맺을 수 있도록 끝까지 최선을 다하겠다는 말씀을 드립니다.

그리고 이번 명절에도 잊지 않고 보내 주신 각별한 정성에 거듭 깊은 감사를 드립니다.

찾아뵙고 인사드리는 것이 도리인 줄 아오나 우선 서신으로 감사한 마음을 전해 올립니다.

올 한해 복 많이 받으시고, 가정에도 행복이 가득하시길 기원 드립니다.

2007년 2월 20일

강원도지사 김진선 드림

***

김진선 지사는 해마다 안부 편지를 보내왔다. 동계 올림픽 유치와 관련해 2007년 설날을 앞두고 보내온 편지.

천사들의 집

존경하고 사랑하는 장윤 선생님

어느새 동산에 봄기운은 가득하고 모든 생명들이 새롭게 소생하며 활기를 띠는 좋은 계절이 되었습니다. 선생님 가정에도 부활절 주님의 축복 가득하여 새로운 기쁨과 희망의 날들이길 기원하며 축하드립니다. 또한 베풀어 주시는 사랑에 진심으로 감사드리며 천사들의 집 모든 가족들의 고마워하는 마음을 모아 인사드립니다.

천사들의 집 친구들도 마치 동면을 마치고 나온 듯 마당에서 뛰어노는 모습에 활기가 가득합니다. 기온에 따른 자연의 변화, 모든 생명의 변화에 맞추어 사람도 자연을 닮아 그렇게 변하고 새로워지면서 살아가야 하는 것 아닌가 생각합니다. 풀들이 앞 다투어 솟아나고 꽃들이 춤을 추고 새들이 노래하듯, 우리들도 완고함과 고집스러움, 교만과 얽매인 욕심에서 벗어나 새롭고 행복한 희망을 노래하며 사랑을 살아가면 얼마나 좋겠습니까? 심한 장애 아이의 휠체어를 밀어주며 보여주는 한 어린 소녀의 행복한 미소가 회원님들이 만드는 아름다운 세상의 향기처럼 여겨집니다. 보내주신 관심과 사랑에 다시 감사드리며 건강하시길 빌며 하느님의 축복을 기원합니다.

2008. 3. 17.

천사들의 집 가족 일동

원장 최기식 신부 드림

***

천사들의 집 원장인 최기식 신부가 보내온 감사 편지.

부도옹不倒翁의 철학과 인간미

– 정몽원鄭夢元[1] 회장께 –

본인이 고 정인영 명예회장의 음덕으로 한라대학교와 인연을 맺은 지 벌써 20년이 되었습니다. 1990년 한라대학교가 하필이면 원주 흥업면 문필봉文筆峯에 세워졌을까? 법인 설립 이사로 추대되어 20년째 적을 두고 있는 나의 존재는 무엇일까? 원주 출신으로 한 사람 추천된 것이 필자이고 그 소개는 그 당시 원성군수로 재직했던 이돈섭李敦燮 전 강원도 정무부지사의 주선으로 이루어진 것으로 기억됩니다.

필자는 한라 그룹의 창업주 정인영鄭仁永 회장에 대하여 아는 바가 전혀 없었습니다. 다만 뜬소문으로 박정희 전 대통령의 경호 실장 박종규朴鐘圭 씨의 별명이 '피스톨 박'이고 우리 정인영 회장은 '머신건 정'이라는 별명으로 외국인 바이어들과의 상담商談시 기관총 같이 쏘아대는 유창한 영어 실력 때문에 그런 별칭이 붙은 것이 아닌가 추측됩니다. 그리고 고집이 세고 타협을 모르는 외골수적인 인상이 남들 입에 회자膾炙된 듯합니다.

한라대학교는 초창기에 그런대로 평이 좋았습니다. 그러다가 중간부터 이상하게 학교 운영이 어지러워져 학생은 학생대로, 교수는 교수대로 연일 데모로 소요사태가 극심하게 지속되었습니다. 마치 방향타를 잃은 배와 같아 어떻게 손을 써야할지 막막하여 법인 이사회마저 제 기능을 발휘하지 못하는 지경에까지 이르렀습니다.

필자는 서신書信을 써서 정인영 회장에게 직접 보내드렸습니다. 학원 수습의 길은 설립자의 복귀로 가능하겠다는 요지의 내용이었습니다. 2002년 7월경으로 기억됩니다.

1 한라그룹 회장. 한라그룹 창립자 정인영 회장의 차남.

정인영 회장의 특별 담화가 있겠다는 소식이 전해지자 수십 명의 교수, 교직원, 학생 대표가 대학 본관 청사에 모였습니다. 그런데 정인영 회장께서 교문에서 회의장까지 올라오시는 데 무려 2시간 30분이 소요됐었습니다. 건강도 좋지 못한 정인영 회장의 말씀하시는 모습은 너무나 숙연하였습니다. 필자는 정인영 회장 옆에서 지켜보았는데 창업주로서, 한 공인公人으로서, 한 어버이로서 어눌한 그 분의 모습은 눈물겹도록 경외敬畏스러웠습니다.

가난한 농민의 아들로 태어난 것, 유년 시절 배달 서당에서 천자문을 비롯 명심보감, 논어, 맹자 등 한학을 섭렵했고, 일본 청산 학원 영문과에 재학 중 인쇄소에 문선공文選工으로 고학하던 일, 동아일보 기자 시절, 부산에서 사업에 눈뜨게 된 일, 10년 만에 30대 그룹으로 진입한 일, 금탑 산업훈장을 수여받고 감격의 눈물을 흘렸던 일, 자동차 부품 안양 공장을 설립하고, '사람이면 누구나 다 할 수 있다'는 'Man do'에서 만도로 이름 지은 것. 1989년 뇌졸중이 발병되어 눈물겨운 시련을 겪어가면서도 젊은이의 꿈을 실현시켜주는 대학을 설립한 일, 미국에서 차현회車顯會 목사에게 세례를 받았던 일, 넓고 넓은 미국 땅에서 하필이면 원주 출신 목사에게 세례를 받게 된 인연도 참으로 신기하기만 합니다. 차현회 씨는 원주 출신으로 저의 고향 친구요, 원주 제 1 감리교회 제 13대 차경창 목사의 아들이며 인제대학교 총장을 역임한 이윤구 씨와 남매간입니다.

정인영 회장의 전기傳記는 여러 대목에서 감동적이었습니다. 특히 발병으로 겪게 되는 엄청난 시련 앞에서도 '내 몸은 반신이 마비되었지만 나를 굴복시킬 수는 없다'라는 굳은 신념, 강인한 정신력이 경탄스러웠고 무엇보다도 정인영 회장이 농부의 아들로 태어났으며 고학으로 대학 공부를 했다는 고생담을 입지전적立志傳的 인물로 내세우지 않는 점이 상큼하고 신선하게 느껴졌습니다.

운곡雲谷은 본인이 직접 작명한 아호입니다. 산 좋고 물 좋은 계곡에 유유히 떠 있는 구름처럼 매인 데가 없는 삶을 원해서 지은 것인데 뜻대로는 되지 않았습니다. 이 대목이 중요합니다.

일에 파묻혀 한 평생을 살았지만 그의 내면적으로 깔려 있는 사상적 기조는 리

버럴리스트liberalist입니다. 두둥실 떠다니는 구름처럼 어떤 일에 얽매이지 않고 자유스럽게 독서하면서 살고 싶어했습니다. 또한 그의 인생관은 고전적인 교양에서 이어 받은 도덕, 윤리, 도道 그리고 청빈낙도清貧樂道—가난하면서도 깨끗한 삶으로 도를 지켜나가는 수행자修行者 같은 삶으로 일관했습니다.

양복 한 벌 사 입으면 20년을 입고 다녔다든가 안경테가 망가져도 반창고를 말아서 사용했다는, 생활 전반에 걸쳐 물건을 소중히 생각하고 아끼고 절약하는 선비 정신에 유념해야 합니다.

운곡이 즐겨 거듭 강조한 글귀의 출전出典은 잘 모르겠으나 학문하는 자세로 학여역수행주學如逆水行舟면 부진즉퇴不進則退라 —학문이란 물길을 거슬러 올라가는 배와 같아 앞으로 나아가지 못하는 배는 후퇴할 수밖에 없다. 따라서 부단히 노력하고 어려운 시련에도 굴복하지 않는 중단 없는 추진력이 그의 기업 정신에도 반영된 명언名言이기도 합니다.

운곡은 스스로 낙관주의자라 했습니다.

Be optimistic and always look on the bright side of things.

(항상 밝은 측면 즉, 낙관주의적 삶을 바라보면서 살라)

부정적으로, 그것은 안 된다. 안 하겠다가 아니라 그것은 가능하다, 될 수 있다라는 긍정적 삶을 신조로 삼았습니다.

By asking for the impossible, we obtain the best possible.

(불가능한 것을 추구함으로 우리는 가장 최고의 가능성을 획득한다)

Nothing is impossible to a willing heart.

(해보고자 하는 마음이 있으면 불가능한 것이 없다)

이렇게 낙관주의적이고 긍정적인 삶이 불가능한 도전의 원동력이 되었다고 봅니다.

또한 여기에서 빼놓을 수 없는 「산다는 것, 삶의 실체實體」로서 영어로 'To

have', 'To be'에 대한 삶의 개념을 정리定理하여야 합니다. 기업인의 첫째 소유욕은 돈 버는데 있습니다. 돈이 되는 것은 무엇이든지 소유하고 싶고, 지배하고 싶은 경제 행위로서 수단과 방법을 가리지 않는다는 것이 정설입니다. 그러나 운곡은 다른 기업인과 다른 것이 있습니다. 그는 정직하게 사는 것을 그의 신조로 삼았습니다. 그는 부정하게 돈 벌기를 거부했고 정치적 권력에 의지하거나 이용하는 사업에 말려들지 않았습니다. 'To be'의 삶에 기업 정신을 투영投影코저 한 분입니다.

한 예로 사원을 채용하는 면접 시험에서 소원이나 희망 사항이 있으면 말해보라는 질문에 "채용하여 주신다면 열과 성의를 다하여 일하겠습니다"라는 평범한 대답보다는 "돈을 많이 주는 부서에서 일하고 싶습니다"라든가, "저의 꿈을 실천하고 싶습니다"라는 데 점수를 후하게 매긴 것에서 모험적이고도 정직한 그의 생활 신조를 규지窺知 할 수 있습니다.

끝으로 운곡은 약속을 소중한 삶의 덕목으로 삼았습니다. 젊어서 학구적인 열망을 가졌으면서도 가정 형편으로 정상적인 학업을 성취 시킬 수 없었던 한恨을 풀기 위해, 젊은이들의 꿈을 키워주고 그들이 학구적인 열망을 들어주기 위해 1989년 뇌졸중으로 쓰러진 반신불수의 몸으로 다음 해에 학교법인 배달학원을 설립하고, 이어 한라대학교를 세워 수많은 학생들에게 장학금을 수여하는 등 교육 사업에 막대한 재산을 투입하여 본인 스스로 마음속에 다짐한 약속을 이행하셨습니다. 이러한 운곡의 인품을 다시 한번 되새기면서 오는 2010년 7월 20일 4주기를 맞이하게 됩니다. 삼가 명복을 빌며 무엇인가 그 분의 정신과 뜻을 추모하고 기리는 조촐한 기념 사업회라도 뜻있는 사람들끼리 모여 꾸며드리는 것이 그 분의 기업혼을 되살리고 이어가는 길이요 그분에 대한 보은이요, 도리가 아닌가 생각됩니다.

2010. 3월

학교법인 배달학원 설립이사 장윤 합장

넷째 묶음

술은 입으로, 사랑은 눈으로

―후배·제자들의 편지

원주장학회를 발기하며

장차 국가의 동량이 될 인재의 배양은 민족적 숙망宿望 달성과 함께 긴요지사緊要之事라 하겠습니다. 본 장학회의 취지는 재능이 있고 향학열에 불타면서도 환경이 불운한 탓으로 뜻대로 면학치 못하는 젊음들에게 가능한 후원을 하여 학업을 계속한 후 인리향당隣里鄕黨에 봉사할 수 있는 역군役軍을 배양함에 있습니다. 항상 출발은 갸륵했으나 결과에 있어 향기롭지 못한 일이 기왕에 볼 수 있는 항간지사巷間之事라 모처럼 세운 계획이 행여 용두사미 격이 될까 저허하며 지방 유지들의 협찬을 얻어 타의 모범적인 운영을 기함과 동시에 유종의 미를 거두고저 하나이다.

지역 사회의 굳건한 발전을 합장合掌하는 우리들의 치성致誠이 어느 때는 이 사업을 통해 보답도 될 것을 믿으며 그 기여寄與의 최선에 매진邁進하겠나이다.

단기檀紀 4294년 3월

김영진金榮珍

***

김영진 씨가 1961년 학창 시절에 원주 유학생 회장으로 원주 장학회를 발기하며 보낸 취지문.

헌신과 봉사의 도정 道政

張 潤 理事長貴下

이제 봄날씨가 完然합니다.

그동안 남달리 베풀어주신 厚意와 聲援에 힘입어 國家와 鄕土発展을 向한 새로운 跳躍의 章을 펼쳐나가야 할 참으로 重要한 이 時期에 故鄕의 道政을 맡게 되었읍니다.

그어느때 보다도 和合과 安定이 要請되고 있고, 그래서 우리모두의 새로운 決意와 獻身이 要求되는 時点이기에 더욱 責任의 莫重함을 痛感하게 됩니다.

아무쪼록 二百萬道民을 主人으로 받들고 섬기면서, 道民의 뜻과 바램을 屈折없이 그대로 結集하여 眞正 民意에 바탕을 둔 獻身과 奉仕의 道政을 遂行해나갈 覺悟이오니 모쪼록 故鄕을 위하여 慾心껏 일할수 있도록 倍前의 指導鞭撻을 바랍니다.

다시한번 平素의 厚意와 指導鞭撻에 感謝 드리면서.

새봄과 함께 하시는 모든 일들이 뜻하신대로 이루어지시고 來來 健勝하시기를 祈願합니다.

一九八五年 三月 日

江原道知事 金榮珍

***

김영진 씨가 1985년 강원도지사가 되어 보낸 인사장.

귀한 체험 경험하게 해준 대성

교장 선생님 보시옵소서

말로만 바쁜 것으로 들어오던 유학 생활을 실제로 겪어 보고난 후에 시간의 귀한 것을 알았습니다. 떠나온 지 수개월이 지나도록 인사 여쭙지 못하여 죄송할 따름입니다. 교장 선생님께서는 지금도 신념을 가지신 활동에 몸을 담고 계실 줄로 믿고 있습니다. 짧은 동안이나마 저의 길지 못한 일생에 남을 가르치는 귀한 체험을 경험하게 하여준 대성과 여러 선생님에게도 노고를 위로해드려야 할 것이라고 날마다 벼르고 있사옵는 중이오나 가까운 장래에도 이루어지지 못할 꿈인 듯하옵니다. 저의 인사를 대신하여 지나시는 길에라도 그 분들을 뵈오시면 제가 잘 있다고 전하여 주시고 저의 주소도 알려 주시면 저의 기쁨이 되겠습니다.

사모님과 아기도 모두 안녕하실 줄로 믿습니다. 벼르고 벼르다가 교장 선생님에게 드리는 편지에도 이렇게 지면을 채울 수 없는 저입니다. 몇 푼 되지도 않는 원고료를 위하여 달마다 12,000자를 채워야(잡지 여상女像)하는 저의 어려움을 살펴 주시옵고 때로 제가 불경스럽다든가 건전하지 못한 글을 쓸 때에는 즉시 꾸짖음 보내 주시옵소서.

1964. 5. 2.

김대은金大恩 올림

***

대성고등학교 초창기 생물과 여교사로 재직함. 오스트리아 유학 시 보내온 편지.

와룡臥龍 선생과 풍류객

최상익
(전 강원대학교 사범대학 한문교육학과 교수)

옛날 이름난 풍류객風流客이 있었다. 어느 날 그가 친구들과 어울려 길을 가다가 빨래터를 지나게 되었다. 아가씨들이 옹기종기 모여 빨래하는 모습이 정겹기도 하고 또 먼 길에 목도 말라 컬컬하던 차에 갑자기 장난끼가 발동했던 모양이다. 누구의 제안인지는 몰라도 내기가 이루어졌다. 워낙 이름난 풍류객인지라 친구들이 그에게 제안을 했던 것이다. 빨래터에서 빨래하는 아가씨들 중 제일 예쁜 아가씨의 배꼽을 구경시켜 주면 자기들이 술을 사고 실패하면 그가 술을 사라는 내기였다.

흔쾌히 동의하고 난 풍류객은 빨래터로 성큼성큼 걸어가 그중에서 제일 예쁜 아가씨를 가리키며 호통을 쳤다.

"얘야, 너 관가로 가야겠다! 일어나라!"

"제가 무슨 죄가 있어 관가로 가나요?"

"어서 일어나라! 네 죄를 다 알고 잡으러 왔는데, 속인다고 속을 줄 아느냐?"

"제가 무슨 죄를 지었습니까, 나리?"

"네 젖이 세 개라고 하더라! 어서 관가로 가자?"

사색이 된 아가씨가 극구 변명하면서 잡혀가지 않으려고 애를 썼으나 소용이 없었다. 급기야 결백을 증명하기 위해 저고리를 벗는 지경에까지 이르렀다. 두 개이니 두 개일 수밖에…….

그러자 풍류객이,

"젖이 어디 거기에만 붙어 있겠느냐? 배꼽 근처에도 있지 않겠느냐?"

결국 배꼽까지 확인하고 난 풍류객은 돌아섰고, 아가씨는 부끄러움에 눈물을 쏟았다.

이것은 선생님이 들려주신 이야기입니다. 선생님과 연緣을 맺은 이래 지금까지 선생님에 대한 저의 느낌은 한결 같습니다. 철철 넘치시는 해학과 풍자, 그리고 천진스러우신 장난끼!

선생님에 대한 이런 느낌은 꽤 오래 전으로 거슬러 올라갑니다.

기억으로는 선생님과의 두 번째 만남에서부터였습니다. 대학 3학년 시절 겨울방학 때였던 듯싶습니다.

재 성대 원주 향우회장在 成大 原州 鄕友會長 자격으로 재원 성대 동문회장在原 成大 同門會長이셨던 선생님을 찾아뵙게 되었습니다. 단순히 인사만 올리려고 찾아뵌 일이라 특별한 것이 없을 터인데도 그날의 인상이 지금까지 선생님의 느낌으로 그대로 남아 있습니다. 찾아뵌 경위를 말씀 올리고 나서 혹시 기억에 없으실까 싶어 아버님의 함자를 말씀드렸습니다. 그러자 몹시 반기시며 손을 꼭 붙드시고 점심을 함께 하러 가자고 청하셨습니다. 내성적인 성격에 꽁생원 기질이 있는 저인지라 대단히 난처했지만 어려우신 어른의 말씀인지라 승낙도 사양도 못하고 선생님의 뒤를 따라나설 수밖에 없었습니다.

안내된 곳이 지금은 없어졌지만 원동 성당 뒤에 있던 '남산장'으로서 당시로는 꽤 유명한 한식집이었습니다. 그날이 마침 성대成大동문의 모임이 있는 날이라 많은 분들이 미리와 계셨습니다. 선생님의 소개로 선배님들께 인사를 올리고 푸짐한 점심 대접을 받았습니다. 지금의 기억으로는 점심의 푸짐한 음식보다는 그 자리의 분위기가 더욱 인상적이었습니다. 선생님이 일좌一座를 주도하시면서 재미있는 말씀을 툭툭 던지시며 가진 화기애애한 점심 식사 자리는 참으로 유쾌했습니다.

사실 선생님과 자리를 함께 하며 선생님이 나누시는 말씀을 듣는 것만도 제게는 상상도 못할 일이었습니다. 제가 중학교에 다닐 때 선생님은 이미 교장 선생님이셨고, 가끔 집으로 전해지는 우편물을 보면 선생님의 명의로 아버님께 전달되는 이사회 개최에 관한 건들이 있었습니다. 그러니 선생님은 제게 아버님과 동렬同列의 높으신 어른이시며, 또 감히 얼굴을 들고 우러르지도 못할 교장 선생님의 위치이시니, 어찌 동석同席에서 해학을 함께 할 수 있겠습니까! 처음부터 이런 마음가짐이었으니, 그 자리가 내게는 시원한 자리가 될 수 없었습니다. 바싹 긴장된 마음에 조심스럽게 수저만 놀릴 수밖에….

그런데 시간이 지날수록 마음이 조금씩 풀어지기 시작했습니다. 선생님이 손수 음식을 집어 주시는 따뜻한 정도 그렇거니와 아무 것에도 구애받지 않는 해학이 움츠러들었던 나의 마음을 조금씩 풀어 주었던 것이었습니다. 나중에는 큰소리로 웃지는 못할망정 소리를 죽이면서 웃는 경지에까지 이르게 되었습니다. 자리를 파하고 집으로 돌아오면서 그날의 선생님에 대한 인상과 첫 번째 뵈었을 때의 인상을 웃음 속에서 비교해 보는 여유도 갖게 되었습니다.

선생님과의 첫 번째 만남은 지금부터 꼭 35년 전인 1961년 봄의 일이었습니다. 큰누님의 혼사가 있어 아버님 심부름으로 지금의 인화병원仁華病院 자리인 인동의 옛 댁으로 찾아뵙게 되었던 것입니다. 기억은 분명치 않지만 선생님께서 은행나무인지 살구나무인지 어떤 나무 아래에서 쇠스랑을 들고 텃밭을 일구고 계셨던 것 같습니다. '와룡臥龍 선생이신가, 밭을 갈고 계시게!' 그러면서 '참 잘 생기신 어른이시구나!' 라는 생각을 했던 기억이 있습니다.

이처럼 선생님에 대한 인상은 첫 번째와 두 번째가 몹시 달랐습니다. 첫 번째는 '와룡 선생' 이시고 두 번째는 '풍류객' 이시니….

와룡 선생과 풍류객! 그것은 분명히 어울리는 말은 아닙니다. 어울린다기보다는 차라리 어울리지 않음을 의미하는 정반대의 말일는지도 모르겠습니다. '와룡' 은 '묶음' 을 의미하고 '풍류' 는 '벗어남' 을 의미하기 때문입니다. 남양南陽 땅에서 밭 갈던 공명孔明이 유비劉備의 간곡한 청에 못 이겨 세상에 나온 이후 오장원五丈原에서 큰 별로 질 때까지 그는 묶여서 살았고, 평생을 풍류로 떠돌던 양녕讓寧은 바람처럼 구름처럼 자유로웠습니다.

'묶음'과 '벗어남'은 이처럼 하나가 아닙니다.

그러나 와룡 선생과 풍류객은 하나입니다. 그 둘 속에는 인간에 대한 뜨거운 사랑이 함께 깔려 있습니다. 만약 인간에 대한 뜨거운 사랑이 없었다면 공명은 끝내 포의布衣로 남양에 묻혀 있었을 것이요, 양녕도 끝내는 권좌에 묶여서 자유롭지 못했을 것입니다. 그러나 비록 삶의 행태는 달랐더라도 그 둘이 갖는 인간에 대한 큰 사랑은 같았던 것입니다. 선생님으로부터 받은 첫 번째 느낌과 두 번째 느낌도 따지고 보면 하나인 것입니다.

평생을 초야에 묻혀 후진 양성에 심혈을 기울이시는 일은 유비를 좇지 않았을 뿐 와룡의 풍모요, 늘 웃음끼 있는 말씀으로 사람의 삶을 넉넉하게 해주시는 여유는 풍류객의 풍모입니다. 비록 빨래터의 아가씨가 부끄러움으로 눈물을 쏟기는 했어도, 나이 들어 삶에 조금씩 눈뜨게 되면 자신의 두 젖이 하루에 매달려 틈 없이 사는 사람들의 각박한 삶에 한없는 여유와 웃음을 주었다는 사실에 대해 오히려 감격의 눈물을 쏟을는지도 모르겠습니다.

1996. 7. 22.

***

필자의 고희기념문집에 실린 글.

치악산 사진 마저 찍어드려야 될 텐데

장윤 이사장께 올립니다.

올해는 한사코 제가 먼저 연하장을 보냅니다.

매해 선생님 연하장을 먼저 받는 불경스러움으로부터 해방되기 위해서입니다.

그간 별고 없으신지요. 자주 안부 드리지 못함을 송구스럽게 생각합니다.

저는 제가 다니던 창무 예술원을 지난 4월경 그만두고, 서울에서 두어 달, 다시 미국에 가서 한 달 반쯤 있다가 요즘 몇 달은 서울에 머무르고 있습니다. 내년 4월경까지는 서울에 있을 예정입니다만…

제가 서울에 있는 동안 치악산 사진을 마저 찍어드려야 될 텐데 아직 실천을 하지 못해 늘 빚으로 남아 있는 것 같습니다. 기회 되는 대로 실천에 옮기겠습니다.

요즘 엉망인 나라꼴에 저 같은 소시민은 터무니없는 피해를 보게 되는군요. 부동산 있던 것 팔아서 은행에 넣어둔 돈이 근래 1개월 사이 3분에 1로 효용 가치가 줄었어요. 오늘은 환율이 1,400 : 1 까지 올라갔다니… 진작에 달러로 바꾸어 미국으로 돌아갔어야 될 걸 공연히 미적거리고 있다가 돈 몇 만 불을 그대로 날려버린 꼴이 되었어요.

선생님이 아무래도 지난날의 포부를 버리지 마시고 정계로 나아가 이 나라를 다스렸어야 될 걸 그랬나 봅니다. 요즘 이 땅에서 정치를 한다는 사람들… 모랄도, 철학도, 이성도 없는 정상 모리배들의 집단 같습니다. 대성大成의 이념이나, 인화仁華의 사상 같은 인본주의가 이 나라를 지배했던들 오늘날과 같은 곤경의 역사는 이루어지지 않았을 텐데 말입니다.

모처럼의 안부 편지가 객담, 푸념이 되어가는군요.

선생님 늘 건강 유념하세요. 이만 줄입니다.

1997년 12월 9일

전용종 올림

***

재미교포. 전 동아일보 사진 기자 전용종 씨가 미국에서 보내온 편지.

제3의 이유기를 겪으시는 태암 선생님

현해탄 건너 쓰쿠바에서 보내주신 선생님의 글월 감사히 받아 읽었습니다. 여러모로 부족한 후생을 걱정하시어 새벽잠도 미루시고 편지를 보내주신 정성에 마냥 감격하다가 한국 교육에 대한 선생님의 회초리가 하도 매서워 후생의 종아리가 얼얼해옴을 느낍니다. 그리고 아직까지도 회초리질이 강건하신 선생님이야말로 나의 영원한 스승님이라는 것을 다시 새깁니다.

선생님께서 지적하신 대로 세상 인심이 사나워서인지 겨울이 중천이 되도록 눈다운 눈 한번 내리지 않고 알싸한 고뿔만 제 세상인 듯 싸돌아다닙니다. 참, 어제가 동지였습니다. 팥죽 좋아하시는 선생님의 아쉬움도 크셨겠지만 저 또한 내자가 뉴질랜드로 여행을 떠난지라 포식의 기회를 놓치고 말았습니다.

그나저나 외국 생활에 건강은 괜찮으신지요. 걱정되는 것은 모든 것을 사모님에게 의지하시던 분이 의지가지 없는 외국 생활을 어떻게 견디실까 하는 것입니다. 제가 편지의 제목을 유별나게 적은 이유도 그러한 걱정의 표출이라는 것을 이해하여 주십시오.

선생님! 후생은 선생님의 부지런하심을 늘 존경하고 부러워하기만 할 뿐 그 부지런함을 좇지 못하고 있습니다. 생각 같아서는 지금 당장 쓰쿠바로 날아가 선생님과 같이 그곳 교육계에 대한 견문도 넓히고, 온천에 들러 등도 밀어드리고, 좋은 정종집에 들러 자유인으로 환생도 해보고 싶습니다만 언제나 그렇듯 추후로 미룰 밖에요.

보내주신 글월을 읽을수록 선생님은 여러모로 부지런하시구나. 눈이 부지런하시고, 생각이 부지런하시고, 판단이 부지런하시고, 유머가 부지런하시고, 특히 지역을 사랑하는 마음이나 몸담고 계신 교육을 사랑하는 마음이 참 부지런하시구나 하는 느낌을 갖습니다. 그리고 이처럼 부지런하신 분의 은혜를 입는 것이 얼마나 자랑스럽고 행복한지 헤아릴 수 없는 감정을 모자란 졸시에 옮겨 적습니다.

태암선생부苔巖先生賦

나는 보았네
바위는 이끼를 안아야 바위답고
바위가 바위답기 위해서는
또 얼마나 부지런해야 하는가를

치악 기슭 태암 선생
천날 새벽을 이슥하게 손바닥 문질러
손바닥에 바다가 고이고
하늘이 고이더니
비로소 이끼 안은 바위가 됨을 나는 보았네

눈이 부지런하고
생각이 부지런하고
웃음과 사랑도 부지런히 살으신
그 빛깔과 향기가
그렇지, 늘 꽃피는 봄날이지

꽃피는 청춘에 대성학원을 세우시고
부지런히 별을 키워
고향의 밤 하늘에 옮겨 심더니
그렇지, 그래서 내 고향도
늘 꽃피는 봄날이지.

—1998년 동짓날에

생각 없이 쓴 졸작이라 누를 끼칠까 두렵습니다. 선생님께서 걱정하시는 대로 한국 교육의 앞날이 참으로 어둡습니다. 많은 교원들이 사도의 존엄성을 망각한 채 노동자로의 신분 전락을 꾀하고 있고 나이 드신 선생님들의 경륜을 무시하는 정년 단축안이 아무런 여과 없이 계획되고 있습니다. 그뿐이겠습니까. 선생님이 일본에 계시는 동안에도 학생을 체벌했다 하여 학부모가 학생들 앞에서 교사의 뺨을 때리고… 학생이 선생님의 머리채를 잡아 흔들고… 학생이 체벌 교사를 고발하고… 경찰이 수업중인 교사를 연행하는 등의 기막힌 교권 침해 사건들이 연이어 발생하고 있습니다. 이제는 더 이상 침해받을 교권도 없어진 마당에 무슨 수로 교육을 되살리겠습니까.

참으로 눈물이 나도록 막막하고 막막하기 짝이 없는 노릇입니다만 어쩌겠습니까. 후생과 같은 미력이라도 신명을 다해 모든 현안을 교육 발전의 틀 속에서 풀어가도록 노력하겠으니 선생님께서 더 크신 지혜와 용기를 주십시오.

형편이 어려울수록 중요한 것은 무슨 일이든 순리대로 풀어가려는 자세이고 원칙을 지켜가는 자세일 것입니다. 그리고 그것이 선생님께 배운 저의 신념이기에 순리와 원칙을 부지런히 살펴 제게 맡겨진 일들을 처리하겠습니다. 아무쪼록 꽃피는 봄날처럼 건강하신 모습으로 귀국하시기를 기원합니다.

1998년 12월 23일

여의도에서 함종한咸鍾漢 드림

***

필자가 일본 쓰쿠바 대학에 객원 연수생으로 있던 시절, 함종한 전 국회의원에게 일본에 와서 공부할 것을 권유했었다. 필자의 권유에 대한 함 전 의원의 답서.

병은 자신이 고치는 것

설대舌代[1] 용석庸石[2] 형에게

50주년 행사 끝마치고 원주에서 버스로 등산복 차림으로 내외가 같이 지리산 노고단(1,507m)까지 왕복 3시간을 다녀왔습니다. 80세 가까운 등산객은 우리뿐인 것 같았습니다. 구례에서 화엄사까지 남원 등 교원 공제회에서 운영하는 가족 호텔을 중심으로, 사나흘 호남의 대자연의 호연지기를 만끽하고 돌아왔습니다. 제2의 인생을 위하여 충전 중입니다.

용석 형, 두 번 씩이나 어이없이 무너지고 보니 회한도 되시겠지요. 암 때문에 죽음의 앞 문턱까지 다녀보았고, 배신, 고독, 고문, 슬픔, 분노, 불안 등 쉴새없이 지속되는 삶 속에서 튀어나오는 낱말들입니다. 이런 것은 그 누구도 대신 해줄 수가 없습니다. 본인이 삭혀야 하고, 참아야 하고, 자신이 치유할 수 밖에 없는 것입니다. 기념 행사 때 뒤늦게 알게 된 일이지만 내빈 소개에서 사회자의 실수로 용석의 소개가 누락되었다는 말을 듣고 무척 마음이 편치 못하였습니다. 담당자를 문책도 하였지만 그런 것을 누구에게 탓하겠습니까? 결국은 내 책임인 것을—. 정식으로 사과드립니다. 일이 꼬일 때는 별의 별 것이 본의 아니게 말썽도 나는 일이 왕왕 있습니다. 용석 형께서 마음에 두고 계신 것은 아니겠지만 정말 죄지은 마음입니다.

시간 내주시면 부인과 함께 식사라도 모시고 싶습니다. 시간 내주시기 바랍니다. 오는 6월 16일은 설악산 그린야드 콘도를 거점으로 하여 며칠 다녀올 생각입니다. 참고해주십시오.

석가탄신일 하루 전엔 설악동에 여초如初 선생을 문병 가서 둘이 쳐다보며 울고

---

1 편지 형식을 갖추지 않고 말하는 식으로 씀 2 용석은 함종한 전 강원도지사의 아호

왔습니다. 백담사도 도보로 다녀왔습니다.

2004. 06. 02.

태암苔巖

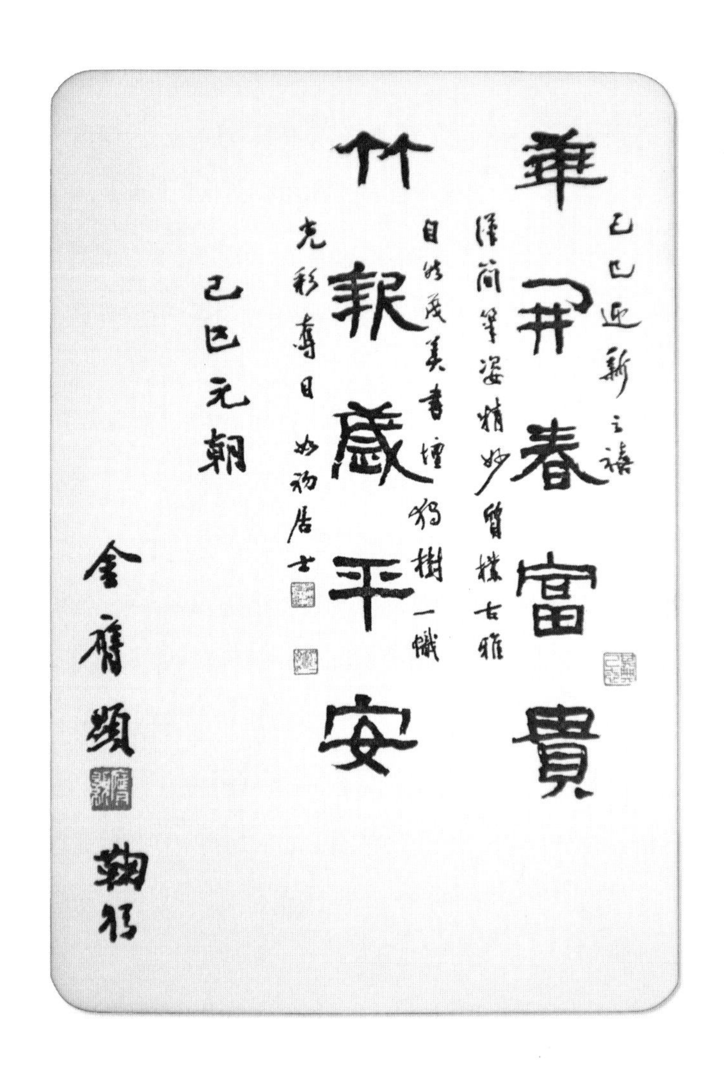

＊＊＊

일중, 여초, 백아는 명필 3형제이다. 특히 여초는 필자와 가깝게 지냈는바, 말년에 설악동에서 투병했었다. 내가 문병 차 방문하니 나를 보는 순간 울음을 터뜨리는 것이었다. 그때의 모습이 아직도 눈에 선하다.

가슴에 뚫린 구멍 메울 길 없어

장 선생님, 사모님께

세월은 유수 같다더니, 1999년도 벌써 새 달력 첫 장이 뜯기는 날이 되었습니다. 고향엔 눈이 많이 내렸겠고 꽃샘 추위도 하겠군요. 이곳 캘리포니아엔 겨우내 내리는 비로 여름 뙤약볕에 시달리던 잔디들이 싱그러이 되살아났습니다. 터질 듯한 벚꽃 망울들이 빗속에서 미소지으며, 잘 익은 귤로 가득한 나뭇가지 휘어집니다. 수일 내로 귤을 따주어야겠습니다. 한국 다녀와 곧 소식 못 드려 죄송합니다. 사랑하는 아버지를 여의고 마음에 평안을 잃고 가슴 한 구석 휑하니 뚫린 구멍을 메울 길 없어 아파했습니다. 86년의 한 많고 고생 많으셨던 아버지, 이젠 평안한 안식을 누리시리라 믿고 싶습니다. 제가 미국 떠나오던 날 아침 "대한의 딸로 타국에서 부끄럼없이 살거라." 당부하시던 일, 아이들 키우랴, 직장 생활하랴 바쁘다는 핑계로 편지도 잘 못 드리는 딸에게 친필 편지 봉투 속에 코스모스 씨앗 넣어 보내시며 "네가 좋아하는 꽃씨다." 하시던 자애로우신 아버지셨습니다. 이젠 고인이 되셨음을 아직도 믿고 싶지 않은 사실입니다. 아버지 영전에 찾아와 주심을 진심으로 감사드립니다. 또 안개 낀 새벽에 손수 쓰신 수필집과 치악산 C.D를 손에 쥐어주시며 "부끄러운 내 삶의 고백이야." 하시던 모습이 눈에 선합니다. 좋은 일 궂은 일 마다 안하시고 늘 선생님 곁에서 보필하신 사모님의 청초한 삶을 존경합니다.

수필집을 읽고 갑자기 장 선생님과 가까워진 것 같은 느낌입니다. 끊임없는 노력과 도전의 삶을 사시며 2세 교육에 밑거름이 되신 선생님의 삶에 고개를 숙입니다.

남편의 사업은 끊임없는 도전 상태이며, 열심히 하는 중입니다. 저는 다시 병원에 근무하기 시작했고(Part Time) 앞으로 양로원 경영 계획을 가지고, 공부하며 준비하는 가운데 있습니다. 큰 딸 소냐(18세)는 산 호세 주립 대학교에서 신입생으로 음악 교육을 공부합니다. 피아노를 전공합니다. 둘째딸 샤론은 로스 알토스 고등학교 학생(17세)입니다. 글을 잘 쓰며 법률 계통에 공부하고 싶다고 합니다. 막내 조슈아는 8살, 초등학교 3학년입니다. 태권도 노란띠를 매고 하나, 둘, 셋… 하며 열심히 운동도 하고 있습니다.

장 선생님, 또 기회가 되면 소식 올리겠습니다.

고향 소식도 가끔 전해주세요. 건강하시고, 평안과 기쁨과 희망이 넘치는 새해가 되시기를 기원합니다.

멀리 미국에서 정혜숙 드림

(미국명 - Esther Heasook Park)

***

전 대성고 서무과장 정해룡 선생의 영애 혜숙 양이 미국에서 보내온 편지(1999. 1.)

두 분의 우정과 신의 얼마나 깊으신지

두 분께 드립니다.

돌아와서 이제야 소식 전하는 것을 용서해 주시기 바랍니다. 이사장님 내외분의 사려와 은혜를 어찌 보답할 수 있을지 모르겠습니다. 미국 생활을 핑계로 제대로 사람 구실을 못하고 살게 되어 죄송합니다. 아버지가 병원에서 이사장님께 전화를 하라고 하실 때 저도 두 분의 우정과 신의가 얼마나 깊으신지 다시 느꼈습니다. 감사합니다.

다행히 일산 아파트가 빨리 정리되고 아버지 유품도 대성고등학교로 옮길 수 있게 해주시고 정리가 잘된 듯합니다. 사정에 어둡고 익숙하지 못해서 부족하게 일을 처리한 게 많은 걸 제가 알고 있으니 너그러이 양해하여 주시길 바랍니다.

제가 내년 6월 직장을 은퇴하고 서울에 나가서 마지막 일을 처리할 예정입니다. 그 때 형편 되는 대로 동생들과 함께 원주에 찾아뵙겠습니다. 부모님은 안 계시지만 부모님들이 제일 사랑하셨던 두 분 뵈올 수 있기를 기다리겠습니다.

다시 연락드리겠습니다. 더욱 건강하시고 하나님의 은총이 가득하시길 빌면서.

2001. 7. 15.

정현용鄭賢容 드립니다.

***

정태시 선생의 큰딸 현용 씨가 부친 작고 후 필자 내외에게 보내온 편지. 부군은 미 코네티컷 대학 교수인 김일평 박사.

부쟁不爭의 덕德

김종환 장군 보세요.

김 장군 고맙습니다.

제1군 사령관으로 부임한 이후 직간접적으로 음덕을 입어 공사 간에 많은 도움을 받고 있는 터에 스승의 날을 맞아 좋은 선물까지 받고 보니 사적으로는 광영스러운 일이기는 하나 염치없는 생각마저 듭니다. 교육자이기 이전에 한 인간으로서 우리 대성 가족에게 부끄러움 없는 삶을 살도록 노력하고 있습니다.

노자 68장 부쟁不爭의 덕德을 소개합니다.

훌륭한 무사는 자기가 힘이 센 사람 같이 행동하지 않는다. 전쟁을 잘 이끌어가는 명장은 적의 꼬임에 넘어가지 않는다. 싸움에서 잘 이기는 명승부사는 쓸데없이 시비를 걸지 않는다. 사람을 잘 부릴 줄 아는 사람은 상대방의 밑으로 걸어가듯 하수자 노릇을 한다.

이것을 부쟁의 덕이라 한다. 부쟁의 덕은 사람의 힘을 최대한으로 이용한다. 이것이 천도天道의 극의極義이다

언제나 내조의 노력이 각별하신 부인에게도 감사드립니다. 보내주신 선물의 치수가 나에게나 집 사람에게나 꼭 맞았습니다. 두 분과 가정에 항상 행운이 깃드시기 빕니다.

2002. 5 . 14.

태암 장윤 합장

국민의 신뢰와 사랑받는 군으로

장윤 이사장님께

'스승의 날'을 맞이하여, 그동안 베풀어 주신 애정 어린 관심과 성원에 충심으로 감사드립니다.

장 이사장님의 자상하신 지도 편달과 따뜻한 격려는 제가 군軍에 몸담은 지난 40여 년 동안 늘 큰 힘이 되어 주었습니다.

앞으로도 선생님의 기대에 부응하여 국가 방위의 소임을 다해 나가고, 국민의 신뢰와 사랑을 듬뿍 받는 군을 이끌어 가는 데 최선을 다하겠습니다.

'참 교육'과 후진양성後進養成을 위해 평생을 바치시고, 지역 사회의 정신적인 지주支柱로서 항상 모범이 되어주시는 선생님께 다시 한번 깊은 존경의 말씀을 올리면서, 오래도록 건강하시고 가정에도 만복萬福이 깃들기를 기원드립니다.

일전에 보내주신 격려 말씀 가슴 가득히 명심하고 있습니다.

사모님께도 감사드립니다.

2004. 5. 11.

제자弟子 **합참의장 김종환**金鍾煥 **대장**大將 **올림**

***

대성고등학교 9회 졸업생인 김종환 육군 대장은 해마다 인사 편지를 보내왔다.

교정矯正 교육기관 성립돼야

장윤 학원장님께

선배님 편지를 받고 보니 부끄럽기 짝이 없습니다. 저의 어리석은 변이기는 하지만 그동안 나름대로 일에 묻혀 살다보니 선배님의 안부를 알아보지도 않고 지내온 것에 대해 정말 죄송스럽게 생각합니다.

그동안 선배님께서는 큰 위암 수술을 여러 번이나 받으셨다는데도 저는 그것도 모르고 그동안 선배님에 대해 무심했던 것을 다시 한번 사과드리겠습니다.

그리고 선배님께서 주신 격려에 진심으로 감사하게 생각합니다. 저의 할아버님께서 "여부모與父母로 연덕年德이 구고俱高하고 차유교분심근且有交分甚近이면 친수하세親雖下世라도 사지유공事之愈恭하고 추지후예推之後裔하여 무체세교無替世交하라" 부모가 일찍 돌아가셔서 끊어진 선대의 인연도 다시 이으라는 가훈임에도 바쁘다는 핑계로 그동안 자주 연락 못 드린 점 다시 한번 사과드립니다.

중국 감옥학회의 초청으로 중국 감옥도 견학해보고 우리나라 교정 업무와 교정 정책에 대하여 들어 보았지만, "백문百聞이 불여일견不如一見" 이라는 것과 같이 수박 겉핥기라는 것을 알게 되었습니다.

여기 수인囚人들과 같이 생활하여 보니 수인들에게 필요한 사회 복귀 재교육 프로그램은 형식적인 수준입니다. 그러므로 제가 밖으로 나가면 정부와 교정청과 협의하여 명실공히 교정 교화가 될 수 있도록 교정 교육 기관을 설립하여 수인들이 또 다시 재수감되지 않고 사회에 취업할 수 있게 된다면 국가적으로나 개인적으로나 또 경기대학도 큰 득이 될 것 같습니다.

끝으로 저는 선배님의 말씀처럼 평소 마음은 있어도 하지 못했던 것들을 이번 기회에 수양하도록 하겠습니다.

선배님께서도 모든 소원 성취되기를 기원합니다. 몸 건강하십시오.

2004. 10. 30.

손종국孫鍾國 **올림**

＊＊＊

손종국 총장은 성균관 대학 영문과 후배. 전 경기대 총장과 이사장을 지냈다. 이 편지는 그가 학교 운영과 관련된 일로 옥고를 치르고 있을 때 옥중에서 보내온 것이다.

술은 입으로, 사랑은 눈으로

정명자 조카 따님 보세요.

우리 두 늙은이에게 보내주신 선물, 정감이 넘치는 고마움에 등산복 차림으로 사진을 찍어 보냅니다. 날만 따스하면 가까운 산에 등산을 자주하는 데 꼭 필요한 선물이라 더욱 기쁘고 좋았습니다. 여러 조카 따님보다 텔레파시가 잘 통하는 것 같습니다. 오복회[1]의 김종렬 전 체육회장의 부인 권영자權寧子 여사께서 누우신지 반년이 넘었습니다. 가끔 제가 상경할 때 장재용 대사님과 안덕흠 교장 선생 식사 대접 해드리는 것이 고작입니다.

P.S. 언젠가 아버님, 어머님 살아계실 때 댁을 찾아갔을 때 사진을 정리하셨는데 우리가 지금 똑같이 사진을 정리하고 있답니다. 최규하 전 대통령 영부인께서도 지난해 돌아가셨지요. 내가 좋아하는 윌리엄 버틀러 예이츠의 명정가酩酊歌 A Drinking Song를 소개합니다.

Wine comes in at the mouth
And love comes in at the eye ;
That's all we shall know for truth
Before we grow old and die.
I lift the glass to my mouth,
I look at you, and I sigh.

1 오복회五福會, 원주 출신의 부부 동반 모임. 정태시鄭泰時 전 공주교대학장, 장재용張在鏞 전 대사, 안덕흠安德欽 전 원주여상고 교장, 김종렬金鍾烈 전 대한체육회 회장 그리고 필자가 모였었다.

술은 입으로 들고
사랑은 눈으로 든다
우리가 늙어 죽기 전에
알아야 할 진실은 그것뿐이다
나는 술잔을 입에 대고
그대를 바라보며 한숨짓는다.

2005. 1. 23.
장윤, 김정순 합장

***

정태시 선생의 셋째 따님 정명자 씨에게 보낸 편지.

신사임당 상을 받으며

장 윤 이사장님께

이번에 신사임당 상을 받게 된 것 크나큰 영광으로 알고 감사드립니다.

희세에 빛나는 사임당의 이름을 빌은 상이라 부족한 저로서는 부끄럽기 그지 없습니다.

요즘 모든 여성들의 당차고 활동적인 삶이 현대적 의미의 사임당의 모습으로 부각되는 때이므로 제게 주어진 상이 영광과 명예가 아니라 채찍이라는 생각으로 노력하며 살아야 될 것 같습니다.

강원도의 아름다운 자연과 순후한 사람들의 삶의 모습에서 글의 소재를 찾아 각박한 도시인들의 메마름을 적시도록 힘쓰겠습니다. 감사한 마음 이루 다 전할 수 없군요.

내내 건강하시고 댁내 평안하시기 빕니다.

2005. 6. 1.

신사임당 상 수상자

임인진 드림

***

이용훈李容勳 단국대 영문과 교수의 부인 임인진 여사가 '신사임당 상'을 수상하며 보내온 편지. 당시 필자가 신사임당 상 심사를 했었다. 임 여사는 아동문학가이다.

목회자 가족의 삶

사랑하는 장윤 선생님께

밴쿠버에서 드리는 28번째 저희 가정 소식입니다.

금년에도 평안하셨는지요? 저희들도 잘 지냈습니다. 유난히 많았던 천재지변들로 인한 마지막 징조들을 보며 재림의 주님을 기다리는 심정으로, 목회자의 아내로서의 한 해는 교회의 삶 그 자체였습니다. 예기치 못한 모험의 길을 가는 영적인 여정이기에 오직 주님의 능력만이 일을 감당할 수 있었습니다.

교회 유치원이 9월에 개원되었고 늘어나는 학생들로 보조 교사를 채용했으며 이 유치원은 복음을 증거하는 매개체로 쓰여지고 선교를 위한 준비 과정이기도 합니다.

여름 휴가는 L.A.에서 오빠의 딸인 앤의 결혼식에 형제 친척들이 모여 즐거운 시간을 갖고 동생 가족들은 캐나다로 와서 8일간 함께 여행했습니다. 모처럼의 좋은 쉼이었습니다.

3년 11개월 된 손자 지환이는 키도 많이 크고 유치원에 다니며 모든 운동을 좋아하고 모두가 그의 스케줄에 맞추어야 할 정도로 바쁩니다. 뛰어난 이중 언어 구사력과 기억력, 누구와도 의사 소통이 잘되며 가족이 모이면 늘 식사 기도는 자기가 하기를 좋아하고, 핑크색은 여자 색이라 싫어합니다. 3살짜리 유치원 수료식에 온 가족이 참석했는데, 미남 손자와의 데이트는 늘 즐겁습니다. 모두들 손자가 똑똑하다고 하는데 저도 동감입니다. 손자의 이야기만 나오면 더 쓰고 싶은데… 하하하.

존은 몇 년째 직업 재활원 사업을 잘하며 지난 2년 동안 교회 회장직을 맡아 젊은 세대답게 모든 시스템을 현대화로 바꾸고 행정을 잘 처리하여 칭찬을 많이 듣고 아빠를 많이 돕습니다. 정확하고 빈틈없는 모습이 누구를 닮았을까요? 며느리

자넷은 부동산 업자로 일하며 매우 바쁜 가운데 성가대와 교회의 많은 일에 열심히 봉사하고 있습니다. 목회자의 며느리로 잘 감당하고 있습니다. 줄리는 병원에서 방사선 치료사로, 또 피아노 선생으로, 예배 반주자로, 주일 학교와 장년 연합 성가대를 인도하며 한결같이 아빠의 사역을 도와줍니다. 사위 훈은 고등학교 교사 실습 중인데 컴퓨터 전공인 그는 교회의 웹 사이트 등 모든 컴퓨터 관리를 맡아서 하며 아이들을 무척 사랑해 주일학교 교사로 진실하고 성실하게 봉사하고 있습니다.

남편 김 목사는 주님을 사모하는 마음이 한결 같았으며 지칠 줄 모르는 열정, 복음을 위한 투자, 새로운 구상 등, 올해도 그는 최선을 다했습니다. 늘 평안하고 기쁜 마음으로 목회하는 그에게 존경과 성원을 보내며, 50주년을 맞는 교회와 그의 60이 되는 내년이 기대됩니다. 3월에 우리는 한국에 갈 예정입니다.

저도 트리니티 웨스턴 대학과 델타 교육청에서 상담자로 일하며 중년의 삶을 즐기고 있습니다. 주님의 크신 사랑, 많은 성도들의 과분한 사랑, 또 기도하여 주신 여러분, 자녀들의 끊임없는 후원으로 인해 감사하며, 무엇보다도 주님을 생각하면서 참으니 아름다운 많은 열매들이 있어서 결코 헛된 한 해는 아니었습니다. 저희들의 사랑을 전합니다. 하나님의 은혜 가운데 건강하시고 평안하세요. 소식 기다립니다.

선생님 2005년도 평안하셨지요. 해마다 선생님이 보내주시는 귀한 카드 정말 감사를 드립니다. 지난 모든 해들처럼 주님 안에 건강하시며 후배 양성, 지역 사회를 위해 평생을 한결같이 힘쓰시는 선생님께 감사를 드립니다. 온 가족들 위에 사랑하시는 학교, 그리고 교회 위에 하나님의 크신 사랑과 은총이 함께 하시길 기도합니다.

2005. 12. 25.

캐나다에서 김광수, 김영숙 드림

From Our Home to Yours
Merry Christmas 2005
and Happy New Year!
The Kim Family

***

김광수 목사 부부는 캐나다에 이민 간 후 해마다 편지를 보내왔는데, 김 목사는 애석하게도 2009년에 작고했다.

군단의 전통과 명예 고양

장윤 선생님께

먼저 엄동지절嚴冬之節을 맞이하여 건승하심을 기원합니다.

매우 중요한 시기에 경상남북도와 부산, 대구, 울산 지역을 담당하는 11군단장으로 부임하여 군 본연의 부여된 임무를 완수하고 군단의 전통과 명예를 더욱 고양시키는데 혼신의 노력을 다 하고자 합니다.

앞으로도 변함없는 성원과 지도 편달을 부탁드리면서 다가오는 새해에도 항상 건강하시고 뜻하시는 모든 일이 성취되시기를 기원 드립니다.

2006. 12. 20.

육군 제11군단장 중장中將 황의돈黃義敦 배상拜上

***

대성 15회 출신인 황의돈 장군이 육군 제11군단장으로 부임하며 보내온 편지와 연하장.

Season's Greeting
and Best Wishes for
the New Year.

존경하는 학원장님께.
늘 격려해 주셔서 감사합니다.
새해에 더 큰 축복이 함께하시길 기원드립니다.
아울러 예원학원의 무궁한 발전을 빕니다.
황 의 돈 장군 拜上

지난 한해 깊은 후의에 감사를 드립니다.
己丑年 새해에도 변함없는 성원을 부탁드리며
댁내에 건강과 행운이 늘 함께 하시길 기원 드립니다.

국 방 정 보 본 부 장
육군중장 **황 의 돈**

선배님은 완전한 사람

장 윤 선배님께

어쩌면 그렇게 저를 놀라게 하십니까. 이 땅에 아니 이 지구상에 장 선배 같은 분 또 없습니다. 장 선배야말로 'Man of Integrity 완전한 사람' 이십니다.

김창성金昌成[1] 교장의 옛 서신 보고 저의 아내는 한참 동안 눈물을 흘렸습니다. 1959년, 그러니까 50년 전의 저희 결혼 청첩장을 지니고 계시다니, 그 밖에 연하장, 크리스마스 카드를 보존하고 복사해 보내셨으니 이것이 현실인지, 꿈인지 정신이 얼떨떨합니다. 그냥 감사나 고개 숙여 될 일이 아니고, 제가 저승에 가도 그 깊은, 높은 은혜 잊지 않을 것입니다. 정말 고매하신 인격자요, 지식인이십니다.

그리고 저의 졸작 『막고동 소리』를 과찬해 주시니 몸 둘바 모르겠습니다. 장 선배야말로 이미 여러 권의 책을 펴내셨고, 더구나 신동아에 권두 수필도 쓰셨던 문필가이신데, 제가 어찌 비교가 됩니까.

선배님, 존경합니다. 일생 외길 교육에 헌신하신 어른 아닙니까. 다만 세상은 악화惡貨가 양화良貨를 구축하는 경우가 많아 선배는 뜻을 충분히 발휘치 못했을 뿐입니다.

제 『막고동 소리』는 이번에 원주 지역에선 장 선배께만 딱 한 권 보내드렸던 것입니다. 장석희張錫喜[2] 선생님에게도 더 없이 감사하고, 그분께 달리 서신 올리겠습니다.

실은 지금 제가 건강이 몹시 나빠져 이 서신을 충실히 못 쓰고 있습니다. 투석치료 중인 데다, 고혈압이 엄청난 고통을 주고 있습니다. 이해해주세요. 차일 예의를 갖춘 서한 올리겠습니다. 이번 투병의 고비는 어떻게든 넘기려 최선을 다하

1 원주고등학교 교장. 장태현 향우鄕友의 빙장 2 학교법인 대성학원 이사장.

고 있습니다. 오늘은 동경서 저를 찾아 온 가노데쓰(河野 徹, 김철金徹[3])을 만나는 날입니다. 장 선배 이야기도 전할 것입니다.

건강하십시오.

2008. 5. 28.

장태현張泰鉉 올림

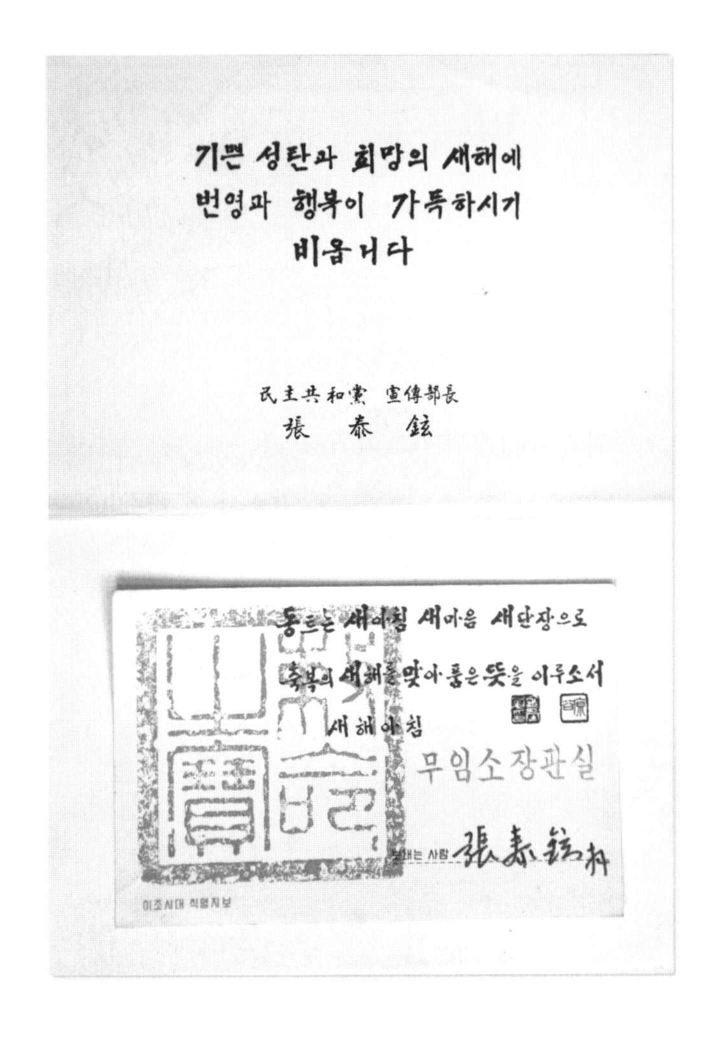

＊＊＊

원주 후배인 장태현 전 공화당 선전부장, 농림신문사 전 사장이 보내온 편지와 연하장.

---

3 동아일보에 근무하던 김삼규金三奎 씨 자제.

성년 부중래盛年 不重來

강무현姜武賢 장관 보세요.

날씨가 갑자기 추워졌습니다. 감기 조심하세요.

건강하셔야 합니다. 안에 있는 사람보다, 밖에 있는 사람이 마음 고생이 더 큰 것입니다. 부인을 비롯한 가족들에게 힘이 되어 주셔야 합니다. 우리 딸이 서울대 재학 중 운동권에 뛰어들어 두 번씩이나 옥고를 치르는 바람에 집사람과 나는 시련을 겪어본 셈이지요. 그때 나는 딸년 덕에 광화문 뒷골목 대포집께나 다녔지요. 집사람은 술이라고는 입에도 못 대는 사람이라 밥을 짓다가도 '흑'하고 울고, 청소하다가도 울고, 서울 근교산을 데리고 가도 맑은 가을 하늘조차 제 마음대로 보지 못하는 딸년 신세를 생각하여 같이 울기도 했지요. (각설하고) 동봉한 읽을거리는 일본어를 우리말로 옮겨 놓은 독서초讀書抄입니다. 내가 죽고 난 후라도 아이들이 읽어 주었으면 하고 한 30년 가까이 모으고 있는 중입니다.

1. 한 그릇의 메밀국수 외 2편
2. 도연명의 귀거래사歸去來辭
3. 도쿠가와 이에야스德川家康 등의 유언
4. 골프는 바보들의 천국인가
5. 노무현 대통령의 정책 비판(일본 저널리스트)
6. 도쿠도미 소호德富蘇峰의 인물평
7. 뉴스위크(삼성 관계기사)

도연명陶淵明의 성년 부중래盛年 不重來란 구절 잊지 마시고 이제부터 인생 공부 많이 하세요.

2008.11.24.

***

강무현 전 해양수산부 장관은 대성고 13회 졸업생이다. 옥고를 치루고 있을 때 필자가 보낸 위로의 편지.

부진장강 곤곤래不盡長江 滾滾來

이李회장 완근浣根 아형雅兄께

별 볼일 없는 노인을 선배라고 주빈석에 모셔놓고 오고가는 말씀 중에 생전에 처음으로 여러 모로 느끼고 배우고 깨달은 바가 많았습니다. 어찌 보면 유서 깊은 대학의 동문회를 이끌어온 정상회담 같은 느낌마저 들었습니다. 이원종 교수[1]께서는 본인을 대대로 내려오는 종가댁 맏며느리 역할을 하는 사람이라며 과찬까지 해주셨습니다. 부드러움 속에 품격이 있었고 소박하고 격식 없는 대화 속에 은근한 멋을 느끼게 하였으며, 그러면서 간혹 튀어 나오는 재치 있는 유머 또한 분위기를 한층 더 돋보이게 하였습니다.

연회가 끝나고 돌아올 때에는 30년에 한 번 출판된 각고의 산 역사, 유닉스Unix 전자[2] 30년사와 이원종 공저로 되어 있는 바이오 산업과 관련 있는 생명 공학 등 소중한 내용이 담겨 있는 책들 그리고 새 달력과 보양제 등 푸짐한 선물까지 나누어 주셨습니다. 한마디로 감동적인 해후요 상봉이 아니었나 생각되었습니다. 겉으로는 만남의 결과가 좀 미흡스러웠지만 본인으로서는 인생 철학을 다시 배웠고 각覺의 경지까지는 못 가도 성과 이상의 수확을 거둔 셈이 되었습니다. 앞으로는 이런 일로 여러분의 심기를 편치 않게 해드리지 않게 해야겠다고 생각했습니다.

두보의 시 구절 「부진장강 곤곤래不盡長江 滾滾來」처럼 시간이란 유수와 같이 도도히 흐르고 있는데 무엇을 조급하게 서두를 필요가 있을까 하는 생각마저 들었습니다. 인생은 덧없이 왔다 덧없이 가는 것을… 중국 삼국지는 세 사람의 도원결의로 촉나라를 세웠습니다. 우리 우관 선생님의 모임도 미미한 물줄기에 불과

1 이원종 교수는 서울특별시장과 충북지사를 지냈다. 현 성균관대 석좌 교수 2 유닉스 전자는 전 성균관대학교 총동문회장을 역임한 이충구李忠求 회장이 설립한 회사

하나, 모교 성대의 구심점이 되고, 이런 구심력이 성대 6백년사에 명멸한 선배들의 혼을 계승하는 계기가 될 것입니다. 인간다운 지도자를 양성하고, 홍익인간 이념으로 모교 정신이 승화된다면 국제화 사회에 크게 공헌하는 기폭제가 될 것으로 확신합니다.

어느 나라 할 것 없이 어려운 지경에, 동문께서 하시는 일들이 순리대로 풀리시고 기축 새해에는 건강하시고 희망찬 새해를 맞이하소서.

2008. 12. 28

장 윤 합장

***

이완근 회장은 1961년 성균관대학교 교육학과를 졸업, (주)신성 이앤지 대표이사 회장이다. 성균관대학교 총동문회장으로 활약하고 있다.

두루마기 차림의 교장 선생님

장윤 선생님!

지난 추석에 경비실에서 택배가 왔다는 연락을 받고 내려갔다가 얼마나 당황했는지…

지금도 제가 얼마나 송구스럽고 죄송한지 몸 둘 바를 모르겠습니다.

선생님께서는 저에게 치악산에서 나는 산나물 세트를 보내 주셨던 것입니다. 취나물, 도라지, 고사리 등 깨끗하고 잘 건조된 산나물로 추석 차례 상을 차렸습니다.

제가 선생님께 감사의 전화를 드리면서 제자가 스승님께 추석 선물을 올려야 하는데 거꾸로 선생님께서 이런 좋은 선물을 보내주시니 몸 둘 바를 모르겠다고 말씀드렸더니 지난번 선생님께서 병원에 입원하시고 계실 때 병문안 와주어 고맙다는 인사라고 말씀하셨습니다.

장윤 선생님께서는 그런 분이십니다. 돌이켜 보건대 선생님께서는 제가 철이 들 무렵부터 현재까지 저의 중요한 인생의 고비마다 충고와 격려를 아끼지 않으셨고 저 또한 부족하지만 스승이시자 인생의 선배로 변함없이 모셔 왔습니다. 선생님께서 저에게 첫 번째 온몸에 전류가 흐르듯이 흥분되고 꿈이라는 것을 갖게 해준 것은 중학교 일학년 때였습니다.

제가 1959년 대성중학교에 입학하여 교복과 모자를 쓰고, 들뜬 기분으로 중학생 생활을 막 시작했을 무렵, 선생님께서 한복에 두루마리를 입으시고 저희들 앞에 나타나셔서 칠판에 큰 동그라미를 그리시더니,

"이것이 무엇이라고 생각하느냐?"

라고 질문하셨을 때 우리들은 '동그라미요' '얼굴이요' 등 엉뚱한 대답을 하였습니다.

선생님께서는 "이것은 지구다." "우리 학교 모표도 둥근 원(지구)에 사람을 뜻하는 사람 인人자가 들어가 있는 것이다"라고 하시면서 "꿈을 키워라, 세계를 위하여, 그리고 인류를 위하여"라고 말씀하셨습니다. 그 당시는 한국 전쟁이 휴전 상태에 들어 간지 얼마 되지 않아 하루하루 끼니를 때우는데 급급한 고단한 삶이 이어지고 있었습니다. 이런 때에 희망과 용기를 주시고 정신 무장을 시켜주신 것을 항상 감사드립니다. 그 시절 선생님께서는 패기만만한 이십대 미남 선생님이셨습니다.

지금 생각해보면 이십대에 어떻게 학교를 세우시고 교육을 생각하셨는지 놀라울 따름입니다. 선생님께서는 선대로부터 물려받으신 재산을 모두 학교에 헌납하시고 당신께서 사시는 집은 항상 초라하였고 검소하셨습니다. 제가 KBS에 입사해서 현재의 여의도 방송센터로 이사를 한 지 얼마 안 된 때라고 기억 됩니다만 정초에 선생님 댁에 세배를 드리려고 9회 동창생 몇 명과 함께 대방 전철역 근처의 아파트로 찾아뵈었는데 우리 모두 선생님의 사시는 모습을 보고 놀랐습니다. 당시 저는 저의 직업으로 인해 많은 사학의 설립자들이 어떻게 살고 있는지 잘 알고 있었습니다. 심심하면 사학의 비리라는 것이 기사화 되고 검찰의 수사가 진행되곤 했는데 선생님께서는 연탄 보일러 아파트에 연탄 난로로 추위를 피하고 계심을 보고 우리 모두 놀랐습니다. 선생님의 평소 생활 철학이나 말씀으로 보아 검소하게 사실 것이라고 생각은 했으나 이렇게 사실 줄은 몰랐습니다. 그 당시 우리는 선생님께서는 참 교육자시라고 한마디씩 했습니다. 그러나 저는 우리 시대에 흔치 않은 참 교육자를 모시고 사시는 사모님의 고생이 참으로 크시겠다고 생각했습니다. 그런데 선생님의 생활 모습은 그때나 지금이나 크게 다르지 않은 대신 우리 학교는 그동안 비약적인 발전을 거듭하여 지금은 강원도의 명문 사학이 되었습니다.

모두가 선생님의 헌신적인 노력의 결과라고 생각합니다. 지금도 가끔 무실동을 지나다가 학교를 올려다보면 옛날 명륜동 학교 시절을 떠올리게 됩니다. 참으로 격세지감을 느낍니다. 명륜동에서 무실동으로의 이전도 선생님의 획기적인 발상이 아니셨으면 불가능한 일이었다고 저는 확신합니다. 항상 상식의 발상을 뛰어넘는 선생님의 진취적이고 식지 않는 추진력이 있었기에 가능했었다고 생각합니다.

한 가지 아쉬웠던 것은 대성중학교를 외국어중학교로 전환하려던 계획이 동문들의 반대로 무산된 것인데, 지금도 저는 개인적으로 아쉽고 안타깝습니다. 멀리 내려다보시고 글로벌 시대에 대비한 인재 육성의 초석이 될 수 있는 그림이었는데 고심 끝에 포기하신 선생님의 심정을 헤아려 봅니다. 오늘날 많은 인재들이 외고로 몰리고 명문 대학 입학 상위 그룹을 외고가 차지하고 있는 현실만 보아도 선생님의 발상이 얼마나 앞서 가셨는지 알 수 있는 대목입니다.

선생님께서도 이제 연세가 팔순을 넘으셨습니다. 좀 쉬실 만도 하신데 여전히 원기 왕성하게 활동하시니 보기는 좋습니다만 자칫 건강을 그르치실까봐 걱정이 됩니다.

참으로 어려운 역경 속에서도 많은 제자를 길러내신 선생님께 진심으로 감사의 말씀을 올립니다. 명륜동 시절 비록 학교의 교정은 작고 건물은 초라했지만 그 속에서 공부한 많은 인재들이 그리고 지금의 훌륭한 무실동 교정에서 공부한 많은 대성인들이 각 분야에서 국가와 사회에 공헌하고 있으며 그중에는 군의 최고계급인 대장도 두 명이나 나왔고 법조인 금융인 학계 언론계 등에서 중추적인 역할을 했거나 하고 있는 대성인들이 많습니다. 작지만 강하다는 말이 우리 학교를 두고 하는 말 같습니다. 어느 학교 출신보다 선후배의 정이 끈끈하고 애교심도 강합니다. 그러나 무엇보다도 중요한 것은 정신 교육과 참되자 라는 교훈이 주는 보이지 않는 힘이 대성인의 가슴속에 자리 잡고 있는 것 같습니다. 제가 살아가면서 어려웠던 고비마다 "참되자"를 생각했고 중·고등학교 시절 선생님께서 불어 넣어주신 꿈과 희망과 용기 그리고 "참되자"의 정신을 생각하면서 극복했습니다. 돌이켜보면 당시 열악했던 우리 학교의 교육 환경이었지만 정신 교육만은 어떤 명문 고등학교도 따라오지 못 할 정도로 훌륭했었습니다. 이것이 모두 선생님의 특강 덕이 아니었나 생각합니다. 감수성이 예민한 중·고등학교 시절에 사람이 정도를 걸어가고 어떻게 살아가야 하는지를 우리는 배웠고 그 정신을 바탕으로 사회에 나와 지금까지 살아왔습니다. 지금의 교육 현실을 무조건 나무라고 싶지는 않습니다. 그러나 학교 교육이 단순히 지식을 전달하고 암기하는 교육으로 가는 것이 너무나 걱정됩니다. 중·고등학교 시절 선생님 특유의 감동적인 특강이 그립습니다.

장윤 선생님!
건강하시고 오래오래 우리 곁에서 제자들의 모습을 지켜봐주십시오.

2009년 12월 1일
이상욱李相旭 올림

***

대성고 9회 출신인 이상욱 씨는 방송계에 투신, KBS 본부장을 지냈다.

'참되자'와 야간 행군

선생님 안녕하십니까?

엄청난 속도로 발전해 나가는 대성학원의 모습을 바라보면서, 이렇게 발전하게 된 근원이 어디에 있는가 하는 것을 생각하지 않을 수 없습니다. 따지고 보면, 재학생들이 명문 대학에 많이 진학하는 것과, 졸업생들이 사회 모든 분야에서 두각을 나타내는 것 등, 그 원인은 수로 셀 수 없을 만큼 많이 있겠으나, 여기서 그중 두 가지만 끄집어낸다면, 첫째는 "참되자" 라고 하는 교훈이고, 둘째는 청소년기의 야간 행군 극기 훈련이라고 생각됩니다.

"참되자"는 일생을 바르게 살아가는 생활 지표임으로 더 말할 필요가 없고, 청소년기의 야간 행군 극기 훈련은, 자기를 다스려 이기는 방법을 일찍이 터득케 하는 과정임으로 중요하지 않을 수가 없습니다.

대성학원에는 50여 년 전부터 지금까지 끊이지 않고 계속 이어지는 전통으로, 전교생이 참가하는 야간 행군 극기 훈련이 있습니다. 이 극기 훈련 과정이야말로 감수성이 강한 청소년기에 여러 가지 중요한 의미를 함축성 있게 부여하고 있다고 생각됩니다.

부모님들의 지나친 보호 속에 자칫 나약하기 쉬운 청소년기에 야간 행군 극기 훈련이란 말처럼 그렇게 쉬운 일이 아닙니다. 그러나 우리는 그것을 통해 일생에서 가장 소중한 것을 터득하게 됨을 알 수 있습니다.

이러한 극기 훈련은 집에서는 "부모님이 잡아주는 고기를 받아먹는 것"밖에 모르던 학생들이 "자기 스스로 고기를 잡는 방법"과 장차 그들 앞에 펼쳐질 어떠한 어려운 역경 하에서도 즉각 적응해 나갈 수 있는 능력이 스스로 배양 되도록 일깨워 주는 훈련으로서, 선배의 입장에서 보면 너무나 필요한 훈련이었다는 생각이 듭니다.

여기에다 사회 생활에 반드시 수반하게 되는 갖가지 유혹을 단연코 뿌리칠 수 있는 힘은 유년기부터 일찍이 대성인의 몸속에 깊숙이 자리 잡은 "참되자"라고 하는 지표가 그 중심축에서 올바른 몸가짐으로부터 벗어나지 못하도록 하는 역할을 하였음은 두말 할 나위가 없습니다.

따라서 두각을 나타내는 지위를 남보다 빠르게 혼자의 힘으로 선택 받게 되는 경우가 많은 것을 종종 목격하게 되는 것도, 대성인만의 자랑이 아닐 수 없습니다.

그러므로 우리 대성학원은 앞으로도 계속하여, 인류와 세계가 필요로 하는 많은 인재를 계속 배출할 근원이 될 것임을 믿어 의심치 않으며, 자라나는 재학생들에게 자긍심을 잃지 말고 더욱 분발하여 좋은 전통을 계승 발전시켜 나가도록 후배들에게 당부하고 싶습니다.

지금도 50여 년 전 우리들에게 많은 교훈을 주었던 그때의 극기 훈련은 초저녁부터 시작하여 목적지에 도달한 다음, 전원이 캠프 파이어로 피로를 풀고 호연지기로 우정을 다지며 반환점을 돌아, 다음날 새벽에 훈련을 무사히 마치고 돌아오는 북소리에 힘을 다시 얻어 새벽 공기를 가르며, 훈련의 종착지인 학교 정문을 개선장군처럼 들어섰던 그때의 모습이 아직까지도 생생하게 느껴집니다.

선생님 부디 강령하시옵소서.

2009. 12. 20.

최재림崔在林

***

최재림 예비역 육군 준장은 대성고 6회 졸업생이며 대성 출신 중 처음으로 장군이 되었다.

전후의 폐허에서 일으킨 사학

선생님, 새해입니다.

제가 선생님을 처음 뵌 것은 1960년 1월 대성중학교 장학생 선발 면접시험 때입니다. 당시 선생님은 대성 중·고등학교 교장 선생님으로 재직하였는데, 저는 이후 대성중·고등학교에서 6년 동안 '참되자'의 교훈 아래 장학금으로 학업을 마칠 수 있었습니다.

대성학교는 저에게 소중한 배움의 기회를 열어 준 모교입니다.

국적을 바꿀 순 있어도 학적은 못 바꾼다는 말이 있는데, 저는 항상 모교와 저를 가르쳐주신 선생님들, 그리고 특히 배움의 전당인 대성학원을 설립해주신 장윤 선생님께 깊은 감사를 드리고 있습니다.

선생님께서 창립하신 대성학원은, 6.25동란으로 전 국토가 폐허가 되고 온 백성이 가난으로 희망을 잃어 가던 시기인 1954년 3월에 재단법인 설립 인가를 받아 추진되었습니다. 정전 협정이 1953년 7월 27일에 이루어졌으니 선생님께서는 전쟁의 소용돌이 속에서도 창학創學의 계획을 세우셨던 것입니다. 실로 우리나라의 경우 교육 입국의 정신은 사학의 설립자에 의하여 실현될 수 있었습니다. 왜냐하면 광복 이후 60년대까지는 국가 재정이 극도로 빈약하여 국가가 2세 교육을 실시하는 학교를 설립할 여력이 없었기 때문입니다. 국가를 대신하여 사학을 설립한 독지가가 없었다면 국민의 치솟는 교육열을 수용할 수 없었고, 산업화의 역군을 양성할 수도 없었을 것입니다.

저는 사립인 대성학교에서 공부한 인연으로 석·박사 과정을 사립대학에서 이수하였습니다. 이렇듯 제가 사립학교 학생의 신분을 두루 거친 관계로 사립학교 경영의 어려움을 제법 많이 알고 있었기에, 사학 설립자 및 이사장님들의 협의체인 한국 대학 법인 협의회와 한국 사학 법인 연합회에서 근무하면서 사립 학교법

개악을 시도하는 전前정권에 맞서 투쟁을 벌일 수 있는 지식과 용기를 발휘할 수 있었습니다.

장윤 선생님은 손수 설립하신 대성학원의 육성뿐만 아니라 전체 사학의 발전과 윤리 의식 제고 등 공동의 선善을 위하여 진력해오셨습니다. 강원도 사학 재단 협의회 회장과 전국 조직인 한국 사학 재단 연합회 부회장 그리고 다른 여러 사학 재단의 이사장과 이사 등을 역임하신 것이 바로 그 예입니다.

사학의 생명이라 할 수 있는 건학建學정신은 학교 법인의 정관, 교명校名, 교훈校訓, 교육 목표, 교가校歌 등에 나타납니다.

'참되자'라는 대성의 교훈은 '성실한 인간으로 학문을 갈고 닦아 인류 공영에 이바지 한다'라는 뜻으로 이해되고 있습니다. 교가의 '뜻 높고 사랑 많은…세계를 위하여, 인류를 위하여'라는 구절은 국내뿐만 아니라 세계와 인류 전체를 위하는 큰 인물로 성장하여大成, 홍익인간弘益人間의 구현이라는 드높은 이상 실현을 목표로 하고 있습니다. 이 홍익인간의 기치는 바로 우리 대한민국의 교육 이념이기도 합니다.

선생님께서 더욱 강건하시고, 모교가 크나큰 발전을 계속해 나가기를 축원합니다.

2010년 원단

송영식 올림

＊＊＊

송영식 전 강원도 부교육감은 대성중 8회, 대성고 10회 졸업생으로 한국 대학 법인 협의회 사무총장이다.

오십 년 후에 찾아온 제자

학원장님께

끝날 것 같지 않던 추운 겨울도 이제 봄기운에 밀려 서서히 고개를 숙이고 이젠 벌써 따뜻한 기운이 느껴지는 한가로운 오후입니다.

교사라는 이름으로 처음 사회에 첫 발을 내디뎠을 때, 부모님께 받은 한결같고 조건 없는 사랑만큼은 아니지만 받은 사랑의 일부분이라도 학생들에게 베풀고 살아야겠다고 결심을 했었습니다. 그동안 교사로서 아이들과의 생활은 제 삶의 일부였습니다. 바르지 않은 길을 가던 아이들을 붙들고 늦은 밤까지 상담하며 돌아서서 눈물짓던 일들과 제자들이 감당하기 힘들었던 환경을 보며 교사로서 큰 힘이 되지 못했을 때의 안타까움들로 마음 아팠던 적이 많았습니다. 하지만 그 아이들이 졸업하여 어엿한 모습으로 나타났을 땐 지난날의 시간들이 고스란히 추억으로 남아 그 때만큼은 교사로서 큰 보람을 느꼈습니다. 때로는 지치기도 하고 힘들기도 했지만 저의 행복과 슬픔은 아이들의 삶속에서 피어났습니다. 문득 저를 여기까지 키워 준 은사님들의 모습이 이런 모습이 아니었나 생각이 들었습니다.

그러던 어느 날 우리 대성학교에서 가슴 훈훈한 일을 보았습니다. 청소년 시절 대성학교에서 가르침을 받은 그 고마움을 잊지 못해 칠순을 바라보는 노구의 한 제자가 모교를 찾아 은사님을 찾고, 그 모교에서 후배들을 가르치는 선생님들께 머리 숙여 인사하는 것을 보았습니다.

살아오면서 정말 중요한 것을 잊었노라고— 졸업하고 50년이 지났지만 모교 운동장 흙을 밟아 보지 못했노라고— 백발이 성성한 어르신이 고개 숙여 인사하였습니다. 그때 교장이셨던 학원장님과 악수를 하며 학원장님께서 스승의 마음으로 칠순 제자의 어깨를 다독여 주시는 모습에서 마음이 먹먹하고 말할 수 없는 뭔가가 목에 걸렸습니다.

그동안 성직이라고 불리는 교사라는 직업에 너무 빨리 조급해하고 빨리 지치고 실망한 건 아닌가하는 생각에 부끄럽기도 했습니다.

저에게도 50년 후 찾아올 수 있는 제자가 있었으면 하는 바람이 생겼습니다. 나 자신을 더 돌아보게 되었고 사람을 기르는 직업이야말로 세상 어떤 직업보다 소중하다는 것을 깨달았습니다. 그건 사명이고 소명이라는 생각이 들었습니다.

저는 두 아이를 키우는 엄마로 두 아이들의 선생님의 말 한마디에 용기도 얻고 때로는 힘이 빠지기도 합니다. 내가 가르치는 학생들도 그들의 부모에게는 둘도 없는 귀한 자식이라는 사실을 잊지 말아야 한다는 생각도 듭니다.

스승님께 감사하는 마음을 표현하기 위해 정성스레 저녁을 준비하신 칠순 제자의 모습을 보며 제가 이리도 말이 많아졌습니다. 다시금 그 스승의 그 제자라는 말이 떠오르게 됩니다. 더욱 더 건강하신 모습으로 우리들의 영원한 스승님으로 남아 계시길 바랍니다.

따뜻한 햇살을 머금은 봄이 곧 오겠지만 아직은 찬 기운이 남아 있습니다.

늘 건강하십시오.

2010. 2. 23.

대성고등학교 영어과 교사 조현화 올림

***

대성고 6회 졸업생인 김경칠金京七 동문은 평생을 평교사로, 그것도 남들이 가기 꺼려하는 변두리의 장애인 학교를 자원해서 교직을 마친 사도師道의 표상이다. 모교에 입은 은혜를 갚기 위해 2010. 2. 1. 전 교직원들에게 식사 대접을 하고 대성 참 장학회에 1천만 원을 기부하여 잔잔한 감동을 대성 가족에게 안겨 주었다.

대성학교를 중퇴한 어떤 학생의 이야기

존경하옵는 교장 선생님,

말없이 흘러만 가는 세월로 향기로운 아카시아 꽃도 시들었습니다. 그동안 교장 선생님 존체 금안하시온지요? '참되자' 라는 교훈 아래 8백여 명의 젊은 학도들은 같은 뜻을 모아 태산을 이루고 훌륭한 선생님들 밑에서 하루하루 진리와 참된 인간의 도를 배우고 있으니 그 얼마나 행복할까요.

그러나 이 못난 중생은 돌이켜 보건대 너무나 비양심적인 행위를 하여 온 것 같습니다. 제 자신이 대성의 교복을 입어 보았던 것을 큰 영광으로 느끼면서도…

학교를 떠나올 때 눈물이 볼을 적시었습니다. 자신을 버리지만도 못한 인간이라고 생각하였습니다. 그때에는 제가 너무나 어리석었습니다. 그러면서도 제가 경제적으로 여유가 없어 '참의 학교' 에 50환짜리 연필 열 타스를 사주고 왔습니다.

그러나 선생님의 엄숙한 모습과 말씀을 생각하며 희망을 가졌습니다. 지금 저는 공사판에서 노동도 하며 표를 나눠주는 십장 노릇으로 하루에 1천 5백 환을 벌고 있습니다.

밤에는 집안 형편으로 학교를 못가는 아이들을 30명 지도하고 있습니다. (중략)… 저의 출신을 묻는 경찰에게 서슴치 않고 대성학교를 도중에 그만두었다고 말하였습니다. 그러면서 대성의 정신과 '참의 학교' 에 대한 것을 자세히 설명하여 주었습니다.

저는 학교를 배반하고 나온 몸이지만 이제는 결코 자포자기는 하지 않으렵니다. 그 아이들이 책을 달라 할 때에는 가슴이 몹시 아픕니다.

***

이 편지는 대성학교를 중퇴한 학생이 보내온 것으로 연도도, 학생의 이름도 알 수 없다. 편지도 일부 분실되었다. 학업을 끝내지 못한 정황이 안타까워 여기에 싣는다.

다섯째 묶음

만물은 새로움으로 충만하니

—연하장 모음

전 연세대학교 원주캠퍼스 부총장 정중현 씨의 연하장

頌春

Season's Greetings
and Best Wishes
for the New Year

甲申年을 맞이하며 內外分 健康하시기 빌겠읍니다.

Choong Hyun Chung
Kaepo Woosung 4th Apt 8-906
Kangnam-ku, Seoul 135-270, KOREA
e-mail: chung25@hanafos. com

鄭忠鉉

＊＊＊

위 그림은 정중현 씨가 손수 그린 것이다.

서예가 맹관영 씨의 연하장

量寬足以得人(양관족이득인)
헤아림이 너그러운 것은 사람을 얻기에 족하고

身先足以率人(신선족이솔인)
자신이 먼저 나아감은 사람을 이끌기에 족하다

賀正戊子新朝 孟寬永拜(하정무자신조 맹관영배)
새해를 축하하며 무자년 새 아침에 맹관영 인사 올립니다.

2008. 01. 01

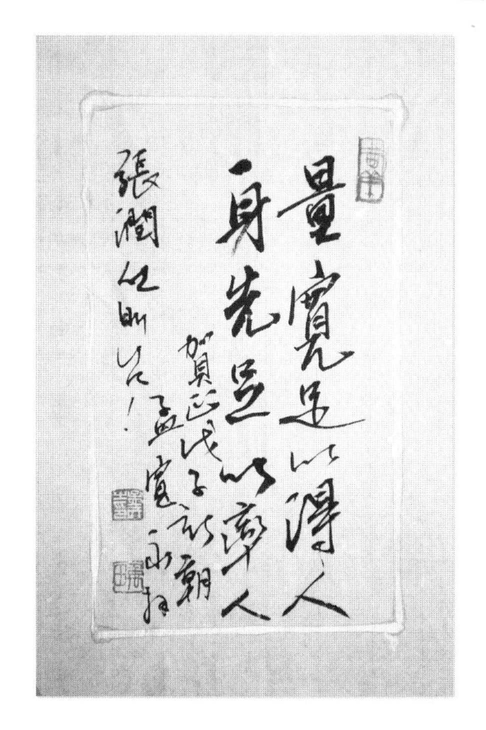

＊＊＊

맹관영 씨는 전 KBS 아나운서

서영훈 전 대한적십자사 총재의 연하장

謹賀新禧(근하신희)

새해 복됨을 삼가 축하드립니다.

德能潤身富潤屋(덕능윤신부윤옥)

덕은 능히 몸을 윤택하게 하고 부유함은 능히 집을 윤택하게 한다.

1970. 12. 28.

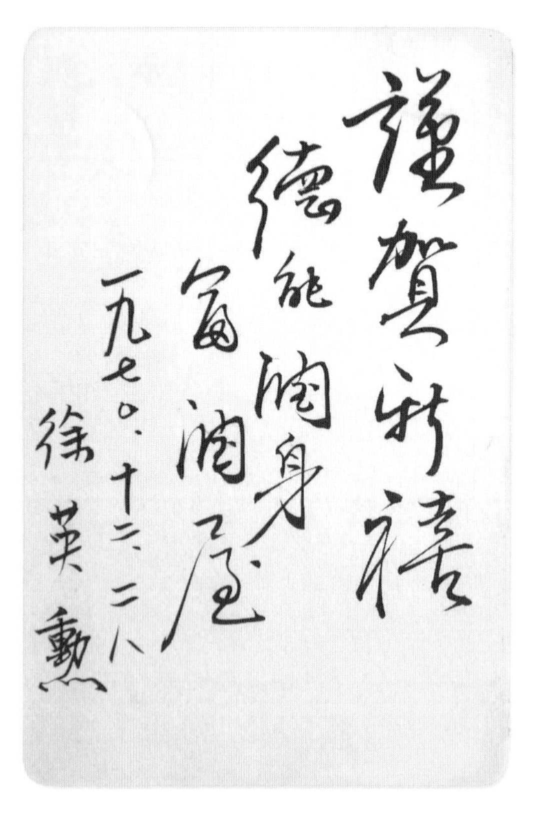
謹賀新禧
德能潤身
富潤屋
一九七〇. 十二. 二八
徐英勳

祝新禧
庚戌大亨通
徐英勳

빛이 있는 동안에
그 빛을 믿어
너희는 빛의 아들이 되라.
요한 12:36

홍종욱 전 강원도 교육감의 연하장

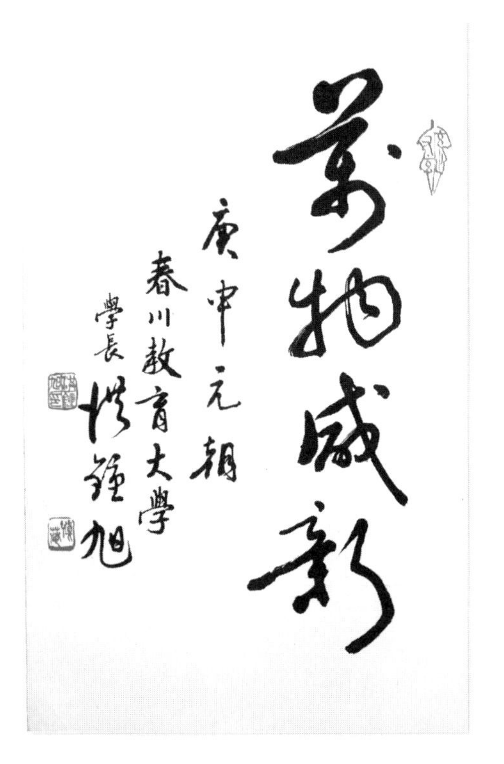

萬物咸新(만물함신)

만물은 새로움으로 충만한다.

庚申元朝(경신원조)

춘천교육대학

학장學長 홍종욱洪鍾旭

1980. 1. 1.

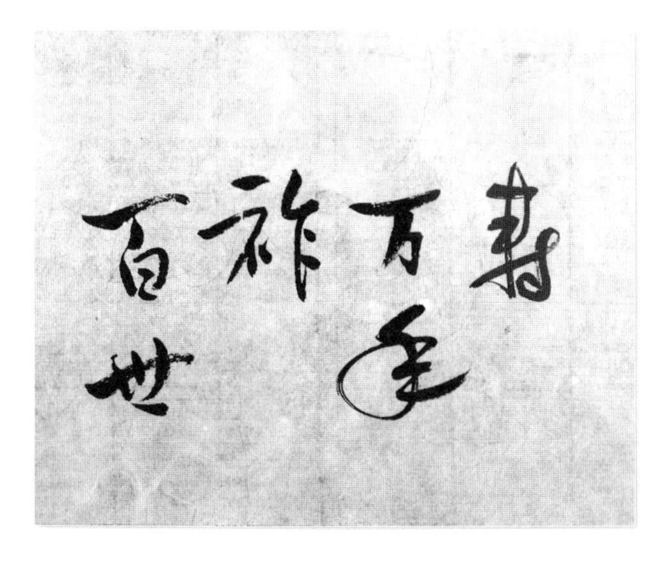

壽萬年 祚百世(수만년 조백세)

만수를 누리시고

복은 자손 대대로 이어지기를

언론인 김을한 선생의 연하장

賀正

새해에는 더욱 건강하시고
大成學園이 더욱 發展하기를
祈願합니다

弟는 연탄까스를 피해 江南
으로 移舍를 했아오며 上京하시
는 기회에 한번 만나뵈었으면 합니
다. 아모쪼록 自愛하시기를

1985 乙丑 正初에 金乙漢 弟

苔岩 先生 侍史

안공혁 전 수산청장과 선친 안병선 선생의 연하장

한해동안 주신 성원에
감사드립니다.
새해에도 더욱 정진할 것을 다짐하오며
삼가 고당의 만복을 빕니다.

庚申元旦

安柄璇

한양유통

평소에 보내주신 따뜻한 관심
을 기억하고 있습니다.
건강과 행복이 가득한
한해가 되시기를 기원합니다
이천육년 세모에
안 공혁 올림

이형모 전 KBS 부사장의 연하장

장윤 이사장님,

希望찬 새아침에
健康과 幸運을 祈願하오며
새해에도 변함없는 聲援을 부탁드립니다.
새해 福많이 받으십시오

직접 찾아 뵙고 세배를 올려야 마땅하오나
이렇게 연하장으로 인사올려 죄송합니다.
새해에도 편안 하시고 많은 지도편달을
부탁드립니다. 새해에는 학교도 크게 발전
하시고 소원 성취 하시기를 빕니다.
이 형 모 올림

이춘근 전 강원대 총장의 연하장

Season's greetings
and best Wishes for the New Year

새해 福 많이 받으십시오

謹賀新年.
戊子年에도 健康하시고 萬事如意 亨通하시길
祝願드립니다.
每年 한번의 年賀狀으로 安否를 代身함을
容赦하여주십시오. 구름은가고 江물은 흘러도
張先生님의 影像은 恒常 가슴깊이 간직하고
있읍니다.
다시한번 家族여러분의 幸福을 祈願합니다.

戊子元旦.

李春根 拜上.

황규만 장군의 연하장

존경하옵는 張 潤 학원장님께.

보내주신 "萬祥必臻" 年賀狀을 잘 받았습니다. 원사장님 作故하신 후로 뵈올 機會도 없고 해서 消息 전해 못하여 죄송합니다.
저도 昨年初에 흉腺癌, 쓸개를 除去하는 手術을 받았습니다. 지금은 조심 조심 人生의 보람 길을 걸어가고 있습니다.
"傘壽"가 하여 국어사전과 漢文사전을 찾아봐도 뜻풀이가 없습니다. 혼자 생각하기로 八十 이라 80이라는 뜻인지요. 실례합니다. 一[illegible] 달력도 벽걸이用에서 卓上用으로 바뀌어 반납해 버렸습니다.
上京하시는 機會 있으시거든 꼭 連絡해주시기 바랍니다. 내내 健康하시기 빕니다.

2006. 1. 8. 황규만 드림.

하조대 일출

장인헌 약사가 캐나다에서 보내온 연하장

장 선생님.

그간 건강하셨읍니까? 아주머님도 안녕하시고 학교는 어떤지 궁금합니다.

영하 25-30°C의 매서운 추위의 북극에도 차가운 바람소리와 함께 연말의 문턱에 섰읍니다. 지난해의 죄송과 감사를 함께 남기고 싶읍니다.

Wishing you riches:

Joy, Peace, and Love.

치악회원들 안녕들 하신지요. 가끔씩 月峰 선生의 기념비 拓本을 들여다 보고 한국의 따뜻한 정을 음미하고 합니다.

큰일 작은 일 모두 정리가 되고 다시 한해 맞으면서 불굴의 빛이 있고 보람이 꽉 들어 찬 신년 되시길 기도하겠읍니다.

1982. 12. 15

카나다에서 장인헌 박만자 드림.

윤능민 전 서강대 교수의 연하장

즐거운 성탄을 경축하오며
새해를 맞이하여
다복하시기를 비나이다

張潤兄

張兄께서 그렇게 붓글씨를 잘쓰시는지
미처 몰랐읍니다. 泉文각을 그만두셨다는 말은
얼마전 金박사에게서 들었읍니다. 좀더 모든 일이
순조로웠어야 했을터인데 제대로 도와 드리지 못해
죄송합니다 그러나 그런것보다도 張兄을 알게 되었
다는 것이 중요한 것이고 언제 한번 맛나 그동안
격조했던것을 메울수 있었으면 합니다
새해에는 家内에 좋은 일이 많으시도록 기원합니다.

尹能民 上

김기열 원주시장의 연하장

존경하는 장윤 이사장님,

다사다난 했던
기묘년을 보내고 새로운
천년과 21 세기가 시작
되는 뜻깊은 새해를
맞이하여 삼가 새해
인사 올립니다.

지난 한햇동안 보내주신 크신 사랑과
격려에 깊이 감사 드리오며, 새해에도
변함없는 지도 편달을 보내주시기 바랍니다.

새해에는 더욱 건강하시고, 뜻하시는
일들이 다 이루어 지시고, 댁내에는 건강과
행운이 늘 충만하시기를 기원 합니다.

새해 복 많이 받으십시오.

경진년 새해아침
김기열 배상

셰썬잔謝森展 한·중 교육기금회 이사의 연하장

장 윤 학원장님 좌하

세말에 얼마나 바쁘십니까? 장윤 선생님께서는 어떻게 지내시는지요? 안부 말씀드립니다. 그동안 너무 격조했습니다. 그런데 너무나 훌륭한 연하장을 보내주셔서 진실로 고맙고 마음으로부터 감사의 말씀을 드립니다. 점점 혼미를 거듭하는 국제 정세를 맞이하여 우리 대만에서는 오는 3월에 총통 선거가 행해질 예정입니다. 우리 대만인들은 민주적이고, 문명 주권 국가의 기치 하에 이상 세계를 실현하고, 대만 가치의 위용을 창조하기 위해 국민 투표를 포함해서 주야 분투하고 있습니다. 아시아의 중국, 베트남, 태국 등을 포함한 지역에서 닭, 오리, 소 등의 인플루엔자가 널리 퍼져 있습니다만 대만은 의학 연구로 충분히 유의하고 있습니다. 건강에 주의하시고 금년 학회는 대만에서 행할 예정이오니 즐거운 마음으로 기대해 주시기 바랍니다. 그리고 장윤 선생님과 가족 여러분들의 건강과 더욱 번창하실 꿈과 희망이 넘치는 청아한 새해 맞이하여 주시기를 바랍니다.

謝森展

張潤学園長閣下
歳末ご多忙のなか、張潤様いかが
お過ごしでしょうか。お伺い申し上げます。
大変ご無沙汰しております。
さてご立派な年賀状をご恵贈下さり、
誠にありがたく心より感謝申し上げます。
混迷を極める国際情勢にあって、私共
台湾は、この三月に総統選挙が行われます。私共台湾人
は、民主、文明、立校国民の掲げた理想世界の実現
と台湾価値感を創造すべく、国民投票を含めて日夜
奮斗致しております。
この度アジアで中国、ベトナム、タイ、等を含め地域
で鶏、鴨、
牛のインフレンザ
が廣がってい
るようですが
台湾は医学研究
には充分留意しておりますのでお互健康に注意し
て元気でやりましょう。今年の学會は台湾でやります
のでお楽しみにお待ちしております。
では張様とご家族の皆様のご健康と益々のご
発展、夢と希望に溢れた清々しい新年をお迎え下さい。
謝森展 敬上

喜報
早春

春到人間樂事多
百花競放添吉祥

迎春納福■新韶如意
祈願您新年快樂、心想事成
Wishing you a Merry Christmas
and a year full of happiness.

이종국 전 원성군 교육장의 연하장

謹賀新年

未覺池塘春草夢	미각지당춘초몽
階前梧葉已秋聲	계전오엽이추성
山無語水無心中	산무어수무심중
歲月不待人	세월부대인

삼가 새해를 축하드립니다.

연못의 봄 풀은 꿈에서 깨어나지 못했는데
섬돌 앞 오동 잎은 이미 가을 소리 낸다더니
산은 말이 없고 물은 마음 없는 중에
세월은 흘러 사람을 기다리지 않는다

경오년庚午年 원조元朝 (1990년 새 아침에)
춘곡春谷 이종국李鍾國

謹賀新年

未覺池塘春草夢

階前梧葉已秋聲이러니

山僧語冰無心中

歲月不待人이구려

庚午年元朝

春岩 李[illegible]國

張潤 理事長 位

남규욱 전 강원도 교육감의 연하장

謹賀新年
2006년 1월

잊지 않고 반가운 소식을 주셔서 즐겁고 고맙습니다. 流水같은 세월이 아쉽지만, 건강하게 살고 있습니다. 새해에도 더욱 건강하시고, 宅內에 幸運이 가득하시기를 빕니다.

南圭郁 드림

With Best Wishes
FOR THE HOLIDAYS AND THE COMING YEAR

所望하시는 모든 것들이 이루어지는
기쁨 가득찬 한 해가 되시길 바랍니다.

여섯째 묶음

아버지 직업은 주례

—가족들의 편지

삶의 의욕을 잃지 마세요

아빠

날씨가 추워져 그러지 않아도 아빠 추우시겠다고 걱정을 하던 차에 전화 받고 나니 무척 불안하군요. 오늘 막차로라도 제가 갔으면 좋겠지만 아이들이 모두 감기가 들어 쩔쩔매고 있으니 그럴 수가 없군요. 아쉬운 대로 하나 사 입으세요. 작년에 산 것 같은데 (엑스란, 노루표) 원주에서도 2,500원이면 살 수 있으니 그 이상은 주지 마세요.

또 춥다고 연탄불 문 열고 주무시지 마세요. 가스도 무섭고, 불도 무서우니 낮에는 최 양에게 각별히 주의시키세요. 그저 앞으로 한 달만 군대에 나가 훈련받는 셈 치세요. 오늘 학교에서 자모회가 있었는데 영태는 70명 중에 14등이라니 그리 비관할 것은 없을 것 같군요. 영기는 이번에 '모의고사' 세 번 본 종합 성적이 체능 합해서 평균 97점으로 전체에서 1등이에요. 이런 애가 대성大成 간다고 전교의 화제거리지요. 진광眞光 고등학교에서는 팜플릿을 돌리고 선생들이 직접 가가호호 방문하고 선전에 전력을 기울이고 있습니다. 결국 대성고등학교 가는 애들을 자기 학교로 돌려보자는 심산인 것 같습니다. 대성에서는 낮잠 자고 배만 두들기고 있는지.

농협 이자는 가렸는데 인감 낼 때부터 말썽이(주민등록을 안해서) 있더니 영 안 해 주는 것을 요 다음번부터 내기로 하고 억지로 연기시켰죠. 아니꼬워도 없는 탓이려니 하지요. 또 대화(평창 대화大和)건은 신재욱辛在頊 법인과장을 보내봤는데 나무가 꽤 많이 부러졌더라고요. 벌채도 춥기 전에 눈이 쌓이기 전에 해야겠는데 당신을 뵙고 의논하고 싶다는 군요.

우산동牛山洞 건은 이사장님이 모르고 다 재단으로 등기를 해놓았다기에 그것은 우리 앞으로 해주었으면 했더니 다시 빼주기로 했습니다. 학성동鶴城洞 건은 어찌 된 셈인지 당신 명의로 회복 등기를 하는 동시에 국유지로 넘겨버린 것 같이 되어 있더래요. 단구동丹邱洞 건은 측량을 해서 말뚝까지 쳐놓았다는군요. 이것은 재단 명의이고요. 도지료라도 물려야겠다고요.

인화병원 것은 종숙朴鐘淑이를 영 만날 수가 없어서 말을 못했어요. 마음 같아서는 하루가 급하지만요. 참, 앞집 기성이 아버지[1]가 제가 서울 간다는 소리를 듣고 전화를 자꾸만 자기네 달래요. 아주 팔아도 좋고 정 못하겠거든 빌려주면 다달이 전화료는 자기가 물겠다고요. 사실 따지고 보면 요사이 우리 집 오는 전화는 모두 이웃집 심부름이고 우리에게 오는 것은 없어요. 더구나 제가 없으면 더 할 것 같은데 이번에 자동식으로 바뀌는 기회에 아예 옮겨줘도 좋을 것 같군요. 다음에 우리가 다시 이곳에서 살게 돼도 전화하나 못 놓겠어요? 우리가 제대로 일어설 때까지는 한 푼의 낭비도 아까운 생각이 드는군요. 이상이 대강 그동안의 이곳 보고입니다.

이번 일요일에는 되도록 하원下原하셨으면 하는데요. 김장은 소꿉장난같이 해놓고 고모네 김장도 여기서 담그기로 했어요. 이삿짐도 조금씩 나르고 있어요.

무엇을 어떻게 정리를 해놓고 가야 할지 머리가 아프군요. 아무쪼록 감기 들지 마시고 삶의 의욕을 잃지 마시고 오늘의 고생은 내일 잘 살기 위한 디딤돌로 생각합시다.

여기까지 썼는데 전화가 왔군요. 자꾸만 마음 산란하게…

당신은 마음의 여유가 있어 좋으시겠어요. 저는 빈말이래도 죄받을 것 같아서 당신 같은 농담은 하기 싫어요. 간밤 꿈에도 당신이 딴 여자를 데리고 가는 것을 보았어요. 금일 기분이 나쁜데 꿈땜 한 것으로 쳐버리지요.

그럼 이만 쓰겠어요. 안녕

1962.11.12. 밤

영기 모 씀

---

1 김홍열金弘烈 전 교장

아버지 직업은 주례

작년 여름 저희 삼남매가 모여서 아버님 칠순七旬을 앞두고 칠순 잔치를 어떻게 할까 하는 얘기를 나누었습니다. 회갑 때는 두 분이 처음으로 제주도를 다녀오셨기 때문에 이번 칠순 때는 자식 된 도리로 무언가 기념이 될 만한 것을 마련해 드리고 싶었습니다. 여러 가지 논의를 한 끝에 아버님과 그동안 교우가 있으셨거나 아버님의 모습을 지켜보실 수 있었던 분들께 글을 부탁드려 문집을 엮어보자는 데 의견이 모아졌습니다.

겨울 동안 한 편 두 편 모아지는 글들을 정리하면서 아버님을 곁에 모시고 생활해온 저희들도 미처 몰랐던 아버님의 또 다른 모습들을 접할 수 있어서 그것만으로도 저희들에게는 큰 기쁨이었습니다. 어려움 속에서도 아버님께서 뜻하신 일들을 이루어 오늘에 이르게 되신 것은 모든 주변에서 이렇게 도와주시고 지켜봐 주신 분들 덕분이라는 것을 새삼 느낄 수 있었습니다.

저희 삼남매가 학교를 다닐 때 연말이면 꼭 치르는 집안 행사가 있었습니다. 겨울 방학을 시작하는 날이면 학교에서 성적표를 받아 오고, 그날은 아버님의 칭찬과 함께 중국집에 가서 자장면과 탕수육으로 회식을 하고 사진관에 가서 가족 사진을 찍는 것이었습니다. 그때는 몰랐으나 이제 다들 가정을 이루고 부모님 손주들이 그 사진들을 보면서 재미있어 하는 것을 보면 새로운 감회가 들곤 합니다.

초등학교 1학년 때였던가, 학교에서 부모님의 직업을 조사한 적이 있었습니다. 선생님께서 직업을 하나씩 나열하시면 해당되는 학생들은 손을 들어 인원수를 파악하는 식이었습니다. 그런데 선생님께서 직업의 종류를 모두 나열하실 때까지 저는 손을 들지 못하였습니다. 해당 직업이 없었기 때문입니다. 나중에 선생님은 "지금까지 손 안 든 사람은 한 사람씩 일어나서 부모님의 직업을 설명해봐요." 하시는 것이었습니다. 제 차례가 되어서 저는 고민 끝에 "우리 아버지 직업은 주례인데요."라고 말했습니다. 아이들은 어리둥절해 하였고, 선생님은 웃음을 터뜨리셨습니다. 그때 제 생각에 아버님은 일정한 직업은 없으셨으나 주말에 결혼식 주례를 마치고 집에 돌아오실 때면 가슴에 꽂은 꽃, 흰 장갑, 그리고 무엇보다도 제가 제일 좋아하는 가스테라를 벌어 오셨던 것입니다.

언젠가 한번 아버님께서는 술을 한잔 하신 자리에서 당신의 직업에 대하여 "육영 사업, 그것은 창녀와 같은 것이다."라는 말씀을 하신 적이 있었습니다. 그때는 아버님께서 술이 과하셨나 보다 하고 생각하였으나 이제 저도 나이가 들고 아버님께서 어려운 고비들을 어렵게 넘기시는 것을 옆에서 지켜보면서 어느 정도 그 말씀의 뜻을 이해할 수 있게 되었습니다. 이제 칠순을 맞으시는 아버님께서는 당신의 직업을 무엇이라 생각하실는지…

이번 문집에는 꼭 글을 실으셔야 할 분이 한 분 계셨습니다. 바로 그분은 아버님의 아내요 저희들의 어머님이십니다. 문집 이야기를 말씀드리자 어머님께서는 쓰고 싶은 이야기를 쓰자면 책 한 권이 되고도 남을 것이라 하셨고, 그 말씀에 지레 겁을 내신 아버님의 간곡한 압력 때문에 이 문집의 두께는 절반으로 줄고 말았습니다. 물론 아버님이 무서워하신 것은 글의 양量보다는 내용이었을 터이지만…

아버님의 고집과 추진력 뒤에는 항상 어머님의 희생이 뒷받침되었다고 생각합니다. 아버님께서 끊임없이 새로운 일들을 벌이시고 달음박질하시는 뒤를 좇기 위하여 어머님께서는 항상 헐떡거리셔야만 했고, 특히 현실적으로 부딪히는 돈 문제는 더욱 고통이 크셨을 것입니다. 아버님께서는 항상 어머님께서 돈, 돈 하신다고 '전심錢心'이란 별명을 붙이셨고, 어머님께서는 항상 부도 수표를 남발하신 아버님께 '허심虛心'이란 별호를 붙이셨습니다. 그 바람에 저희 삼남매도 각기 별명이 붙여졌는데, 매사 무심한 저는 '무심無心'이요, 일편단심 운동권인 영인榮仁이는 '단심丹心'이요, 사람 좋고 술 좋아하는 영태榮泰는 '주심酒心'이가 되어 우리 다섯 식구는 '오심五心'이 된 것입니다.

아버님을 옆에서 지켜보아온 저희 삼남매로서는 나이가 들면서 아버님께 듣기 좋은 말보다는 염려와 비판을 주로 하는 편이었고, 이에 대하여 아버님께서는 어머님에게 자식들까지 반대 세력으로 세뇌시켜 놓았다고 불평을 하기도 하셨습니다. 이제 장단점이 모두 당신 자신으로 굳어져버리신 아버님 앞에서 그래도 아직 신랄한 비판자로 남아 있는 것은 오직 저희 삼남매가 아닐까 생각합니다. 그러나 저희도 아버님께서 만일 가족과 친지들의 염려와 만류를 모두 받아들이셨더라면 아버님의 오늘이 있기 어렵다는 사실을 잘 압니다. 타협을 모르시는 고집, 계획하신 일에 대한 집념, 물론 가까이 계신 분들에게는 불평과 희생을 강요하신 경우도 있었겠지만, 그것 없이는 오늘을 이루어내실 수 없었다는 것은 모두 인정할 수밖에 없습니다.

옆에서 지켜보는 아버님의 모습을 한 마디로 말씀드리자면 다양함이라고나 할까, 근엄한 듯하지만 다정다감한 면을 갖고 계시고, 불같은 성격을 드러내시기도 하지만 개구쟁이 같은 순진함도 갖고 계십니다. 급하신 성격 뒤에는 무서울 정도로 꼼꼼함을 갖고 계시고, 굳건하심 뒤에는 의외로 애수 어린 낭만 같은 것을 숨겨 놓고 계시기도 합니다. 이러한 성격들은 22세에 아버지를 여의고 외아들로 자라나 거의 혼자 힘으로 어려움들을 헤쳐 나오시던 세월 속에 하나 둘 쌓여 왔을 것으로 짐작됩니다.

영화 '대부Godfather'와 가요 '칠갑산'과 가수 채은옥의 '빗물'을 좋아하시고, 젊은 사람들과 체력과 패션까지 경쟁하시는 분! 직설적인 성격 탓에 표정 관리를 잘 하실 줄 모르시고, 마음속의 말을 담아 두시지 못하시는 분! 간혹 아버님의 그러한 성격이 오해를 불러오고, 다른 사람에게 서운함으로 남기도 했으리라 짐작됩니다. 그래서 가끔 '아버님께서 정계 진출에 실패하신 것은 가정과 국가를 위하여 다행한 일'이라는 아버님께서 가장 싫어하는 진담(?)까지 덧붙여 가며 정치인 같은 표정 관리와 아낌없는 칭찬을 부탁드리지만 실천은 오래 가지 못하였습니다.

사실 아버님께서는 정치가가 되실 수 없으셨던 분입니다. 왜냐하면 무엇보다도 솔직하시고 직설적이시기 때문입니다. 이제 저도 나이가 40이 되고 보니 이 세상은 아름다운 표정처럼 아름답지도 않고 고상하게 말씀하시는 분들처럼 그렇게 고상하지만도 않다는 것을 깨닫게 되었습니다. 이제는 아버님과 정반대의 성격이라던 저도 아버님의 단점과 고집과 직설적인 풍자를 저도 모르게 닮아간다고 가족들로부터 핀잔을 듣고 있습니다.

저는 아버님으로부터 사람의 표정과 말보다는 그 사람의 마음을 읽는 것을 배웠고, 사람의 비판과 주장보다는 그 사람이 주변에 어떤 도움을 주었는지를 확인하는 것이 중요하다는 것을 배웠습니다. 당신의 인생이 무엇이냐에 대한 대답은 결국 자신이 걸어온 발자취로 말할 수밖에 없고, 그것에 대한 채점은 벌거벗은 모습으로 절대자와 단둘이 할 수밖에 없는 것이라 생각합니다.

요즘 두 분께서 함께 하시는 해외 여행과 날로 세련되어 가시는 패션 감각은 저희 자식들의 질투를 받으실 정도로 보기에 좋습니다. 앞으로도 젊은이 못지않은 열정으로 활기찬 모습을 계속 보여주시기 바라오며, 이제는 젊은이들과 체력 대결보다는 여유 대결을 보여 주시기를 부탁드립니다.

1996년 봄

큰아들 영기

제가 크면 편히 모실게요

여기 은혜로운 어머님 가슴에 빨간 카네이션을 바치오니
저 푸른 오월의 하늘처럼 환한 웃음 지으시고 오래 오래 강복을·····

아버지 께

아버지 께서는 저를 위하여 어머니와 고생을 하였
스을 것입니다
아버지는 돈을 벌고 어머니는 집에서 일을하십니다
아버지가 저를 위해 고생을 하셔서 저는 지금 중학
교에 다니고 있읍니다
이 아버지 은혜는 저의 마음 속에 어머니 은혜와 마
음깊이 새겨져 있읍니다
이제 제가 크면 어머니 아버지를 편하게 모시겠
읍니다 이 아버지 어머니 은혜는 제 마음속에 영원
히 새겨져 있읍니다

1974년 5월 8일

영태 올림

그동안 자녀 교육과 그 뒷바라지에 노고가 많으셨던 어머님 여러분께 저희 학교에서는 어버이날을 맞아 학생들로 하여금 감사의 글월을 쓰게 하였읍니다.
이렇게 대견스럽게 자란 아드님의 모습을 대하시어 기꺼워하시고 위로를 받으시기 바라나이다.

인창중·고등학교장 올림

어머니를 도우렵니다

여기 하해보다도 넓고 깊으신 어버이께 뜨거운 정성 바치오니,
저 푸른 오월의 하늘처럼 환한 웃음 지으소서

어머니 께

어머니의 넓고 높은 사랑은 이세상의 아무것도 따르지 못할 것입니다. 제가 점점 성장하매따라 어머니의 저에 대한 노고를 마음속 깊이 느끼게 되는것 같읍니다.

어머니는 많은 고생을 하셨읍니다. 어머니가 일하시고 계시는걸 보면 빨리커서 어머니를 편히 쉬시게 하고 싶읍니다. 어머니의 많은 노고를 어떻게 갚아야 할지 모르게 읍니다. 이제 제가 좀 커으니 어머니를 조금은 도와드릴수 있을것 같읍니다. 한 몇년만 어머니께서 저를 위해 수고하시면 저는 그때부터 어머니의 은혜를 보답하겠읍니다. 지금은 제가 공부를 하고 있으므로 공부를 잘해서 어머니의 은혜에 조금이나마 보답하고 제가 커서 자립할수 있으면 저의 나름대로 어머니의 은혜를 보답하겠읍니다. 정말 어머니의 은혜는 제가 잊을래야 잊을수 없을것입니다. 어머니 이후부터는 어머니를 돕겠으니 편히 오래 오래 사십시요. 5월 8일의 어머니 날을 기념하는 뜻에서 이글을 드립니다.

영태 올림

어버이날을 맞아 저희 학교에서는 '인창 장한 어머니'의 표창과 '효성 장학생' 선발을 하게 되어 있읍니다. 그리고 여기 전교생에게 어버이께 올리는 감사의 글월을 쓰게 하였읍니다. 씩씩하고 대견스러운 아드님의 모습을 대하시어, 기뻐하시고 위로를 받으시기 바랍니다.

1976년 5월 일

인창중·고등학교장 서 용 택

슬픔이나 불행은 삶의 높은 차원으로

아범(둘째 아들) 생일에 생각나는 일

너의 할아버지께서 돌아가셨을 때 이 아비는 22세(6.25 동란 1년 전)으로 기억되는데 아버지가 돌아가신다는 것은 아이들에게 얼마만큼이나 큰 슬픔이 되고 불행한 일이 되었겠는가. 2대째 독자로 그것도 만득晩得의 외아들로 태어난 아비의 슬픔은 그 누구와도 비교가 안 될 만큼 컸었다.

작년 이맘때 위암 수술을 받고 다시 태어나는 마음으로 아비의 여생을 어떻게 보내는 것이 좋겠는가 누차 생각하고 고민도 하면서 얻어 낸 결론이 젊었을 때 허송세월 하였던 것만큼 늦게나마 깨닫고 다시 공부를 시작하자였다. 공부라는 것이 책 읽는 것밖에 더 있겠니.

그렇게 해서 느끼고 터득하는 것만큼 우리 자식에게나 나를 따르고 좋아하는 친지, 후배들에게 편지 형식으로 글을 모아 보내 보자는 것이다. 비록 짝사랑 같이 일방 통행적인 서신이라 하더라도…

아비의 잘못으로 병원에 손을 댔다가 재판도 1년여 받아보고 살던 집도 가재도구까지 가족들 보는 앞에서 경매를 당하는 갖은 수모를 겪었고, 내 수모는 그렇다 치더라도, 너의 엄마에게 뼛속까지 스며드는 아픔과 슬픔을 겪게 한 아비의 심정을 어떻게 다 털어놓을 수 있었겠느냐? 인생이란 기쁨도 슬픔도 있게 마련이고 그 기쁨이나 행복이라는 것이 결코 영원한 것이 못 되는 것과 같이 슬픔이나 불행도 결코 오래 가지 않는다는 것을 깨닫게 되었다.

이럴 때일수록 역으로 그 슬픔이나 불행을 삶의 보다 높은 차원으로 디딤돌로 삼고 도약하여 보자. 나는 엄청난 시련 속에서 두 가지 고통과 불행을 함께 겪었다.

오는 1월 24일이 너의 40회째 생일이라지?

요새 흔히 보는 광경으로 생일날에는 식당에서 호텔에서, 엄마는 맛있는 음식을 장만하고, 친구들까지 초청하고, 아버지는 돈이나 선물을 사 주는 것을 당연지사로 생각하지만 그런 생각은 대단히 인식이 부족한 것이며 일방적이고 건전치 못한 풍조라고 생각된다. 생일날에는 "아버님, 어머님 고맙습니다. 저는 이렇게 성장하여 40회째 생일을 맞게 되었습니다." 라면서 공손히 정성된 마음으로 큰 절을 올려야 되는 것이 아닌지. 부모에게는 자식들의 건강한 모습보다 더 이상 가는 기쁨이 어디 있겠니.

나는 그렇게 너희들을 못 키웠지만, 앞으로 너희들은 희세, 희주에게 어렸을 때부터 그렇게 교육을 잘 시키도록 하여라.

"부모은중경父母恩重經" 이라고 부모님의 은혜로움을 중히 여기는 불경을 소개하니 참고하여라. 좀 옛글이 되어 진부하고 지리한 생각이 들더라도 꼭 한번 읽어보아라. 그리고 네 처에게 보여주어도 무방할 것 같다. 그리고 우리들이 너희들에게 대접받자고 쓴 것 같이 느껴질까봐 사족을 다는 것인데 모쪼록 너희들이 부모로서 아이들을 잘 양육하고 부모로서의 도리를 다 할 것을 부탁하면서 너희들에 못다한 아쉬움을 여기에 덧붙이는 것이다.

부모은중경

아버지에게는 자은慈恩이 있고 어머니에게는 비은悲恩이 있다.

그런 까닭으로 사람이 이 세상에 태어나는 것은 숙업宿業을 인因으로 해서 부모와의 연이 되는 것이다. 아버지가 안 계시면 태어나지 못하며 어머니가 아니면 기를 수가 없다.

따라서 기는 아버지의 윤胤으로 받고 틀은 어머니의 태에서 의탁된다.

이런 인연으로 해서 비모悲母가 자식 생각하는 것은 이 세상에 그 유례가 없고 그 은혜로움을 어떻게 형언하기 어려운 것이다.

처음 태胎를 이어받아 열 달을 채우는 동안 행왕좌와行往坐臥, 거닐고 눕고 하는

데 온갖 고뇌가 따르게 된다. 고생스럽고 걱정 되는 일이 끝이 없기 때문에 항상 좋은 음식이나 의복에도 애욕이 생기지 않고 오로지 편안한 마음으로 아기를 낳고자 하는 일념뿐이다.

달이 차고 날이 다 되어 아기를 낳게 될 때 전생의 업으로 뼈마디는 안 아픈 데가 없고 진땀이 흐르는 그 고통은 참기가 힘들다.

아버지도 심신이 떨리고 두렵고 모자에 대한 걱정이 이만저만이 아니다. 일족 권속들도 모두가 걱정한다. 가히 강보에 아기가 태어나면 부모의 기쁨은 비할 바 없고, 가난한 여인이 여의주 얻은 것 같고, 아기 울음소리를 들으면 그 어미는 처음으로 이 세상에 다시 태어난 것 같다.

이후부터 그 아기는 어머니 품속에서 잠자고, 어머니 무릎 위에서 놀며 어머니의 젖을 먹으며 어머니의 정으로 삶을 산다. 배가 고파 먹고 싶어도 어머니가 아니면 먹을 수 없고 목이 말라 물이 먹고 싶어도 어머니가 아니면 마실 수가 없으며 날이 추워지면 어머니가 아니면 입혀주는 사람이 없으며, 더울 때면 어머니가 아니면 옷을 벗겨 주는 이가 없다…

어머니가 아니면 어떻게 양육되겠는가. 사람이 어머니 젖을 먹음에 180곡斛이라 한다.(일곡은 열 말, 즉 한 섬에 해당)… 이하 약 1500자 생략.

부모의 은혜가 무겁기가 이와 같다는 것이다.

2002.1.23.

아비로부터

영국에서 온 편지

아버님, 어머님께

두 분 모두 건강하신지요?

그동안 가끔씩 짧은 전화 통화로만 인사를 올리고, 바쁘다는 핑계로 제대로 연락 못 드려 죄송합니다. 평상시도 살갑게 구는 사람이 못 되다 보니, 이렇게 글을 올리는 것도 처음이 아닌가 싶습니다.

가끔씩 해외에서 설을 맞이할 때가 있긴 하였지만, 독일에서 몇 달을 보내고 영국에 온 지도 꽤 되다 보니, 올해는 명절이 유난히 쓸쓸하게 느껴지고, 한국의 부모님들과 한국에서 명절을 보낼 집사람 생각이 많이 났습니다.

영국에서의 생활은 처음의 낯설음이 이제는 많이 가시고 익숙해져 가고 있습니다. 그래도 여전히 외국 생활이 주는 긴장감에서 자유로울 수는 없는 것 같습니다. 최근 새로 숙소를 옮기면서 필요한 소소한 일들을 처리하다 보니, 이국땅에 와있음을 새삼 실감하게 됩니다. 전기, 수도, 쓰레기 처리, 전화, 인터넷 등등 서비스 신청의 번잡한 일들을 처리해야 하고, 어떤 일이 생길지 몰라, 관련된 각종 서류들을 일일이 꼼꼼히 챙기다 보면, '한국에서라면, 이런 일에 전혀 신경을 쓰지 않고, 한 줄이라도 책을 더 읽었을 텐데'라는 생각을 하곤 합니다. 한국에서는 집안 일은커녕 못질도 제대로 못 한다고 집사람에게 놀림을 받았던 저였으니까요. 새삼 생활에 익숙해진다는 것이 얼마나 큰 힘인지 깨닫곤 합니다.

그렇지만 주말이면 경현[1]이랑 자전거로 캠 강변을 따라 달리거나 교외의 고색창연한 영국 문화 유산들을 접하기도 하면서 이국의 풍취와 맑은 공기를 만끽하는 즐거움은 이런 불편함을 상쇄하고도 남음이 있을 정도입니다. 문학 소녀 경현이는 이러한 환경들을 동화 속 배경을 접하기라도 한 것처럼 즐거워하기도 합니

1 제경현. 작은 외손녀.

다. 그러나 준비 없이 급하게 와서 4-5개월 만에 대학 입학 준비 시험을 치루어야 하는 가현이[2]는, 주말에도 도서관에서 책과 씨름을 하느라, 이런 즐거움에 동참하지는 못합니다. 그래도 자선 단체에서 매주 꾸준히 봉사 활동도 하고 입시 때문에 한국에서는 중단했던 피아노도 계속해서 배우는 것을 보면, 여기 생활이 아이들에게 주는 긴장감은 한국과는 다른 종류인 것 같습니다.

제가 보기에, 이곳 교육은 아이들에게 좀 더 인간주의적humanistic이지 않나 하는 생각이 듭니다. 이곳 사립학교야 원래 유명하지만, 공립학교에서도, 비록 일처리 하는 속도는 좀 늦지만, 선생님들이 아이들의 학업 성취를 하나씩 일일이 챙겨주는 것을 보면서, 저는 좀 놀랐습니다. 왜냐하면 아이들이 다녔던 공립학교가 한 반에 30명이 약간 넘는다고 했는데, 아이들이 작성한 노트에 일일이 꼼꼼히 코멘트를 해주곤 했기 때문입니다. 아이들은 방과 후에 별도로 학원을 다니지 않아도 되고, 소위 선행 학습이라는 것은 찾아 볼 수 없습니다. 더욱 재미있는 것은, 가령 우리 식으로 말씀드리자면, 고등학교 3학년이 풀어야 하는 문제에 중학교 1학년 때 배웠던 문제도 같이 나오곤 한답니다. 그러니 이전에 배운 것을 내팽개쳐 버리면 지금의 학습을 따라잡을 수 없는 것이지요. 차근차근하게 원리와 적용, 그리고 발전된 응용 과정을 결합시켜 어떤 것을 익혀 나가도록 하는 게 아닌가 생각됩니다. 경험주의의 산지인 영국다운 교육 방식인 것 같습니다. 물론 아이들에게 주는 긴장감이 우리나라보다 덜하다고 해서, 이곳 교육이 덜 경쟁적이라고 할 수는 없는 것 같습니다. 아이들의 성적은 순위를 매기지 않고, 일정 그룹을 밴드band로 점수를 부여합니다만, 학교 순위는 각종 민간 기관과 언론에서, 상위 1위부터 서열을 매기고 그것을 공개하고 있습니다. 그러나 그런 관행에 대해서 서열화를 부추긴다고 비판하는 목소리는 거의 없는 것 같습니다. 그러니 학교 선생님들의 입장에서는 좀 더 양질의 교육을 제공해서 좋은 평가를 받기 위해 노력하지 않을 수 없는 것이지요.

이런 차이는 결국 문화와 사고 방식의 차이에서 비롯되는 것이지, 제도의 차이

---

2 제가현. 큰 외손녀

는 아닌 것 같습니다. 영국은 개인주의와 자유주의가 아주 발달해 있기 때문에 민간 기관에서 하는 평가에 대해 왈가왈부하지도 않는 것 같습니다. 그렇다고 공동체의 역할이나 공동체에 부정적 영향을 끼치는 것에 대해 적극적으로 개입하는 것에 소홀하다는 것은 결코 아닙니다. 우리보다 훨씬 평등지향적인 이곳 의료, 사회 보장, 각종 약자 보호 제도 등이 그 예가 될 것입니다. 그렇지만, 이런 공동체 지향적인 정책도 자유주의적인 기초를 깨뜨리지 않는 범위에서 실현하려는 것을 보면, 영국은 진정 시장 경제적이고 자유주의적인 사회가 아닐 수 없습니다. 체계적이고 관념적인 사고에 익숙한 저에게 여러 가지 생각거리를 제공하는 사회인 것은 분명한 것 같습니다.

아버님께서 교육 문제에 관심이 많으시다고 생각하여, 좀 무거운 말씀을 드렸습니다. 하긴 집사람 표현에 의하면, 저는 농담도 토론처럼 대하는 멋없는 사람이다 보니 어쩔 수 없는 것 같습니다. 아무튼 여기 남아 있는 기간까지, 애초 계획했던 연구 성과를 마쳐야 한다는 중압감이 요즘 조금씩 늘고 있습니다. 긴장감을 잃는 것보다 마음이 바빠지는 것이 더 낫지 않을까 생각하면서, 부지런히 할 일을 챙기고 있습니다.

이곳에서 지평선까지 펼쳐진 넓은 초지를 볼 때면, 골프를 좋아하시는 아버님을 떠올릴 때가 있습니다. 건강에 유의하시면서 골프를 즐기시기 바랍니다.

아마 저희가 귀국하게 되면, '방울'이라는 애칭이 어색할 정도로 훌쩍 커진 경현이와 매력적인 아가씨처럼 변화된 가현이를 보시게 될 것입니다. 부디 두 분 모두 건강 관리 잘 하셔서, 커가는 손주들에게 큰 느티나무 같은 아늑한 안식처로 계속 역할해주시길 진심으로 기원합니다.

2010. 2. 16.

영국 캠브리지에서 사위 제철웅 올림

대학에서 배운다는 의미를 새삼 생각하여 보자

요즈음의 대학생을 보면서 깨달은 것이 있다. 그것은 커뮤니케이션에 대하여 너무나 모르고 있다는 것이다. 대화가 되지 않는다. 전달 방법이 서투른 학생들이 얼마나 많은지 모르겠다. 특히 입학한 1학년 학생들은 강의 도중 간단한 질문을 던져 보아도 제대로 대답하는 학생이 드물었다. 고작 자기 소개나 출신 고등학교나 서클 정도밖에 말을 못한다. 1분도 제대로 못 채운다. 발표를 시켜보니까 준비해 온 원고를 들여다보면서 모기 소리만큼 작은 소리로 읽어간다. 그래도 계속 시켜보니까 무슨 입사 시험 면접을 보는 것 같았다.

대학에 들어오기 전에 도쿄 텔레비전 방송국 입사 시험에 면접관으로 위촉받고 "우리 방송국에 어떻게 지원하게 되었느냐?" 고 질문을 하니까 제대로 답변하는 사람이 드물었다.

면접 시험이란 면접관과의 대화로 자기라는 인간을 표현하고 상대방에게 자기의 생각을 이해시키고, 회사에서 함께 일할 수 있는 공감대를 형성하는 것인데 대학 시절에 이런 문제를 누구도 가르쳐주지 않아서 그런지 그런 학생들이 무척 딱하게 보였다.

그래서 나는 대학 교수가 되고나서 맹세했다. 내가 가르치는 학생에게는 면접 때 전달하고 싶은 생각을 제대로 전달 할 수 있는 학생으로 만들어 자기가 희망하는 회사에 들어갈 수 있도록 해주어야 하겠다고.

강의 도중 미래의 사회인이 될 학생들에게 나는 큰소리로 이렇게 외치고 있다. "수업은 커뮤니케이션이다. 시험도 커뮤니케이션이다. 대학이라는 장도 커뮤니케이션을 배우는 곳이다" 라고. "사회에 나가서 일하는 데 가장 필요한 이 능력을 지금이라도 연마하여 두라" 고.

수업이나 시험도 상대가 자기에게 무엇을 바라고 있는가를 정확하게 포착하고 거기에 알맞게 대답할 수 있는 것이 중요하다. 때로는 상대의 표정을 읽어야 하고, 때로는 장소의 분위기를 파악한다는 것은 사회에서 요구되는 능력 그 자체이다.

더군다나 고등학교에서 배우는 현장에서는 얻을 수가 없는 다양성이 대학에는 있다. 이와 같은 생각으로 훈련된 학생은 1년 만에 가속적으로 성장하여 갔다. 자기 소개도, 발표도 당당하다. 4학년이 되니까 어떤 학생이 "선생님 가르침 덕분으로 큰 광고회사에 취직이 되었습니다. 언젠가는 교수님하고도 같은 일을 하고 싶습니다"라고 말한다. 대학생은 재학 중에 몰라보게 성장한다. 이런 사실도 대학에서 교편을 잡고 나서 비로소 깨달은 것이다.

2007.8.31.

할아버지가 옮겨 씀

***

대학 1학년생인 손녀 희정이에게 도움이 될 것 같아 일본 간사이 학원 대학 상학부 야시오 게이코 조교수의 글을 추린 것이다.

이런 집안에 태어난 게 제 복

사랑하고 존경하는 할아버지께

항상 편지를 받을 때마다 답장을 드려야지 하면서도 바쁜 일상에 차일피일 미루다가 이제야 펜을 듭니다. 읽는 것은 쉬워도 쓰는 것은 역시 쉽지 않은 일인 것 같습니다. 이런 것을 잘 알기에, '할아버지로부터 편지를 받는 선택받은 손녀'라는 사실에 항상 감사하며 살아가고 있습니다. 주변 친구들 중 어떤 아이도 이런 영광을 누리진 않으니까요(멋쟁이 할아버지!).

제가 손녀치고는 말주변도 없고, 그다지 씩씩하지가 않아서 딱딱해 보이긴 합니다. 그래도 어릴 적이나 지금이나 변함없이 할아버지, 할머니 모두 너무나 좋아하는 것 알아주세요. 가끔씩 병원 신세를 지시기도 하지만, 연세에 비해 매우 건강한 모습이 얼마나 다행스러운지 모릅니다. 몸에 이상이 생기면 걱정이 되니 항상 건강 관리 잘하시고 무리하지 마세요. 특히 술은 적당히 즐길 정도만 하셨으면 좋겠어요. 어쨌거나 두 분 가끔씩은 아웅다웅 말다툼도 있으시지만, 손녀로서 참 보기 좋으세요. 이런 집안에서 태어난 게 제 복이라고 생각합니다.

가끔 급하고 딱딱하게 살아가는 와중에 할아버지의 글귀를 읽으면서 이런저런 생각도 해보고, 반성도 하면서 여유를 느낍니다. 저에게 그랬던 것처럼, 제 편지도 조금이나마 할아버지께도 그런 느낌으로 다가 갔으면 좋겠군요. 어릴 적 유치원생이 삐뚤빼뚤 적은 새해 인사 카드만큼이나 어설프고 어색하지만, 어느 덧 23살이나 먹은 손녀가 되어 이 편지를 쓰고 있네요. 항상 건강하세요! 사랑합니다.

2010. 1. 4.

늦은 밤 기숙사에서 손녀 희정

한국 정부는 문화에 주의해야

Dear Grandpa & Gandma

I'm sorry to see this e-mail now.

Next time, please send mail to here ; klugkid@naver.com

Because I use 'naver' more than 'yahoo'.

My school life is good!

I made many friends!

Jate, Eloise, Elly(Norway), Kyle(Philippines), Gery(Singapore), Mily etc.

Recently, our family(when father is in German) went to the London. It's very old and as clean as I thought.

We went to the museum, called V & A.

It's good~~ It's about art of the world.

I saw a Korean ceramics, I'm so dissopointed.

They are crush and bumpy.

And surprise thing is, that is given by Korean!!

I think, Korean Goverment have to more careful about culture.

And, we went to nature history museum.

There was lots of fossil of dinosaurs.

The biggest one is as big as 8 floor apartment!

People are waiting for saw that!

Mom and sister, and me were just look far(Because there were so many people!!).

These days, I learn french. It's pretty funny!

J'aime sports, c'est la natation.

It's mean, 'My favorite sport is swimming'
Englang life was hard, but these days, I really enjoy!
But I miss Grandpa and Grandma so so much.
When I ate apple, I always think about Grandpa and Grandma.
The weather of England is cool and warm.

할아버지, 할머니 안녕하세요.
할아버지의 이 메일을 지금에야 보았어요.
다음번에는 메일을 klugkid@naver.com 으로 보내주세요.
저는 야후보다 네이버를 더 자주 쓰거든요.
저의 학교 생활은 즐겁답니다.
많은 친구들을 사귀었어요.
제이트, 엘로이드, 앨리(노르웨이), 카일(필리핀), 게리(싱가폴), 멀리 등등이죠.
최근에, 우리 가족(아빠는 독일에 가셨어요)이 런던에 갔었어요.
그곳은 제가 생각한 것처럼 매우 오래된 도시였고 깨끗했어요.
우리는 V & A 라는 박물관에 갔어요.
그곳은 흥미 있었어요. — 세계 각국의 예술품들이 진열되어 있었답니다.
그리고 한국 도자기를 보았어요. 매우 실망했죠.
도자기들은 깨져 있었고 울퉁불퉁했어요.
그리고 놀라운 일은 그것들이 한국 사람들이 준 것이라는 거예요.
저는 한국 정부가 문화에 대해 보다 주의해야 한다고 생각합니다.
그리고 우리는 자연사 박물관에 갔어요.

공룡 화석이 많이 있었어요.

가장 큰 것은 8층 아파트 높이였답니다.

그것을 보기 위해서 사람들이 기다리고 있었어요.

엄마와 동생 그리고 나는 멀리서 볼 수밖에 없었어요(왜냐하면 사람이 너무 많았거든요!!).

요즘 저는 불어를 배워요. 꽤 재미있어요.

J'aime sports, c'est la natation.

뜻은 '내가 좋아하는 운동은 수영입니다.' 예요.

엥글랑에서의 생활은 힘들었어요. 그러나 요즘 저는 매우 즐겁습니다.

할아버지와 할머니가 너무 너무 보고 싶어요.

제가 사과를 먹을 때면, 저는 늘 할아버지, 할머니 생각을 해요.

영국의 날씨는 서늘하고 따뜻합니다.

***

외손녀 방울이(제경현) 영국에서 보내온 편지. 안식년에 캠브리지 대학 로스쿨에 간 사위를 따라 가서 초등학교에 다니는 방울이에게 영어로 편지를 써서 메일로 보내라고 당부했더니 그곳에서의 생활을 세세하게 적어 보내왔다. 그 가운데 한 편.

일곱째 묶음

속으로 너를 위해 울었다

– 딸과의 서신 대화

아비의 가슴으로 치솟는 선지피

영인이 보아라

지난 7월 5일 경찰에 연행되어 구금된 지 벌써 한 달하고 3일이 넘었는데 편지 한 장 못 보낸 아비를 용서하여라.

제1신이 되는 이번 편지는 아비의 심정을 전하고자 하니 그리 알아라.

그간 부녀지간에 대화 한 번 없이 지난 세월을 생각할 때 무척 허망하게 느껴지는구나.

네가 25세가 되도록 부녀지간에 대화다운 대화가 없었다니 이 얼마나 삶의 허상 속에 우리가 살아 왔는지 후회가 되는구나.

너는 지금 부자유의 몸인데 이제 와서 부녀지간에 무슨 대화 통신이 필요하겠느냐고 하겠지만, 어쩌면 이런 기회에 서로 솔직히 털어 놓고 이야기를 나누어 보는 것이 좋을 것 같구나. (너는 코방귀를 뀌겠지만)

사랑하는 내 딸 영인아!

텔레비전에서만 보았던 퍼런 수의를 네가 입고 가슴에 명찰대신 4336번을 달고 네 엄마와 이 아비 앞에 나타난 순간, 아비의 가슴에 뭉클한 선지피가 목을 메워 치솟는 듯한 심정을 너에게 어떻게 설명할 수가 있겠니. 뜨거운 눈물이 되어서 눈을 콱 메우는 것 같더라. 너의 엄마는 여러 번의 면회로 숙달이 되어서 그런지 옆에서 '왜 한 말씀 안 하시냐' 고 독촉을 하더라마는 1분간의 면회 시간조차 모든 것이 정지되는 것 같은 착각 속에 첫 번째 너와의 만남이 끝이 난 것을 너도 잘 알고 있을 줄 안다.

고민이나 슬픔 따위는 시간이 해결하여 준다지만, 문득문득 너의 가련한 모습이 떠오를 때마다 '저것이 무슨 큰 중죄인이라고' 하는 절규가 신음되어 아비의 간장이 녹아 미칠 것만 같구나.

항상 너는 아비, 엄마의 말을 안 듣고 네 고집만 피워왔던 딸이어서 얄밉기도 했고, 한번 쥐어박고 싶기도 했었던 너의 존재가 이토록 아비의 온몸에 분신처럼 숨어 있었다니 내 자신도 놀랐다.

술을 마셔보면 잊을까, 높은 창공이라도 쳐다보면 잊을까, 연거푸 마셔대는 술잔 속에 네 모습이 떠오를 때면 '흑' 하고 오열이 치밀어 '빌어먹을 자식, 될 대로 되라지' 하면서도 잊지 못할 부정을 어떻게 끊을 수가 있겠니? '요 망할 것, 죽일 것' 하면서도 끊을래야 끊어지지 않은 너와의 인연을 어떻게 하면 좋겠니?

아비는 남자라 밖에서 친구들과 어울려서 담소도 하면서 시간을 망각할 수도 있지만, 집안 살림만 하던 너의 엄마는 자기의 슬픔을 그 누구에게 하소연할 수 있겠니? 밥을 지으면서도, 집안 청소를 하면서도 네 생각으로 홀로 울고 있을 네 엄마의 모습, 두 모녀의 슬픈 영상이 겹쳐질 때 아무리 이 아비가 강인한 성격의 소유자라 할지라도 단장의 아픔을 어떻게 가눌 수가 없구나.

애써 상냥한 표정을 지으면서 '오늘은 술 한 잔 사주는 친구들도 없습니까? 일찍 들어오시게' 하면서 태연하려는 네 엄마의 제스추어 속에 자기의 슬픔을 감추려는 태도가 더욱 더 아비의 마음을 아프게 하는구나.

남들의 남편같이 벼슬을 했나, 돈을 벌어다 주었나, 여편네 호강 한번 못시켜준 남편을 남편으로 섬겨왔고, 정치다, 학교다 하면서 평생 고생만 시켜 온 네 엄만데, 늙어서 너까지 엄마를 괴롭히고 있으니 더욱 더 연민의 정을 금할 수가 없구나.

아무리 쌀쌀맞은 딸이라지만, 너도 사람의 자식이면 엄마를 생각할 때 마음이 아프겠지.

백발이 성성한 육십 고개 너의 아비가 소주잔을 앞에 놓고 남이 볼 새라 눈물겨워 하는 모습이 무엇이 좋겠니?

이제 너는 당국에서 '찍힌 계집아이' 가 됐고 나는 '찍힌 딸의 아비' 가 되어, 앞으로 너와 나의 운명, 네가 가고자 하는 숙명의 길, 가족들의 일들이 어떻게 진전될지 그 누가 알 수 있겠니?

네가 유치원에 예쁜 옷을 입고 들어가 서울대에 입학이 될 때까지의 아름다운 추억들, 영광스러웠던 그 모습이 지금 너의 푸른 수의의 모습으로 바뀌리라 그 누가 상상조차 할 수 있었겠니? 일이 이렇게도 저렇게도 잘되지 않는 한계 상황에 빠져드는 것 같은 예감으로 이 아비는 무척 불안하구나.

네가 모든 고집을 좀 꺾고 눅쳐 주어야 할 텐데.

네가 장차 법의 심판으로 단죄가 된다 해도 너는 사랑하는 나의 딸이기에 나는 너를 절대로 미워하고 원망할 수 없다는 것은 천리天理가 아니겠느냐?

오늘의 편지는 못난 아비의 넋두리같이 되었지만 앞으로 마음의 평정이 되는 대로 너에게 말하고 싶은 사연들을 적어 보내마. 나의 생각들을…

모쪼록 마음의 평정을 갖고, 남을 원망하거나 남을 미워하지 말 것이며 또 독한 마음을 품지 말도록 하여라. 마음에 있는 독은 너의 건강에게 독이 되느니라. 몸성히 잘 있고, 몸이 불편한 정태영鄭台泳 변호사 아저씨의 수고로움과 마음 씀을 고맙게 생각하여라. 말씀도 불편한 아저씨의 거동을 볼 때 너는 좀 답답하고 불안을 느낄지 모르지만 꿈에라도 짜증스런 불손함을 보여서는 아니 된다. 며칠 전 변호사 선정 문제로, 그리고 면회가 제대로 주선되지 않았다고 네가 엄마에게 짜증스런 투정을 부리고 나서 너의 엄마가 그날 저녁도 안 자셨다. 아무리 짜증스럽다 해도 네 엄마에게 두 번 다시 그런 감정의 표시는 하지 말아라.

그리고 이번 기회에 너는 여러 가지 일들을 정리하고 마음을 돌리도록 노력하여라. 부모의 활동기도 불과 5,6년 안팎이며, 이젠 가족의 안녕을 유지하여 가야 하는 때인데 너의 이런 일이 터지고, 너는 조금도 부모에게 죄송한 생각은커녕 너의 고집만 피우고 있으니 남은 부모의 여생을 누가 보상을 하여 주겠니? 이 못난 녀석아.

노자 말씀에 '상선약수上善若水'라 하였느니라. 물의 철학처럼 생각하여 좀 부드럽게, 모든 것을 모나지 않게 생각하여라.

1985. 8. 7.

아비

＊＊＊

제1신

그곳에는 빈대가 많다는데

영인이 보아라

오늘은 일요일 밤이라 러브 스토리Love story 라는 텔레비전 영화를 보다가 네 생각이 나서 편지를 쓴다.

영태는 숙직 하느라 학교엘 갔고, 엄마와 오빠는 졸리다고 제각기 방에 들어갔고, 마침 아무도 없는 영태 방에서 아빠는 혼자 앉아 있다. 시간은 12시30분.

지난 번 보낸 편지는 잘 받았다는 소식을 들었고 너도 아비에게 편지를 보냈다기에 답장 겸하여 제2신을 보낼까 하였는데 아무런 기별이 없어 펜을 든다.

영화 내용은 별 것 없지만, 두 남녀들의 애정물로서 부모 반대를 무릅쓰고 결혼한 젊은 신혼 부부가 여자의 불치병으로 사별하는 것인데, 네가 같이 보았어도 좀 센티멘털한 기분이 들었을 것이다. 보고 난 뒤에도 몇 장면의 영상이 가슴에 남는 영화였다.

요새 너 때문에 심약하여져서 그런지 슬픈 환상이 가시지 않은 상태에서 너를 생각하면서 편지를 쓰는데 영 펜이 잘 나가지가 않는구나.

비록 영화지만 사랑했던 연인의 시한부 인생을 병상에서 지켜보면서 애인을 저 세상으로 보내야 했던 젊은 주인공의 슬픔에 비한다면, 우리의 슬픔은 아무것도 아니라는 생각마저 문득 들기도 하는구나.

너는 지금 부자유의 몸이지만 부녀지간에 면회도 할 수 있고, 짧은 시간이지만 대화도 나눌 수 있다는 것과 지금 우리는 살아 있다는 생각으로 조금 위안이 되는 것 같구나.

그러면서도 영상과 네 모습이 겹쳐서 오늘은 무척 쓸쓸하고 슬픔이 엄습하는 밤이 되는 것 같구나.

지금 시간은 정확히 따지면 9월2일 새벽 한시가 되는구나.

영인아, 너도 밤이면 창틀로 새어나오는 달빛을 보면서 여러 가지 상념으로 잠 못 이룰 때도 많을 것이다. 며칠 전 원주 집에 가서 자는데 어찌나 달빛이 밝은지

불 꺼진 방에서 한참 쳐다보노라니 네 모습이 달빛에 떠오르더구나. 창백하고 약간 여윈 듯한 너의 모습이… 금년에는 유난히도 더위가 심하였지. 형언할 수 없을 정도로 무덥고 찌는 듯한 더위에 3평 남짓한 방에 20명이나 있다니 그 속에서의 고통이 얼마나 대단하였겠니.

그런 너를 두고 어떻게 덥다고 불평하는 말을 할 수 있겠니.

산수가 좋아도 너의 고생스런 환경을 생각할 때 도저히 산엘 갈 수가 없는 심정이다. 설혹 가본들 무슨 재미가 있겠니. 딸년은 갇혀 있는데 그 아비나 어미는 등산을 간다 — 완전히 죄 짓는 듯한 강박 관념에 사로잡힐 것만 같구나. 집에서 선풍기를 돌리다가도 네 생각이 문득 들 때면 죄 짓는 것 같다. 시원한 수박이나 과일을 먹다가도 네 생각으로 문득문득 목이 메이는구나. 너는 유별나게 과일과 수박을 좋아하였지.

네 방을 들여다보면 네 생각이요, 네가 평소에 쓰던 네 물건이 눈에 띄어도 네 생각이 나는구나. 아비가 네 방에 들어가서 기웃거리면, 아비를 나가라고 등을 떠밀던 생각이 절로 나서, 꼭 네가 지금도 아비를 밀어내는 것 같은 착각이 들기도 하는구나.

네 동생이나 오라비가 집에 돌아와서 무심코 덥다고 호들갑을 떨면서 시원한 음료수를 마셔대는 것을 보면, 저것들이 누이나 동생 생각을 하는 것들인가 하고 원망스러운 생각마저 들 때도 있구나. 슬며시 분통이 치미는 것 있지 않니? 그리고 너는 유난히 물것을 잘 타는데 그곳에 빈대가 많다는데 너는 불평 한마디 네 어미한테도 안한다면서.

그건 그렇고 인아!

나는 지금 네가 그간 소망하였던 것이 무엇이고, 내 딸이 유치장까지 가면서까지 자기를 희생시키고 투신했던 실상이 무엇이었나 하는 것을, 어렴풋이 알 것도 같지만 좀 석연치 않았던 점도 많구나.

다섯 식구밖에 안 되는 우리 가족이 너로 인해 분란이 나고, 불안하고 초조했던 지난날을 회상할 때, 네가 가족보다도 중히 여기고 부모의 말보다 더 값진 것 같이 느껴왔던 너의 생각이 과연 지금 네가 치루고 있어야 할 대가와 맞바꿀 수 있을 만큼, 너의 인생을 바꾸어 놓을 만큼, 우리 가족의 가풍 속에 그만큼 비중이 큰 것인가?

그래도 단 하나의 우리 딸인 영인이가 애써 생각하고, 애써 참고 견뎌왔던 고통의 대가가 무로 되돌아가게 할 수는 없지 않느냐는 너에 대한 연민의 정 또한 부인할 수도 없구나.

네가 지금 품고 있는 마음의 갈등이 어떤 것인지는 모르겠으나, 그간 네가 겪어야 했던 정신적 육체적 고통의 대가로서 훌륭하게 네 몫만큼은 해냈기 때문에 이젠 휴식도 취하고 부모의 의견을 수용할 수 있는 계기도 된 것이 아닌가 생각되는구나, 너의 후배들이 있지 않니?

내가 너를 면회 갔었을 때 차마 나는 너를 직시 못하였지만 언뜻 비치는 너의 차분하고 침착한 눈빛 속에 네가 겪어야 했던 일과 생각들이 너의 신념의 결정인 것같이 느껴졌기 때문에 아비라도 마구 우겨서 네 생각을 꺾거나 섣불리 너의 생각과 문제를 다루다가는 영영 너는 가족을 멀리 할 것만 같은 불안한 직감마저 들었다. 그래도 너는 내가 두 아들 놈보다 더 아끼던 딸이 아니었더냐? 열 번에 한 번만은 이 아비의 청을 들어주어야지…

너의 처지, 우리 집 여건, 네가 여자로서 가야 할 길 등을 너는 이번 기회에 다시 한 번 현명하고 차분하게 정리하여 화기가 넘치는 분위기로 고쳐 줄 것을 간절히 바라는 바이다.

모쪼록 하루 속히 출감될 수 있도록 가족들의 정성에 부응하여 주기 바란다. 부모나 형제가 있는 가정으로 건강하게 돌아오기를 합장 기원할 뿐이다. 특히 너의 엄마가 많이 애쓰는 모습을 지켜보면서, 혹시 이 사람의 건강이 버티어 줄 수 있을까 하는 걱정으로 일전 밥 먹는 상 앞에서 아! 아비는 "우리 식구가 다 유치장엘 들어가고 고년이 나와서 우리들 치닥거리를 대신 해 보라고 해" 라고 소리친 적이 있었는데 너의 아비가 너무 심한 말을 했었나 보다. 마음 편안하게 갖고 건강하여라.

1985. 9. 1. 밤

아비

***

제2신

저를 슬프게만 생각하지 마세요

아버지 보세요.

솔직한 느낌과 애정이 담긴 2통의 편지 잘 받아보았어요. 9일 엄마 면회 오셨을 때 전날 등산을 모처럼 갔다가 와서 몹시 피곤하시다는 얘기를 듣고 즐거웠어요. 저 때문에 시원한 음료수 한 모금, 등산 등이 모두 마음에 걸린다는 얘기는 부담스럽고 죄송하게 여겨져요. 이제 산들이 푸르름을 조금씩 상실해 가게 되면, 가을바람이 안겨다 줄 상쾌한 공기는 더욱 건강한 몸과 명랑한 기분을 가져다 줄 거예요. 저는 아침, 저녁 알맞게 서늘한 공기 속에서 이불로 배를 덮고 깊은 잠을 자며 잘 지내요.

첫 번째 편지에서 느껴지는 아버지의 자식에 대한 기대로부터의 배반감, 갑작스러운 놀라움으로 인한 고통, 걱정 등의 감정이 —제가 몹시도 가슴 아프게 느껴졌던— 두 번째 편지의 부드러움과 이해하시려는 애정으로 조금 가라앉으신 것 같아 약간 위안을 받고 있어요. 어떤 고통도 이 세상에서 단 한 사람만이 소유할 수 있는 것은 없다고 생각해요. 그 이전 신문 한 구석에 스쳐 지나갔던 숱한 이름들의 부모님, 그리고 지금 저와 함께 있는 동료들의 부모님, 이 모든 분들의 고통은 함께 하는 것이고 앞으로도 피할 수 없이 계속될 안타까움이라는 것을 아버지도 어쩔 수 없이 인정하신다고 여겨져요. 아빠, 첫 면회에서 보았던 저의 모습으로 저를 떠올리지 마세요. 수갑, 죄수복, 포승 등은 지금 와서 생각하니 실상 이상의 사회적 상징성을 내포하는 것 뿐이에요. 저는 부모님이 생각하시는 것처럼 그렇게 강인하고 독하지는 못한 것 같아요. 우리 집안의 가정 교육을 통해 키워졌던 '순진하고 여린 면'을 극복해 나가기가 남보다 더 힘들었고, 미련이 큰 만큼 아픔 또한 컸으니까요. 아직도 많이 남아 있긴 하지만 과거의 두려움이 이젠 두렵지 않아요. 며칠 전에 이시가와 다쓰오石川達三의 『인간의 벽』을 보았어요. 일본 교원

아버지 보세요.

①

솔직한 느낌과 애정이 담긴 고통의 편지 잘 받아 보았어요. 9日 엄마 면회 오셨을 때 前날(8日) 등산을 모처럼 갔다가 와서 몹시 피곤하시다는 얘기를 듣고 즐거웠어요. 저 때문에 시원한 음료수 한모금, 등산 등이 모두 마음에 걸린다는 얘기는 부담스럽고 죄송하게 여겨져요. 이제 산들이 푸르름을 조금씩 상실해 가게 되면, 가을 바람이 안겨다 줄 상쾌한 공기는 더욱 건강한 몸과 명랑한 기분을 가져다 줄거예요. 저는 아침·저녁 알맞게 서늘한 공기 속에서 이불로 배를 덮고 깊은 잠을 자며 잘 지내요.

첫번째 편지에서 느껴지는 아버지의 자식에 대한 기대로부터의 배반감, 갑작스러운 놀라움으로 인한 고통, 걱정 등의 감정 — 제가 몹시도 가슴 아프게 느껴졌던 — 이 두번째 편지의 (아직도 크게 안정되지는 않았지만) 부드러움과 이해하시려는 애정으로 조금 가라앉으신 것 같아 약간 위안을 받고 있어요. 어떤 고통도 이 세상에서 단 한사람만이 소유할 수 있는 것은 없다고 생각해요. 그 이전, 신문 한 구석에 스쳐 지나갔던 숱한 이름들의 부모님, 그리고 지금 저와 함께 있는 동료들의 부모님, 이 모든 분들의 고통은 함께 하는 것이고 앞으로도 피할 수 없이 계속될 안타까움이라는 것을 아버지도 어쩔수 없이 인정하시리라고 여겨져요. 아빠, 첫 면회에서 보았던 저의 모습으로 저를 떠올리지 마세요. 수갑, 죄수복, 포승 등은 지금 와서 생각하니 실상 이상의 사회적 상징성을 내포하는 것 뿐이예요.

저는 부모님이 생각하시는 것처럼 그렇게 강인하고 독하지는 못한 것 같아요. 우리집안의 가정교육을 통해 키워졌던 '순진하고 여린면'을 극복해 나가기가 남보다 더 힘들었고, 미련이 큰 만큼 아픔또한 컸으니까요. 아직도 많이 남아있긴 하지만 과거의 두려움이 이젠 두렵지 않아요. 며칠 전엔 石川達三의 「인간의 벽」을 보았어요. 日 교원노조 활동을 배경으로 한 것인데, 그 여주인공 오자끼 후미꼬의 일상적인 삶속에서 소박한 기쁨을 발견하는 태도가 부럽게 느껴졌어요. 커다란 명분이 아무리 한 개인의 행동을 정당화 시켜준다 할지라도 한 개인 개인이 충분한 의미, 아니 의미라기 보다는 창조와 확인의 기쁨을 느끼지 못한다면 허무할 것이라는 것을 재삼 확인해 보았어요.

'교육'은 사람 자체를 대상으로 하는 창조적 행위임에 틀림없어요. 이를 위해서는 연구된 기술과 인간에 대한 깊은 관심(즉, 애정)이 조화되어야 하고 헌신성이 첨가 되어야 함을 아시죠. 초기 학생들과 같이 벽돌을 날으며 학교를 세우셨던 정열적인 젊은 교장의 열정으로 활동하시길 바래요. 행정적 관리자로서 아버지는 별로 어울리지 않거든요. 제가 짧은 사회 생활을 통해 느낀 분노는 노조 활동을 배경으로 한 것인데, 그 여주인공 오자키 후미코의 일상적인 삶 속에서 소박한 기쁨을 발견하는 태도가 부럽게 느껴졌어요. 커다란 명분이 아무리 한 개인의 행동을 정당화 시켜준다 할지라도 한 개인 개인이 충분한 의미, 아니 의미라기보다는 창조와 확인의 기쁨을 느끼지 못한다면 허무할 것이라는 것을 재삼 확인해 보았어요.

'교육'은 인간 자체를 대상으로 하는 창조적 행위임에 틀림없어요. 이를 위해서는 연구된 기술과 인간에 대한 깊은 관심(즉, 애정)이 조화되어야 하고 헌신성이 첨가되어야 함을 아시죠? 초기 학생들과 같이 벽돌을 나르며 학교를 세우셨던 정열적인 젊은 교장의 열정으로 활동하시길 바래요. 행정적 관리자로서 아버지는 별로 어울리지 않거든요. 제가 짧은 사회 생활을 통해 느낀 분노는 교육에서 소외된 사람들이 그들의 편견과 어리석음과 기만당하는 나약함으로 사회에서 소외당한다는 사실이었어요. 아마 아버지도 처음 교육 활동에 뛰어들었을 때에는 저보다 더한 의지와 충분한 의미 부여를 하셨겠지요.

처음 생각하셨던 것보다 설사 덜 이루었다 하더라도 희망을 잃거나 나약해지지 마세요. 저를 생각할 때도 슬프게만 생각하지 마시고요. 어느 때 문득 생각해보면 제가 무척 늙었다는 생각이 들어요.(우습죠?) 난 나이를 너무 많이 먹었구나 라고 생각할 때가 있어요. 이는 아마도 제가 그전에 세웠던 꿈과 현실과의 차이를 재어보기 때문일 거예요. 또 요즈음 들어 조금 우울하기 때문일거고요. 여러 생각을 깊이 하기엔 좀 시끄러운 생활이긴 하나 그런대로 '배우고' 있어요.

아버지가 넣어주신 영어 시리즈는 1- I 을 보고, 흥미를 갖고 잘 보고 있어요. 다 읽고 나면 또 넣어주세요. "그것도 해석 못 하냐"라는 소리는 듣기 싫으니까요. 오빠, 영태와 그전처럼 명랑하게 잘 지내시길 바래요. 엄마와 등산 다녀오시면 또 산 내음을 전해주세요.

1985. 9. 12.

영인 올림

속으로 너를 위해 울었다

장영인 보아라

지난 9월 25일 공판도 가 보았고, 9월 27일자 오라비한테 보내는 너의 편지 잘 받아 보았다. 너의 엄마나 오라비가 면회를 다녀와서 너의 근황을 알려주어 잘 알고 있지만 이 아비가 직접 너를 보고 듣는 것만 하겠느냐.

벌써 꼭 3개월이 되는 세월이 흘렀는데 아, 아비의 심정은 1년을 넘기고 3개월이 된 것 같은 착각이 들만큼 아득한 시간이 지난 것 같구나.

너의 일이 터지고 난 뒤에, 화가 나서 술 마시고 위로 술 사준다고 마시고 거의 한달 동안을 술을 마셔 대다보니 그간 3개월간 체중이 늘어 이 아비는 80kg이 되었다.

숨은 차고 얼굴은 푸석하여 좀 부은 것 같고 결코 건강 상태가 좋지 못한 여건에서 이 일 저 일들이 겹치어 일에 끌려 다니는 꼴이 되었구나. 등산도 자주 못 가고 쉴래야 쉴 사이 없이 일들이 엉키고 설키어 마음대로 되는 일은 없고, 요즘 와서는 이 아비도 모든 것이 싫증이 나고 귀찮은 생각만 드는구나.

들어가 있는 너에게 조금이라도 불편을 끼치거나 걱정을 끼쳐서는 안 되겠다는 생각으로 명랑한 생각을 가지려 해도 마음대로 되지를 않는구나. 너에게 보내려는 편지도 벌써 몇 번을 보내야 하였는데 지금에야 편지를 쓰고 있지 않니? ―그만큼 매사에 싫증이 난 것 같다.

네가 '인간의 벽'이란 책을 읽고 감명을 받았다기에 너를 이해하고, 네가 느낀 감동을 함께 가져보려고 일본 책을 사서 보았다. 독후감은 나중에 말하기로 하고 우선 2차 공판에 앞서 몇 가지 참고로 말하는 아비의 의견을 이번만은 잘 들어주기 바란다.

첫째, 제1회 공판 때 느낀 것을 연결시켜 말하고자 한다.

다행히 수갑은 안 찬 채로 법정에 나오는 너의 모습을 보게 되었지만, 그 순간 아비의 심정이란 필설로 표현할 수가 없었지. 아비의 친구들이 나를 위로하여 준다고 몇 분이 같이 나와 너를 지켜보는 자리에서 그들에게 내가 약한 것을 보이는 것 같아, 억지로 슬픔과 감정을 억제하느라 혼났다. 그런 가운데 너의 법정 진술은 아주 훌륭했다고 나는 생각한다.

침착하게, 그간의 너의 심정과 환경을 차분히 설명하고, 그늘진 구석에서 형편없는 노임을 받아가며 고생하는 친구들의 슬픔과 고생스런 삶의 정경을 또박또박 설명할 때 공판정에 모였던 사람들은 모두가 감동을 느끼면서 마음속으로 박수를 많이 쳐 주었을 것으로 안다.

저 녀석이 언제 벌써 저렇게 성숙했나 하는 기분이었고, 비록 수의를 걸치고 법정에 선 딸이지만 장한 내 딸이다 라고 감격에 벅찬 기쁨 속에 이 아비는 속으로 너를 위해 울었다. —겉으로는 담담한 표정이었지만—

지금까지 말한 것은 아비의 솔직한 심정이지만 그렇다고 나는 너를 소 영웅주의자로 만들고 싶지가 않구나. 그리고 증인 문제에 있어 아비는 무척 실망했다. 너로 인해 친구든, 그의 동생이든 한번 욕보이면 됐지, 이제 와서 번복을 하면 어쩌자는 것이냐. 그들이 증인을 서준다고 해도 아주 미안한 일이고, 혹 안 서준다고 하면 너의 체면은 말이 안 되고, 왜 그런 서투른 생각을 하게 되었는지 모르겠구나. 너의 진의는 진실이라 하더라도 만약에 증인으로 나왔다가 법정에서 그 증인에게 불리한 조치가 내려진다면 너는 어떻게 할래. 그만큼 고생하고 유치장에서 인생 수업을 했다는 네가 허둥대는 것 같은 느낌이 든다. 그런 법정 진술은 아주 잘못된 것 같구나. 생각을 해 봐. 예를 들어 네가 필요하다고 해서 돈을 꿔주었는데 나중에 돈 꿔준 것이 잘못되어 서에서 오거라, 검찰에서 출두하라 한다면 그 사람 마음이 어떻겠니. 네가 콩밥을 더 먹는 한이 있더라도 그 사람에게 불편을 끼치는 것은 결코 좋은 일이 못 되는 것 같구나.

또 한 가지 그렇게 아비가 너의 어미나 정태영 변호사 아저씨를 통하여 세상사 네 마음대로 안 되는 것이고, 너의 마음에 흡족치 않더라도 부모의 심정과 주위 환경에 수긍하는 자세를 취하여 달라고 누누이 뜻을 전달하였을텐데 그간 너는 눈꼽만큼도 이를 받아주지 않았다는 사실에 대하여 매우 섭섭한 마음이 드는구나.

다음 공판 때에는 모든 것을 네가 수용하는 태도와 진술을 하여 주기 바란다. 네 마음에 내키지 않은 점이 있더라도 한 번은 부모의 뜻을 따라주어야지 어찌 네 고집만 피우려 드느냐.

네가 있던 회사의 노조 문제도 문제이고, 너의 친구들의 너에 대한 이질화 감정, 주위 여건의 변화 등, 모든 것이 네가 하루 속히 자유의 몸이 되어야 한다는 의식 개혁부터 하여주기 바란다. 네가 고집을 피우는 것만큼 네가 애써 닦아온 모든 일들이, 고생이 '무'로 돌아가고 있다는 사실을 명심하여라. 이상수 변호사가 2회 공판 이전에 면회 가겠지만 잘 상의하여 보되, 모든 형량은 변론에 있지 아니하고, 너의 진술에 있다는 것, 너의 법정 태도, 너의 마음가짐에 있다는 것을 명심하여 주기 바란다.

면회 가는 오라비나 어미에게 차분하게 연락할 일이 있으면 연락하도록 하여라. 날씨 고르지 않고 점점 조석의 기온의 차가 심한데, 각별히 건강에 유의하여라. 제1신에서 말하여 주었듯이 최고 최선은 물의 철학대로 하거라. 모난 데 담기면 모가 지고, 둥근 그릇에 담기면 둥글고, 해머로 때려도 안 부서지는, 댐이 한 방울의 물로 둑이 샐 때 무너지는 것 같이…

유柔는 강强을 제制하지만, 강은 유를 제하지 못함이 불변의 진리이다.

1985. 10. 6.

아비 씀

＊＊＊

제3신

내가 다 도와주고 거들어 줄게

영인이 보아라

네 엄마가 담요 때문에 갔다가 아직까지 아비의 제3신 편지를 못 받았다기에 몇 자 적는다.

사학 관계 때문에 대구에 14일 내려갔다 오려면 까딱하면 16일 2차 공판 때 이 아비가 참석 못하면 어떡하나 걱정이 돼서 펜을 들었다.

법이 허용하고 여건이 허락되는 한, 이 아비는 외로운 너를 옆에서 항상 지켜보아 주어야 하는데 정말 미안하구나. 15일 밤 아무리 늦더라도 상경할 수 있도록 최선을 다하겠지만, 혹시나 하는 생각에서… 비록 이 아비는 면회도 안 가고, 자주 너를 볼 기회는 없지만 그리고 너와 함께 감방에 있어주지 못하는 몸이지만, 언제나 이 아비는 네 곁을 떠난 일이 없다는 것을 생각하고 매사를 차분하게 그리고 마음 든든하게 생각하고 정리를 하여주기 바란다.

지난 9일(한글날)엔 도봉산을 갔었는데 숨이 차고 다리가 떨리어 글쎄 2시간 이상이나 걸려서 정상엘 갔었구나. 네 엄마하고 같이 드러누워 하늘을 쳐다보니 추색이 서서히 단풍으로 물들기 시작하였고, 네 또래 여자들이 삼삼오오 둘러 앉아 노래도 하고 여흥을 즐기는 모습을 보니 자연히 네 생각이 나서, 아비의 마음에 공연히 비감한 마음이 들어 눈물이 핑 도는데 옆에 누웠던 네 어미가 갑자기 '흑' 하고 울더라. 이 아비는 태연스러운 태도로 '싱거운 사람 같으니라고, 좋은 경치 보면서 울긴 왜 울어?' 하며 면박을 주었지만, 너를 두고 생각하는 네 어머니나 아비의 생각은 똑같다는 것을 새삼 느꼈다.

한참 피어오르는 꽃봉오리 같은 너의 정결하고 깨끗한 청춘이 감방에서 썩으면서 외로이 싸우는 네 모습을 연상할 때 이 아비의 가슴은 천 갈래 만 갈래 찢어지는 것 같구나. 네가 하고 싶고, 네가 생각하는 것, 내가 다 도와주고 거들어 줄게.

하루 속히 이 아비 품에 돌아와 다오. 영인아, 이 아비의 부탁이다.

2차 공판 때는 되도록이면 말을 많이 하지 말고 차분하게 너의 담담한 심정만 진술하지, 공판의 분위기를 흐리지 않도록 각별 유념하여 주기 바란다.

시간이 없어 이만 줄이는데 너는 마음의 싸움보다 휴식이 더 필요한 시기임을 명심하여라.

1985.10.12.아침

아비

***

제4신

타협보다 고지식함을 택할 거예요

아버지 보세요

조금 전 운동 시간에 바라 본 하늘은 눈물이 핑 돌 정도로 눈부시고 푸르렀습니다. 가끔 조금씩 쌀쌀해지는 공기 속에서 싱싱해질 단풍들을 떠올려보곤 합니다. 전 아침 저녁 엄마께서 넣어주신 담요를 푹 덮고 잘 쉬고 지냅니다. 즐겁고 건강해야 할 산행이 저로 인해 힘들고 슬픈 일정이 되신 것 같아 죄송스럽기만 합니다.

어제 아침 재판 받기 전에 아버지께서 속달로 부친 4번째 편지를 받아보고 슬픈 마음을 억누르며 재판에 임했습니다. 자식으로 인해 고통 받는 부모님의 마음을 확인하고 떠올리게 되는 것은 참으로 괴로운 일인 듯합니다. 아마 이번 재판도 저는 제대로 만족하지 못하고 있지만, 아버지께서도 바라던 대로 진행되었다고는 생각하시지 않을 것으로 여겨집니다. 급히 보낸 아버지의 편지에서 기대하시는 재판을 모르는 바는 아니지만 (또 이는 모든 부모님들의 바라시는 바라는 것을 알지만) 저는 아버지께서 걱정하시는 것처럼 제 자신을 내세우려고 고집을 피운 것은 아닙니다. 다만 그동안 경험한 사회 생활 속에서 느낀 "진실" 이라는 것을 여러 사람에게 알리는 것이 최소한의 할 일이라고 생각했을 뿐입니다. 여러 사람들 — 제가 함께 하고자 하는—의 부당한 처지를 밝히고 우리의 정당성을 합법적으로 인정받으려는 시도였고 이는 피고인으로서 제가 당연히 해야 할 일입니다.

재판은 저 혼자 받지만 그 정당성은 '여러 사람' 이 포함되어져 있는 것입니다.

아마도 저를 보고 융통성이 부족하다고 하실지 모르지만, 약간의 타협보다는 차라리 고지식한 편을 택하고 싶습니다. 그것이 '고집' 이라고 생각하신다면 아버지로부터 물려받은 것이 아닐까 생각해 봅니다.

세상이 제 마음대로 돌아가야 한다고 생각해 본 적도 없고, 쉽고 어리숙하게 살 수 있다고 느껴본 적도 없습니다. 또 순진한 아이의 눈에 비친 경이롭고 아름다운 풍경만을 강조했던 시기도 이젠 지났다고 생각합니다. 즉 실망조차 이젠 크게 느껴지지 않고 "있는 그대로" 두 눈 뜨고 바라보고 있습니다.

아버지께서 생각하시는 것처럼 저의 처지는 고생스러운 것도 슬픈 것도 아닙니다. 또 아버지와 제가 걷고 있는 이 시간들을 탓할 필요도 없다고 생각합니다.

아버지의 지나친 슬픔, 고통이 제게 가져다주는 고통으로, 또 이는 다시 아버지의 고통으로 되어가는 과정이 점점 확대되어 간다면 아버지와 저는 고통만을 점점 키우고, 고통을 주고받는 결과를 낳게 되고 맙니다. 아버지의 하나밖에 없는 귀한 딸은 제 동료 중에는 처지가 가장 좋고 행복한 사람으로서 미안함조차 느끼며 지냅니다. 아버지와 제가 잘 못 느끼는 어떤 지난 시기에 저는 어른으로 성장해 버렸고 이미 '품 안'에서 떠나 보호의 위치를 벗어나 버렸음을 억지로라도 인정해야 한다고 생각합니다. 이젠 더 이상 제게 해주실 것이 없습니다. 남아 있다면 제가 할 영역만이 있을 뿐입니다. 친구처럼 대할 수 있는 것을 아버지도 바라셨지 않습니까.

제가 하는 일이 고통스러운 것인가 아닌가의 기준이 아니라, 옳은가 그른가의 기준으로 생각해 주셨으면 합니다. 아버지께서 공적인 일(정치나 학교일)에 투신하실 때 가족이라는 사적 영역이 어쩔 수 없이 축소되었듯이 저를 이해해 주십시오.

개인의 철저한 헌신이라는 명제 속에서 개인적인 이기를 떨치려고 발버둥 칠 때 부모님, 형제들은 항상 가슴 아픈 부분으로 다가오곤 했습니다.

여기서 생활하는 동안 아버지 말씀대로 좀 더 사색하고 공부하는 시간을 가질 작정입니다.

아빠, 너무 슬퍼하지 마세요. 이 모든 것이 추억이 될 날도 있을 겁니다.

(오빠에게 책 부탁할 것 : 『민족 문학과 세계 문학』, 『V. 니진스키』, 『영어 시리즈 2권』)

1985.10.17.

영인 올림

최고의 선은 물과 같다

영인 보아라

11월 13일 제 3차 공판은 어쩌면 결심結審공판이 될지 모르며, 너로서는 마지막 진술의 기회가 될 것 같구나. 누누이 아비가 부탁하였지만 법정 태도나 너의 심정을 털어놓고 말할 때, 여러모로 조심하고 진실 되게 설명하도록 각별 유념하여 주기 바란다.

노자 8장에 보면 상선약수上善若水란 구절이 있고 제78장에는 천하막유약어수天下莫柔弱於水라고 하였는데 '최고의 선, 지선至善은 물과 같고, 천하에 유하고 약한 것은 물보다 더한 것이 없다'라고 노자는 물에 대하여 극구 칭찬하여 '부쟁不爭의 덕德—싸우지 않고 이기는 덕성'을 상징시킨 바 있다.

최고의 선은 물과 같다. 물은 만물을 돕고 기르면서 육성育成한다. 자기를 주장하지 아니하고, 누구나도 싫어하는 밑으로(낮은 데로) 흘러가기 때문에 '도'와 같다고 하겠다. 물 자체는 위치하는 곳이 낮은 데지만 마음은 깊고 고요하다. 남에게 베푸는 데는 주저함이 없고 언동에는 거짓이 없다.

그 활동에 무리가 없고, 때〔時〕에 따라서 전변유동轉變流動하면서 궁窮할 때가 없다. 물과 같이 자기를 주장하지 않음으로 자재한 능력을 얻게 된다.

무릇 어떤 것이 유하고 약한 것이라 해도 물만큼 부드럽고 약한 것이 없다. 그러면서도 딱딱하고 강한 것을 이겨냄이 물보다 더한 것이 없다. 약함은 강함에 이기고 유는 강을 제어한다. 이 도리는 다 잘 알지만 실행을 못할 뿐이다.

성인이 말씀하시기를 '한 나라의 수치스러움을 한 몸에 지는 자가 한 나라의 종주宗主이고, 천하의 불행을 몸소 겪는 자가 천하의 왕이다'라고 하였다.

어째서 상선(최고선)은 물과 같으냐?

첫째로 물은 변화와 적응의 천재이다. 둥근 그릇에 담으면 둥글고, 모난 그릇에 채우면 모가 나고, 물은 비가 되고 눈이 되고, 얼음이 되고, 안개가 되는 놀라운 변신의 생리를 갖는다.

둘째로 물은 천하 만물을 돕고 이롭게 한다. 물은 더러운 것을 깨끗이 씻어주며 또한 생명체의 원천이 된다. 우리는 물이 없으면 잠시라도 살 수 없고, 치산치수는 치국의 근본이 되었다.

셋째로 물은 남과 다투지 않는다. 물은 부쟁의 덕을 갖는다. 물은 앞을 가로막는 장애물이 있으면 돌아가고 때로는 땅 속으로 스며들고, 높은 둑이 있어도 조용히 넘쳐 흐른다. 지혜로운 사람은 남과 다투지 않는다. 물은 칼로 벨 수도 없고 창으로 찌를 수도 없다. 우리는 물의 유연성을 배워야 한다.

넷째로 물은 낮은 데로 쉬지 않고 흐른다. 쉬지 않고 흐르기 때문에 망망대해를 만든다. 물은 위로 올라가려고 하지 않는다. 언제나 낮은 데로 흘러간다.

물은 겸손의 덕을 갖는다. 노자의 물에 대한 예찬은 결코 우연한 것이 아니다. 물의 자유자재하는 변화를 배워라.

만물을 깨끗이 씻어주는 청정의 덕을 배워라.

싸우지 않고 이기는 유연성을 배워라.

겸손한 자세로 쉬지 않고 흐르는 견인불굴堅忍不屈의 지혜를 배워라.

내일 31일은 네 엄마하고 원주를 다녀올까 한다. 동양적 의미의 도道를 깨치고 각覺을 깨닫는 정신적 수양 자세가 우선하지 않나 하는 생각이 드는구나.

지금 너의 오라비는 울산에 가서 방이 비어, 오라비 방에서 이 편지를 쓰고 있다. 13일 이전에 기회 보아 한 번 더 편지를 보내도록 하마.

날씨 쌀쌀하여지고 밤기운이 찬데 감기 들지 않도록 건강에 각별 유의하고, 네가 지금 몸담고 있는 곳의 직원들에게도 가급적이면 부드럽고 친절한 마음으로 대하여 주어라.

1985. 10. 30.

아비

***

제5신

단식을 한다면 용서할 수 없다

영인 보아라

갑자기 추워지니 얼마나 고생이 되겠느냐, 항상 네 생각만 나면 이 아비의 심정은 무엇이라고 표현 할 수가 없구나. 돌아오는 13일 제3차 공판이 있는데 그간 아비의 마음을 네가 모를 까닭이 없을 것이어서 구구한 의견은 말하지 않겠다.

단식을 한다는 말을 들었는데, 그것이 정말이라면 이 아비는 너를 용서할 수가 없다. 너의 엄마나 오라비나, 일절의 면회도 금할 것이고, 이 아비가 너를 만나러 가야 하겠다고 생각한다.

법원에서의 너의 태도나 심정이나 의견들을 곰곰이 잘 정리하여 두어라. 그날 너의 모습을 뒤에서나마 지켜보마. 일전 원주에 가서 사나흘 묵었는데, 2층 서재에서 정원 추경秋景에 시를 하나 적어 보았다. 내가 시인도 아니고 좀 우습기는 하지만 네 생각에 대한 한 토막이니 읽어보아라.

창가에 서서

—딸을 생각하면서

창 밖에 치악산雉岳山 이 보인다.

옛집 마당에 은행과 후박厚朴나무는

그 푸르른 잎들이

언제인가 노랗게 물들어

낙엽되어 떨어지는데

집나간 우리 인仁이

지금쯤 무엇을 생각하고 있을까?

마냥 기다릴 세월이 아니라면

새 봄이 오기 전에

어서 어서 오려므나

하얀 눈으로 세상을 덮어주는 하얀 님아!

뜬 구름 한 조각 제 맘대로 못 보는

집나간 우리 인仁이

언제 언제 돌아오려나.

1985. 11월

아비

***

제6신

불의를 제거하려는 노력이 도道의 실천

아버지 보세요

지난번에 보내주신 5신, 시와 더불어 보내주신 6신, 잘 받아 보았습니다.

아버지 글을 읽으면서 한동안 잊고 있었던 원주의 아름다운 추경秋景을 그리워해 보았습니다. 어릴 땐 제 팔뚝만큼 가늘었던 어린 은행나무가 이젠 다 큰 제가 가서 올라도 든든할 만큼 큰 아름드리가 되어 노오란 잎들을 마당 수북히 떨구고 있을 모습을 떠올려 보면 어린 시절에 대한 막막한 추억이 뽀얗게 일어납니다. 며칠 전에 유년의 세계The world of my youth를 읽으면서 잠시 감상적인 마음으로 원주의 뒷뜰과 치악산 등을 떠올려 보며 아버지에 대해서도 생각해 보았습니다.

지난 번 재판정에 오셨다가 제 모습을 보시고 속상해 하셨다는 얘기를 듣고, 우리들의 목적이 어찌되었든, 단식으로 인해 부모님 가슴을 아프게 해드린 것을 죄송스럽게 생각합니다. 그래서 어쩌면 부모님이 절 이해해 주시길 바라면서 모든 걸 말씀드리고 싶었지만, 제가 공장에 다닌다는 사실을 끝까지 숨기게 되었습니다. 5신에서 적어 보내신 노자의 도에 대한 글, 저도 좋아합니다. 강바닥을 떠나 이젠 폭 넓은 강이 되어 흐르는 아버지와 아직도 거세고 빠르게 흐르며 돌부리에 부딪히는 저의 강이 같을 수야 없겠죠. 따라서 삶을 이해하는 깊이도 다르겠지만 저는 항상 "자연스러움과 맑음" 을 큰 덕으로 생각해 왔습니다. 그러나 동動을 거치지 않은 정靜이 있을 수 없듯이 거친 바닥을 거치지 않고 대해大海로 흐를 수 있는 강도 없을 것입니다. 샘을 출발한 물이 '거칠고 부딪히는 것은 나쁜 것이다' 라는 무조건적 절대적 가치에 순응하게 되면 가느다란 지류를 택할 수밖에 없습니다. 「부쟁의 덕」(물론 여기서 쟁은 감정적인 것이 아니라 의도된 싸움을 의미합니다)을 강조하시지만, 이것은 제가 개별적인 인간 관계에서 부단히 노력해 온 것입니다. 이것이 확대되어 전 '지나치게 온건한 상태' 에 머무른 적이 많습니다. 어떤 땐 싸워야 할 때조차 못 싸우고 안 싸우고 참는 것 말입니다. 고백건대, 전 싸움이란 것을 본능적으로 싫어합니다. 또 잘 못하는 편입니다. 그러나 우유부단, 두루뭉술 무딘 것, 정확하지 못한 것 등에 몹시 저항감을 느끼는 만큼의 상대적인 적극성은 지니고 있습니다. 이 세상에서 영원히 변하지 않는 진리는 없습니다. 노자의 사상 또한 그 한계를 지니는 것 당연합니다. 노자의 도덕은 군주를 (지배자를) 위한 철학입니다.

그러나 현대 사회는 군주의 개인적인 덕성에 기대할 만큼 사회가 단순하지 않습니다. 또한 "가지고 누리는 자"의 선량함은 행하기 쉽고, 또 주위로부터의 칭송에 의해 충분히 보상받지만 이 철학을 다수의 힘없는 백성에게 그대로 적용시킬 수는 없는 것입니다. 모든 굴욕과 억울함을 참음으로써만 선량해진다는 것이 덕성이 아닌 비굴함과 체념을 결과한다는 것을 어떻게 생각하시는지요.

베푸는 자비로움보다는 고통을 함께 하는 것이 더 훌륭하다고 생각합니다. 불의를 적극적으로 제거하려는 노력이 도의 실천이라고 생각합니다. 아버지의 생각처럼 한 개개인의 덕성이 이 사회의 문제를 극복하고 밝은 미래를 건설할 수 있다면 저 또한 기쁘겠습니다.

아버지께서 생각하시는 것처럼 못 견디게 답답한 생활은 아닙니다. 싸늘해지는 날씨만큼 냉철하게, 익어가는 곡식처럼 풍요로운 사색을 할까 합니다.

접견 시, 작은 이모님께서 자이레 가셨다는 말씀을 들었습니다.

저보다는 아버지에 대한 인사로 오셨겠지만, 지난 재판정에 오셨던 고모님, 이모님들, 원주 손님들께 대신 인사 전해 주세요. 두 분을 생각해서라도 무조건 건강해질 작정입니다.

아버지, 어머니도 무조건 건강하세요. 영태, 오빠도 풍성한 가을 보내라고 전해 주세요.

1985.11.20

영인 올림

돌봐주는 직원들에게 공손해라

영인이 보아라

지난 11월 27일 공판 때, 너의 진술 내용과 창백해진 너의 모습을 아비의 눈에 각인하면서 눈이 펑펑 쏟아지는 경춘 가도를 달리며 너를 생각하여 보았다.

시집도 안 간 네가 왜 이런 고생을 자초하였는지 근로자들을 위하여 왜 네가 꼭 십자가를 져야 할 까닭이 무엇인지 말이다.

그러나 너의 그날 공판 때의 진술 내용(끝 부분이 약간 지루하였음)을 듣고, 펑펑 쏟아지는 눈과 같이 얼마나 눈물이 쏟아지는지 이 아비는 무척 자제하기 힘들었다.

네가 오라비나 동생 같은 것을 하나만 달고 나왔어도 그렇게까지는 이 아비는 서럽지는 않았을 것이다. 정부를 욕하고, 매판 자본이니, 무엇이니 하면서 떠들어대는 철없는 학생들의 진술에 비하면, 너는 담담하고 솔직하게 노동 현장의 고통과 슬픔을 잘 대변하여 주는 인간적인 모습을 보여 준 것 같았다.

그러나 영인아, 인생을 살아가는 데는 가장 소중한 것이 건강이다. 건강은 네 스스로 지켜야 한다. 건강을 해치면 만사가 끝이 나는 것이다. 다음에라도 건강한 모습으로 이 아비를 대할 수 있도록 네가 노력하여준다면 지금의 고통쯤은 이 아비는 이겨낼 수 있을 것 같구나.

네가 3년을 구형 받고 퇴정退廷할 때, 억울한 생각으로 소리를 질렀겠지만, 그런 어리석은 짓은 두 번 다시 하지 말아라. 너의 인격과 소양을 생각하여야지. 구호를 외쳐서 될 일이라면, 백 번을 외쳐보라 하겠지만, 그런 짓은 두 번 다시 하지 말아라.

너만 존재하는 것이 아니고, 주변에는 부모도 있고 친구나 친지들이 있지 않니? 그분들이 너를 위하여 걱정하고 근심하여 주시는 정성을 생각해서라도 말이다.

12월 7일 언도 공판이 어떻게 결정될지 모르지만 이 아비는 이제는 조바심 같은 감정은 아예 잊어버리자고 작정하였다. 담담한 심정으로 추이를 기다릴 수밖에.

너도 너무 큰 기대를 갖지 말고 조용한 마음가짐으로 차기 공판을 기다리도록 하여라. 그리고 이 아비의 부탁 잊지 마라. 첫째, 단식 같은 짓 두 번 다시 하지 마라. 둘째, 반정부적이거나 반사회적인 구호 같은 것을 외치지 마라. 셋째, 너를 돌봐주는 직원들에게 불손한 언사를 하지 마라.

사랑하는 내 딸 인仁아! 용기를 저버리지 말고 추위와 고통을 잘 참아가면서 건강에 각별 유념하여라. 그리고 너와 아비가 그간 참아왔던 슬픔을 너와의 재회날에 실컷 울어보자.

12월 7일 아비는 참석 못할 것 같다.

1985.12.2

아비

***

제7신

두 번째 구속의 충격

아버지, 어머니 보세요.

무어라고 말씀드려야 할지, 어떻게 위로해 드려야 할지 모르겠습니다.

작년 한 해 동안의 상처가 채 치유되기도 전에 또 다시 깊은 상처를 안겨드리는 것 같아 몹시 걱정이 됩니다. 추운 겨울이 시작되는 작년 12월 영등포 구치소를 걸어 나온 후 그 싸늘한 기운이 채 가시기도 전에 또 다시 이곳 서울 구치소를 들어 설 때, 저의 마음 또한 억울함과 분노에 쓰리고 아팠습니다. 아마 계속해서 면회 오신 어머니께서는 저의 작년과는 다른 그 불안정한 모습에 더 가슴 아프셨을 거라는 생각이 듭니다. 열흘 정도 지나고 난 지금은 밖의 일들, 사람들에 대한 거의 체념에 가까운 포기에 조금씩 안정되어가고 있습니다. 아버지께서는 "기어이 부모의 충고를 안 듣더니 또 일을 당하고야 마는구나" 하시며 슬픔이 지나쳐 노여움조차 느끼시겠지요. 두 분의 슬픔이 제가 위로해드릴 수 있는 선을 넘어 먼 곳에 있지만, 부디 꿋꿋하게 견디어 내시길 바라고 있습니다.

이러한 상황은 자유의 몸이 된 지난 3개월 동안 항상 제 옆에 그림자처럼 붙어 다녔던 것이고, 조심스러이 피해가야 할 함정과 같은 것이었습니다. 다만 너무나 일찍, 또 어처구니없이 맞게 된 것을 속 쓰려 할 뿐입니다. 처음, 아직 익숙해 있는 구치소의 흰 담벽과 비둘기들을 볼 때 눈물이 핑 돌았습니다. 또다시 내가 아껴주고, 보고 싶은 사람들과 떨어져 좁은 나만의 침묵의 공간으로 들어와야 한다는 것에 가슴이 터질 것만 같았습니다. 그러나 여기서 내가 허물어진다면 누가 좋아할 것인가 생각해 보면서 주먹에 힘을 주고 운동을 한다든가, 보리밥 덩어리를 꾹꾹 씹어 삼키고 있습니다. 건강함, 명랑함을 무너뜨리고 싶지 않습니다.

이곳은 모든 것이 일제시대의 건물 그대로라서 중, 고등학교 때 건물을 연상시킵니다. 어머니와 면회를 하고 돌아올 때 하얀 담벽 넘어 낮익은 인왕산 자락을 보았습니다.

돌산 자락이 뽀얗게 봄빛을 머금고 노오란 개나리꽃이 나날이 그 빛을 더해가는 것을 봅니다. 시커먼 돌 사이사이로 울긋불긋 진달래도 푸르른 하늘과 더불어 눈부시게 아름답습니다. 밖에 있더라도 계절을 즐길 여유는 없었겠지만 노릇노릇한 봄빛 속에서 마음껏 27살의 바쁜 나날을 보내지 못하는 것이 더없이 안타까울 뿐입니다. 미련은 저를 괴롭힙니다. 그래서 '일' 하고 싶은 절절한 욕망을 잠재우려고 애를 씁니다. 소 내 생활은 저에게 있어 새로울 것도 없고 싸움이라는 것도 심심하고 따분할 뿐입니다. 공부라도 차분히 할 수 있도록 독방에 갔으면 좋겠지만 바람일 뿐입니다. 재판이라도 빨리 끝나 교도소로 넘어가 올해 그리고 내년을 사색하며 지내고 싶습니다. 꿋꿋하고 의연하게 30세를 맞을 준비를 해야겠지요.

마음이 안정이 안 될 때나 잡념이 많이 들 때는 하루 종일 서서 지냅니다. 책도 서서 볼 때가 있습니다. 건강에도 좋은 것 같고요. 말은 별로 안하고 지내고 있습니다. 또 다시 침묵의 시작이지요.

밖에 있을 때 항상 집을 떠나 떠돌아다니며 두 분 마음을 불안하게 하다가, 제가 이렇듯 어려운 상황에 처해져서 다시 어머니의 옥바라지를 받다보니 다시 집에 들어간 기분입니다. 어머니를 비롯하여 온 가족들이 나로 인한 생활이 차질이 생기지 않길 바랍니다.

두 번씩 하는 이 생활에 그리 어려움도 없으니, 어머니는 이제 면회 자주 오지 마시고 가끔 책이나 넣어주세요. 영태마저 몸이 아파 입원해야 한다니 가슴이 아픕니다. 그래도 내색 안하시는 엄마의 꿋꿋함이 가슴 뭉클할 정도입니다. 오빠는 박사 과정 열심히 성공적으로 끝내길 바라고, 영태는 건강한 모습으로 다시 만나게 되길 바라고 있습니다.

아버지는 너무 술 드시지 마세요. 건강하시길 바랍니다.

(책은 면회 시 필요한 것을 요구할게요)

1986. 4. 15

영인 올림

엄마의 불쌍한 모습

영인이 보아라.

네가 생각했듯이 주먹에 힘을 주고 운동을 하거나, 보리밥 덩어리라도 꾹꾹 씹어서 먹고 살아 남아야 한다.

용기를 잃고 좌절되거나 의지가 약해져서 의기소침해서도 아니 된다.

첫 번째 네가 구속되고 구금되었을 때는 미칠 것 같더니 두 번째 또 감방에 들어가 있게 되니 그저 무감각한 것 같구나. 슬픔이라든가 분노라든가 하는 감정 따위는 이제 이 아비 마음에서 없어진 것 같구나.

앞으로 어떤 슬픔이나 고통이 오더라도 자식들로 인한 슬픔이나 고통에 대해서는 생각하지 말자고 결심한 이 아비이다. 사람들의 이목도 상관하지 않기로 했다. 밖에 나간 네가 하루가 지나가고 이틀이 가고 3,4일이 지나고 심지어 네 생일날까지도 소식이 없으니 이 아비는 네가 꼭 죽은 줄로만 알았다.

그것도 잘못 얻어맞다 죽어 네 시체가 시궁창에 내버려진 것 같은 악몽에 시달린 생각을 하면 지금도 오금이 펴지지 않는 것 같은 착각이 드는구나.

여기에 네 동생까지도 바이러스 간염에 간경화 초기 증상까지 겹쳐 입원하게 되고 2,3일에 한번 꼴로 140,000원이나 되는 주사약을 맞게 되는 상황 속에(네 엄마는 고가약이니까 항암제로 착각한 것이다) 네 엄마는 딸 면회 간다고 서쪽으로 가고, 아들 면회 간다고 동쪽으로 가고, 왔다 갔다 허둥대는 모습을 곁에서 무표정하게 쳐다보고만 있게 되는 네 아비의 심정이 어떠하겠니?

아무리 철석같이 독한 마음을 굳게 먹었던 아비라도 네 엄마의 불쌍한 모습에 얼마나 가슴이 아팠는지 아무도 모를 것이다.

차라리 저 여인의 고통을 제가 대신할 수 없겠나이까? 저 약하고 약한 여인에게 용기를 주십사고, 저 선량한 여인에게 힘을 주십사고, 저 불쌍하고 가련한 여인에

榮仁 이보아라-(8信)

네가 생각했듯이 주먹에 힘을 주고 運動을 하거나 보리밥 덩어리라도
꾹꾹 씹어서 먹고 살아 남아야 한다. 勇氣를 잃고 挫折되거나
意志가 弱해져서 意氣가 銷沈되어서도 아니 된다.
첫번째 네가 拘束되고 拘禁되었을때는 미치겠더니 두번째 또
監房에 들어가 있게 되니 그저 無感覺한것 같구나. 슬픔이라던가
忿怒라든가 하는 感情 따위는 이제 이 아비 마음에서 없어진것 같구나.
앞으로 어떤 슬픔이나 苦痛이 오더라도 子息들로 인한 슬픔이나 苦痛에
대해서는 생각하지 말자고 決心한 이 아비이다. 사람들의 耳目라도
相關않기로 했다. 밖에 나간 네가 꼭 한두번은 네 엄마에게 連絡을
하고 다니더니 하루가 지나가고 이틀이 가고, 3.4日 지나고 심지어
네 生日날까지도 消息이 없으니 이 아비는 네가 꼭 죽은 줄로만 알았다.
그것도 잘못 얻어 맞아 죽으니까 네 屍體가 시궁창에 내버려진것 같은
惡夢에 시달린 생각을 하면 至今도 오금이 펴지지 않는것 같은 錯覺이
드는구나. 여기에 네 동생까지도 바이러스 肝炎에 肝硬化 早期 症狀
까지 겹쳐 入院하게 되고. 2·3日에 한번 꼴로 14만원이나 되는
注射藥을 맞게 되는 狀況속에(네 엄마는 高價藥이니까 抗암제로
착각한거야). 네 엄마는 딸 面會 간다고 西쪽으로 가고, 아들 面會 간다고
東쪽으로 가고, 왔다 갔다 허둥대는 네 엄마의 모습을 곁에서
無表情하게 쳐다보고만 있게 되는 네 아비의 心情이 어떻겠니?

게 복을 주십사고 얼마나 절규를 하였겠니?

언제나 감방에 들어가 있는 너에게 당부하는 일이지만 주위의 분들에게 친절하고, 욕하거나 무례한 언동을 하여서는 안 된다. 그분들도 직업인 아니겠니? 네 생각이나 주의에 대하여는 소신을 가질 일이되, 인간 대 인간의 문제에 있어서는 선량하게 대하여라. 무력하고 아무런 힘이 못 되어주는 이 아비를 용서하고 부디 용기를 잃지 말고 마음 단단히 먹도록 하여라. 그래야 네가 건강을 유지할 수 있다.

1986.5.1

아비

***

제8신

아무리 鐵石같이 毒한 마음을 굳게 먹었든 아비라도
네엄마의 불상한 女人像에 얼마나 가슴이 아팠는지 아무도
모를것이다. 차라리 저 女人의 苦痛을 제가 代身할수 없겠나이까?
저 弱한 女人에게 勇氣를 주십사고, 저 善良한 女人에게 힘을 주십사고,
저 불상하고 可憐한 女人에게 福을주십사고 얼마나 祈구를
하였겠니. 또 〈興할 계절에야〉.
언제나 監房에 들어가있는 너에게 當付하는 일이지만 周圍분들에게
親切하고, 恭하거나 無禮한 言動을 하여서는 안된다.
그분들도 불상한 職業人이 아니겠니. 네 생각이나 主義에
대하여는 所信을 갖을일이되, 人間對人間의 問題에있어서는
善良하게 대하여라. 無力하고 아무런 힘이못되어주는 이 아비를
容赦하고, 부디 勇氣 잃지말고, 마음 단단히 먹도록하여라.
그래야 네가 네 健康을 維持할수있다.

1986년5월1일 아비 苔巖 書
태 암

목적 없는 삶은 타락

아버지, 어머니 보세요.

오빠, 영태에도 안부 전합니다.

요즈음 들어 인왕산의 푸르름을 재촉하는 비가 자주 옵니다. 5월의 첫 날도 봄비로 시작 되었습니다. 5월의 첫 날을 맞는 저의 기분은 마치 힘든 노동을 하고 난 것 같은 안도감과 허탈감입니다. 무척이나 힘겹게 지나갔던 4월 이었습니다.

27번째 맞는 4월의 시계 바늘은 안간힘을 쓰며 억지로 떠듬떠듬 지나갔던 것 같습니다.

새 달을 맞는 바람은 다만 한 달째 접어드는 구치소의 삶이 안정되는 것뿐입니다. 한동안 손 놓았던 책도 (비록 삼국지같은 무협지일지라도) 다시 집어들 수 있게 되었고, 방 안을 어정어정 돌아다니던 들짐승 같은 불안정도 조금씩이나마 가라앉아가고 있습니다. 한 달이라는 시간이 '자유에의 포기'를 내내 주입시킨 결과이기도 하고, 또한 지금의 속박이 던져주는 모든 고통스러운 감정을 비록 차곡차곡 쌓아 둘망정, 또 다른 분노로 확대시켜 괴로워하지는 말자고 자주 다짐하기 때문일 것입니다.

하지만 계속해서 무거운 압박감으로, 부담과 함께 채찍으로 떠오르는 것은 지금 이 순간에도 치열하게 돌아가고 있을 역동적인 이 세상 속에서 제가 존재하는 이 공간만이 정지하고 있다는 사실입니다. 아마 다시 밖에 나가게 되면 전 현실 감각을 상실한 아주 뒤떨어진 옛날 사람이 되어 있을 것을 상상해 보면 몹시 속 상합니다. 지금의 이 시간들은 종잇장의 접혀진 부분처럼 숨겨져 버리고 말 것이고, 전 다시 1986년 3월이라는 시간에 뒤이어 삶을 이어가야 하겠지요. 저의 삶의 과정 속에서 아주 이질적인 이 강요된 생활을 어떻게 손실되지 않는 삶이 되도록 희망과 접맥시켜 나가야 할지, 또 무감각을 강요하는 이 생활을 어떻게 채찍으로 변화시키며 '깨어 있는 삶'으로 지속시킬지 걱정이 됩니다. 20살 이후의 지난 삶들은 저에게 주어진 조건을 힘들여 변화시켜오며 혁신적 인간(순수하고 강인한 훌륭한 이상형의 참 인간 말입니다)으로 되길 갈망해 오는 과정이었는데, 이제 동료도, 노동도, 상실한 상태에서, 뿌리 뽑히지 않고 남아 있는 비역사적이고 비도덕적인 요소(반노동자적 뿌리)들이 독소처럼 번져 나가지는 않을까 두렵기조차 합니다. 그것은 인간의 순수성을 상실한 파멸이라고 생각되기에 악착같이 그러한 것들과 싸움해 나갈 작정입니다.

목적 없는 삶을 그럭저럭 무책임하게 보내는 것이야말로 타락이라고 생각합니다. 활동을 박탈당한 갇혀진 인간에게 나타나는 본능적인 모습들, 물론 영등포 구치소에 있을 때 이미 익숙해진 것임에도 저를 괴롭히는 부분입니다.

또한 그 속에서 적응하는 제 모습들에 거부감이 느껴집니다. 이러한 조건에서 그래도 여전히 저를 위로해주는 것은 자연의 모습입니다. 비록 창살에 잘리워진 좁은 하늘 조각일망정, 짧은 외출 때 잠깐 보는 인왕산 자락일망정, 방 밖의 봄볕일지라도 위안을 주고 있습니다. 마음껏 누릴 수 없기에 더욱 값지게 느껴지는지도 모르겠습니다. 가끔 지난날의 기억되는 자연의 모습을 떠올려 볼 때마다 김지하의 싯귀들이 맴돕니다. '내가 새라면, 물이라면, 바람이라면' 마구마구 쏟아지는 햇살 아래 오랫동안 서 있고 싶습니다. 조금 후엔 운동 시간입니다. 힘껏 해야죠.

아버지는 학교 일 때문에 몹시 바쁘시다는 소식, 어머니, 정 변호사님을 통해 들었습니다. 어제는 영태가 다녀갔습니다. 좀 마르기는 했지만 생각보다 나은 것 같아 다행스럽게 생각합니다. 적극적인 삶을 살아가는 사람일수록 몸을 소중히 다루는 것이라는 점 전해 주십시오. 요즈음 새삼스럽게 느껴지는 점입니다. 패배적인 침울한 몸과 마음은 죽음이나 마찬가지입니다. 5월 1일 노동절을 통해 "건강한" 노동자의 모습을 다짐해 보았습니다.

건강하세요.

1986. 5. 2

영인 올림

분노할 것은 분노하고, 미워할 것은 미워해요

아버지, 어머니 보세요

5월도 초순이 다가고 있습니다. 밖에서도 그랬지만 여기선 더욱 더 날짜와 요일 감각이 무뎌지는 것 같습니다. 5월 8일, 엄마가 면회 오셔서 작은 할머니 댁에 가신다고 하셨을 때도 무슨 날인지를 몰랐습니다. 면회를 마치고 돌아오면서 언뜻 사람들이 얘기하는 소리를 듣고, 어버이날에 유난히 짜증난 표정을 보였음을 후회했습니다.

또, 어제 엄마의 편지를 받아 읽고는 더욱 더 무심한 자신을 책망했습니다.

아버지 편지도 그렇지만, 얌전한 엄마의 글씨체를 읽어 내려가면서 그동안 제 딴에는 부모님의 마음을 헤아린다고 하였지만 두 분이 느끼시는 '고통스러운' 사랑에는 아직 못 미쳤던 것을 부끄럽게 생각했습니다. 이곳에서의 편지에도 주로 제 자신의 고통과 생각에 대해 표현하느라 급급했었고요. 3월 22일을 전후한 농성 과정에서 어쩔 수 없이 외부와의 연락이 두절되었을 때에도, 막연히 너무 소식이 없어서 걱정하시리라 생각은 하면서도 두 분 이 편지에서 쓰신 것과 같은 고통과 불안을 겪고 계시리라고는 미처 생각지 못했습니다. 당시 저는 제 생일이 3월 22일이었다는 사실도 경찰 조서 과정에서 '아차 그랬구나' 했을 정도였으니까요. 주위 동료들을 돌아보면서 항상 느끼는 것이지만, 전 유난히도 자상한 부모, 형제를 가까이에 두고 있고 또 그 따뜻한 사랑을 받고 있다는 사실을 행복하게 생각하고 있습니다. 그렇지만 그 관심과 사랑으로 인해 가족들이 쓰라린 고통을 겪는다는 것은 저의 마음을 아프게 합니다. 저에게 있어서 가족들에 대한 애정의 표시는 항상 머릿속에서 생각만 하다가 마는 것으로 머물러 있었고, 그래서 더 마음 한 구석에서 떠나지 않는 부분으로 남아 있는 것입니다. 특히나 부모님의 마음을 괴롭히고 있다는 사실은 큰 부담이고 고민이기도 한 것이었습니다. 행복이란 것을 단지 물질적 풍요와 정신적 편안함으로 생각한다면 지금의 제 생활은 가장 불행한 것이겠지요. 단란하고 화목한 가정을 불안하게 만드는 저 또한 가족들을 불행하게 하는 것이고요. 그러나 제가 진정으로 원하는 삶을 접어두면서까지 이런 일을 해나가는 것이 이 사회를 살아가고 있는 사람들이 짊어지어야 할 짐이라면, 아버지 어머니도 그 사회적인 역사적인 짐의 일부를 져나가신다고 위안해 보시기 바랍니다. 부모 잘못 만나 학업을 포기하고 어려서부터 노동자로 뛰어다니는 숱한 노동자들의 삶이 '어쩔 수 없는' 것처럼 저의 지금의 모습도 '이렇게 되어 질 수밖에 없는' 것으로 생각해 보십시오. "울지도 말고, 웃지도 말고, 미워하지도 말라"는 스피노자의 말은 역사적인 필연성을 초연히 바라보라는 뜻이라고 생각합니다.

효와 불효를 무조건적으로 따지기 전에, 부모님의 자식인 제가 얼마나 바른 삶을 살아가고 있는가를 먼저 생각해 주십시오. 엄마는 '과연 내가 자식 교육을 제대로 해왔는가 검토해보신다'고 했지만, 우리 3남매는 훌륭한 교육을 받으며 자랐다고 확신합니다. 저는 또한 엄마가 자랑스럽고요. 이전에도 느낀 것이지만 이곳 다른 재소자들의 삶을 하나하나 보면, 그들 각자는 자신이 이 세상에서 가장 불행하고 억울한 사람이라고 생각하는 경우가 많습니다. 저는 엄마가 엄마의 삶을 헛된 것으로 생각하시고 가장 가슴 아픈 사람으로 생각하시는 것이 무척 속상합니다. 엄마가 얘기하신 것처럼 모든 걸 새옹지마로 생각하며 기운내고 살아요. 이 세상에서 가장 나를 아끼시는 엄마를 어떤 때는 면회가 끝나고 돌아오면서도 다시 보고 싶을 때가 있습니다. 언젠가는 오랫동안 마주보며 얘기할 수 있는 시간이 주어지겠지요. 엄마께서 걱정하시는 것처럼 계속되는 구치소 생활이 저를 경직되고 적개심에 불타게 하는 것은 아닙니다. 하지만 이전보다 '분노할 것을 분노하고, 미워할 것을 미워하는' 마음이 확실해진 것은 사실입니다. 있어서는 안 될 일을 보고도 심사가 불편할까봐 두루뭉술 지나치는 것이야말로 순수하지 못한 행위라고 생각합니다. 순수성이 실천적으로 다져지는 과정이란 사랑과 증오가 명확해지는 과정이라 생각합니다. 또 연락드릴게요. 중국 손님으로 바쁘실 아버지, 어머니 부디 몸 건강하세요.

1986.5.10

영인 올림.

마음의 덕을 쌓는 계기로 삼아라

영인이 보아라

지난번 편지와 영태한테 보낸 편지도 잘 받아 보았고 너의 마음이나 건강도 다소 나아진 것 같다는 네 엄마의 소식 듣고 무척 다행스럽게 생각되는구나.

영태 건강도 약간 차도가 있고 네 엄마도 이젠 체념 속에서나마 안정을 되찾는 것 같아 아비의 마음도 한결 가벼워지는 것 같구나.

내가 네 놈한테 다시는 편지마저 안 쓰려고 했지만 고독하고 쓸쓸하게 싸우는 너의 슬픈 모습이 떠오를 때 그래도 혈육이라고 부모 자식밖에 없는데 감방에서 가족들의 소식이나마 위로가 되겠지 하면서 이 편지를 쓴다.

시골 집 앞마당에 서 있는 은행나무 잎들은 무성하고 산과 들의 신록들은 푸릇푸릇 생기가 감도는 신기로운 자연의 활력을 느낄 때마다 철창 밖으로만 인왕산의 푸르름을 쳐다보아야 하는 내 딸의 가련한 신세를 생각하면, 천 갈래 만 갈래 이 아비의 가슴은 미어지는 것 같다.

아무도 없는 집에서 혼자 영태 방에서 지금 이 편지를 쓰고 있는 순간에도 자꾸 눈물이 앞을 가려서 가슴이 메어지는 것 같구나.

그래도 이 아비는 산전수전 다 겪어본 인생이라고 자부도 했고 주위 친구들로부터 '저 사람이니까 저렇게 버티어 나갈 수 있지 다른 사람 같으면 어림도 없지' 라는 말을 들어온 내가, 이렇게 약하고 처절한 모습을 남들이 본다면 분명히 두 얼굴의 사람이라고 말하겠지.

바쁜 중에도 혼자서 생각이 너에게 미칠 때, 그리고 수의의 모습으로 내 눈에 너의 영상이 떠오를 때면 딸에 대한 연민의 정으로 당장 너한테 달려가고 싶은 심정으로 미칠 것만 같구나. 아비라고 딸에게 아무것도 베풀어 준 것도 없고 정 한번 따스하게 못 쏟아준 내 자신이 원망스럽구나.

또 남의 아비같이 성숙하여 가는 딸에게 화장품 하나를 사주어 보았나, 양장 한

벌 맞추어준 일이 있었나, 용돈 한 번 딸 손에 쥐본 일도 없는 이 아비가 과연 아비로써 딸을 위하여 무엇을 했나? 생각하면 할수록 둘도 없는 단 하나의 딸에게 너무나 못하여 준 비정의 아비 같은 죄책감이 드는구나.

이런 저런 생각들로, 그리고 두 번 다시 못 오는 세월 속에 네가 엮어온 삶의 27개의 올과 이 못난 아비가 엮어온 60개의 올들을 이제 와서 다시 짤 수도 없는 삶 속에 회한이 없는 것도 아니지만, 특히 네 엄마의 뒷모습에 허옇게 나부끼는 흰 머리카락과 쓸쓸한 모습 그리고 가슴에 번호(제 아비가 지어준 이름표도 없이)를 달고 퍼런 수의 옷을 입은 딸, 두 모녀가 면회하는 영상이 겹쳐질 때 이 아비의 심정은 무슨 슬픔이라기보다 단장의 아픔이 엄습하는 것 같다. 너무 울고 짜는 것 같은 편지 사연이 되어서 미안하구나.

월간 조선 6월호에 너의 변론을 맡아준 이상수 변호사가 〈법정에서 본 노동 사건〉이란 제목으로 투고한 것이 실렸는데 너의 동기와 권 양의 증언 부분이 소개되었더라. 무척 고마운 분이라 생각되니 혹 너에게 면회 갈 때 마음 써주셔서 고맙다고 인사드려라.

지금 밖의 세상은 그렇게 조용하지 못하고 상당히 혼잡하여지는 것 같은 느낌이 든다. 아무런 생각 말고 휴양과 선을 한다는 마음가짐으로 느긋하게 그 속의 생활을 십분 활용하도록 하여라.

책 같은 것도 이것저것 잡서를 보지 말고 네가 세상에 나와서 살아가는 데 필요한 부문의 전공 서적들을 보면서 제2의 인생에 대하여 잘 생각하는 시간을 갖도록 하여라. 늙어가는 아비를 좀 돕겠다는 생각도 잊지 말고… 너와 함께 하는 친구들이나 직원들에게도 친절하고 남에게 봉사하는 마음가짐으로 생활하고, 모쪼록 마음 평안하게 마음의 덕을 쌓는 계기로 삼도록 하여라.

건강하고 건강하도록… 이 아비는 너의 장래에 축복 있기를 빈다.

1986. 5. 30

아비

—토막 소식—

그러고 보니 오늘은 황규만黃圭萬장군[1] 둘째 딸의 결혼일이로구나. 그리고 아비하고 제일 뜻이 통하고 호흡이 맞는 민병기閔丙岐 학장[2]이 폐암 수술을 받고 2개월째 서울대학 병원에서 투병중인 사실도 이 아비를 슬프게 하는구나. 계현桂峴[3]이 입원하고 나서 이 아비도 담배를 끊었지만 살겠다고 기를 쓰는 것 같이 느껴진다.

6월 5일은 너를 업어주고 키워주신 작은 할머니 미사 날이고(원주성당)

6월 9일 ~ 6월 15일은 중화민국 교육 시찰단들의 내한으로 며칠은 동행 안내하여야 할 것 같고

6월 8일은 규현[4]이 오빠가 27세 아가씨(중앙 여성 문예 작품 모집에 당선작을 썼다고 함)하고 홍천에서 결혼식을 올린단다.(엄마, 오빠, 영태 같이 갈 예정)

6월 16일은 네 엄마하고 결혼한 지 32주년이 되는 날이고

6월 17일은 너의 할아버지 생신일이라 산소에 갈 예정이다.

6월 11일에 대성고교 새마을 어머니 교실에서 특강을 맡기로 했고 2,3건의 주례, 친구들 모임, 조찬, 장학금 모금, 여행 이런 것들로 6월을 보내게 될 것 같구나.

＊＊＊

제9신

1 예비역 준장으로 『롬멜 보병 전술』 번역. 2 민병기 당시 인천대학장은 주불대사, 고대교수, 국회의원을 지냈으며 충정공忠正公 민영환閔泳煥 공의 손자이다. 3 민병기 학장 아호 4 김규현金奎鉉은 필자의 생질. 호는 다정茶汀. 동양화가. 티베트 문화 연구소장

자유에 대한 그리움

아버지, 어머니 보세요.

추위를 무척 타는 저에게도 가끔 '덥다' 고 느껴지는 요즈음 날씨입니다. 더구나 반 팔 블라우스를 입고 오시는 어머니를 면회실에서 뵐 때마다 자못 무더위가 서서히 밀려옴을 실감하곤 합니다.

영등포 구치소에서 서울 구치소로 계속 이어지는 아버지의 낯익은 글씨체는 반가움과 더불어 왠지 가슴 아프게 느껴졌습니다. 내년이면 환갑을 맞게 되는 아버지의 하얀 머리 빛이 저로 인해 더욱 더 하얗게 슬픈 빛을 띤 것을 떠올려 보면 '자식으로서' 의 죄송스러움은 이루 다 말할 수 없습니다. 하지만 또 한편, 정력적으로 활동하시는 모습을 생각해 보면 자랑스럽게 생각되고, 안심되기도 하고 합니다. 참, 담배를 끊으셨다니 참 다행스럽게 생각됩니다. 해야 할 많은 일들을 생각하셔서라도 건강에 최대의 관심을 두는 생활을 해 나가시길 바랍니다. 어머니와 함께 등산도 계속 하시고, 아침 운동도 잊지 마십시오. 특히나, 저녁 주무시기 전의 과식은 삼가시고요. 결코 화려하거나 권위적이지 않은, 소박하고 지속적인 존경을 받는 아버지로 떠올려 보는 것이 좋습니다.

제가 여기 온 지 벌써 두 달째로 접어들었습니다. 재판을 앞두고 있지만 그리 걱정되지도 않고, 그렇다고 자신 있는 것은 더욱 아니지만, 그저 무감할 뿐입니다. '너희 마음대로 해라' 는 심정입니다. 지난 2개월을 뒤돌아 볼 때 정말 허송세월을 한 것 같습니다. 굳이 책을 많이 읽지 못했기 때문이 아니라, 여러 가지 잡념에 휩싸여 집중적인 사고를 하지 못했기 때문입니다. 그동안 맴돌며 정리되지 못했던 여러 문제 제기들을 아직도 어느 하나 답을 내리지 못하고 끙끙거려야 하는 것이 답답하게 느껴집니다. 공부하기엔 책 사정이 너무 안 좋고 주위 환경도 그렇습니다. 더구나 대화할 상대가 없는 이 상황도 저를 괴롭히고요. 아버지도 들으셨겠지만 얼마 전에는 제가 그리도 보고 싶어 하던 친구들이 이곳 구치소에 들어왔습니다. 특히나 또 다시 죄수복을 입고 만나게 된 친구를 본 순간 눈물이 핑 돌았습니다.

보고 싶었기에 그만큼 반갑기도 했지만, 1년 가까이 숱하게 쌓인 사연들을 묻어둔 채 간단한 인사로만 지나쳐야 한다는 것이 안타까웠습니다. 가장 가까이 있으면서도 가장 멀리 있는 셈이지요.

요즈음은 서서히 '연구'에의 욕구를 느끼고 있습니다. 무언가 선명하고 확실한 내용의 진리들에 대해서 말입니다. 책 사정이 매우 안 좋기는 하지만 한두 권의 책에서라도 긴장감을 되찾고 노력해 볼 작정입니다. 건강 유지하는 일에 대해서도 적극성을 지니고 힘써야겠지요. 지난날 우리들의 일하는 모습을 평가해 볼 때 너무도 허약한 모습이었습니다. 굶주림, 밤샘 등등 모든 것이 결국은 '체력전'이라는 생각이 듭니다. '심란해서 입맛이 없다' 손 치더라도 나동그라져 지쳐버리는 일은 절대 없어야지요.

아버지 편지를 받고 나니 치악산이 바라보이는 원주 집이 무척 그립습니다. 앞마당과 나무들, 서재 등을 떠올려 볼 때는 아늑한 그리움이 피어납니다. 그것은 아마도 안락함에 대한 그리움이라기보다는 자유에 대한 그리움이자 자연에 대한 사랑 때문인 것 같습니다. 마곡에서 행하는 늙은 노총각 규현이 오빠의 결혼에 축복 있길 바랍니다. 기뻐하더라고 전해주세요. 바쁜 6월 건강하게 보내시고요.

1986. 6. 5

영인 올림

***

필자의 딸 영인은 서울대학교 가정관리학과 재학 중 가리봉동의 반도체 공장인 로옴 코리아에 취업했다가 1985년 7월 9일과 1986년 3월 27일, 집회와 시위에 관한 법률 위반 등으로 두 차례 구속됐다. 징역 1년에 집행유예 2년을 선고받았으나 1987년 7월 10일에 사면되었다.

손으로 쓴 편지의 소중함

유 자 효 (국제펜클럽 한국본부 부이사장)

태암 장윤 선생님과 나와의 관계는 어언 삼십여 년을 헤아린다. 내가 처음 선생님을 뵈었을 때 나는 KBS 기자로 있던 삼십 대였고, 선생님은 머리에 백발을 인 중후한 오십 대셨다. 당시 나는 두 권의 번역서가 베스트셀러가 되어 뜻하지 않게 번역가가 되어 있었다.

선생님은 출판사를 열 생각을 하고 계셨다. 이 문제를 작가 이덕희 씨와 상의하셨는데, 이덕희 씨는 좋은 번역물을 낼 것을 권유하면서 역자로 나를 소개했던 것이다.

나는 선생님께 미국 무성영화 시대의 스타 찰리 채플린의 자서전을 번역할 것을 건의했다. 당시는 번역물의 저작권에 대한 인식이 희박했었고, 해적 출판이 당연시되던 때였다. 그런데 선생님은 채플린 자서전 'My Autobiography'의 판권을 갖고 있는 영국의 보들리 헤드Bodley Head사에 연락하여 정식으로 한국어 번역 계약을 체결하셨다. 당시로는 있기 힘든 일이었다.

내가 이번 출판 일로 원주로 선생님을 찾아뵈었을 때 선생님은 당시의 계약서 원본을 보여주시며 웃으시는 것이었다. 좋은 의도로 좋은 책을 번역권 계약까지 체결하며 냈건만 이 책은 서점가에서 참패했다. 뒤이어 내가 번역했던 윌리엄 사로얀의 소설도 독자들은 외면했다. 이때의 충격으로 나는 번역에서 완전히 손을 뗐다. 의욕적으로 출판에 손을 댔던 선생님이 받으신 충격도 상당했으리라. 그러나 선생님은 조금도 내색하지 않으셨고, 오히려 신혼의 나에게 경제적인 도움까지 베풀어 주셨다.

선생님은 출판을 포기하셨다. 혼란스러웠던 당시 출판계를 되돌아볼 때 이 일은 선생님처럼 교육 외길을 걸어오신 분은 당초부터 하기 힘든 일이었다는 생각이 든다. 그러나 새로운 세계에 대한 도전은 얼마나 아름다운 것인가?

그 후로도 선생님은 설이나 추석 때면 원주의 특산품들을 보내주셨다. 한 해도 빠지지 않고 삼십여 년을…

선생님의 부름을 받고 찾아뵈었을 때 나는 선생님의 자료 보관에 경탄을 금할 수 없었다. 선생님께서는 평생 받으신 편지들을 모두 보관하고 계셨다. 연하장과 청첩장들도 보관하고 계셨다. 자녀들이 초등학교 때 쓴 일기장도 모두 갖고 계셨다. 이제는 누렇게 바랜 그 자료들은 선생님의 80년 생애를 그대로 웅변하고 있었다.

나는 선생님께서 보관하고 계신 편지를 보며 특히 따님과 주고받은 편지에 깊은 감명을 받았다. 장남에 이어 서울대학교에 진학하여 부모님을 기쁘게 했던 외동딸이 학교를 그만두고 구로공단의 전자 업체에 위장 취업했다가 당국에 체포됐던 것이다.

그 뒤 선생님은 옥중의 딸에게 편지를 쓰기 시작하셨다. 선생님의 편지에는 딸에 대한 절절한 사랑과 감옥 생활에 대한 염려 그리고 재판에 대한 당부까지 세세하게 기록돼 있다.

아버지의 편지를 두 차례 받고 딸이 답장을 쓰기 시작한다. 그래서 부녀간에 서신이 교환되기 시작한 것이다. 따님의 편지를 보면 80년대에 대학생들이 왜 학업을 그만두고 기업체에 위장 취업하지 않을 수 없었는가에 대한 시대적 배경과 아픔을 잘 알 수가 있다. 이는 당시의 시대 상황을 이해하는 중요한 자료가 된다.

부녀간의 옥중 서신으로는 네루 전 인도 수상이 투옥됐을 때 딸 인디라 간디에게 보낸 편지가 유명하다. 네루는 감옥에서의 편지를 통해 딸에게 세계사를 가르쳤다.

선생님은 편지를 통해 딸의 정신 수양을 강조하고 있다. 최고의 선은 물上善若水이라는 것, 싸우지 않고 이기는 것이 참 승리不爭의 德라는 것 등을 옥중의 딸에게 가르친다.

나는 가장 의미 있는 따님과의 서신 교환을 책의 첫머리에 올리자고 건의했다. 그러나 선생님은 가족 이야기라며 사양하시고 가족 편지 묶음 속에 축소해 넣으려고 하셨다. 그것을 내가 우겨 독립된 장으로 묶었다.

따님은 그 뒤 결혼을 하고 이제는 두 딸의 어머니이며 대학교수로 강단에 있다. 학생 시절의 운동권 경력을 발판으로 정계에 진출한 다른 사람들과는 판이한 선택이다. 선생님의 철저한 자료 보관 정신이 아니었다면 시대의 아픔을 몸으로 살았던 장영인 교수의 이야기는 완전히 묻힐 뻔했다.

선생님이 보관하고 계신 편지는 60년을 넘나든다. 그러다보니 옛날 어른들의 편지 모습을 생생하게 알 수 있다. 한자말, 고어古語 투의 편지 글이 무척 흥미 있다. 이는 과거의 서간체를 아는 데 도움이 된다.

선생님의 서간 문집을 읽으면 우리의 현대사를 조감하는 듯한 느낌이 든다. 그것은 선생님의 교유 폭이 넓었기 때문이다. 당대 명사들의 기록을 육필로 만나보는 보람이 크다.

문학에서 서간문이 차지하는 비중은 매우 높다. 문인들은 많은 편지를 썼었다. 그들의 편지는 문학적 향기가 높았다. 우리나라에도 현대 문학의 초창기, 이광수, 이상, 김유정 등 찬연한 별들이 남긴 편지글들은 문학사의 귀중한 사료가 된다.

서간문의 형식을 빈 문학 작품들도 많다. 저 유명한 요한 볼프강 폰 괴테의 『젊은 베르테르의 슬픔』이나, 라이너 마리아 릴케의 『젊은 예술가에게 보내는 편지』 등은 서간체 산문의 백미들이다.

컴퓨터의 등장으로 손으로 쓰는 편지가 사라져가고 있다. 문인들도 대부분 컴퓨터로 글을 쓰기 때문에 요즘은 문예지나 박물관 등에서 문인들의 육필을 특별히 주문해서 보관할 정도이다.

편지의 자리도 점차 이메일이 대신해가고 있다. 요즘은 이메일도 번거롭다 하여 핸드폰의 문자 메시지로 대신하고 있다. 전철을 타보면 곳곳에서 엄지 족들이 핸드폰으로 문자 메시지들을 보내고 있다. 핸드폰 메시지 빨리 보내기 대회도 있는 모양인데, 한국 선수가 세계에서 1등을 했다니 한국 사람의 손재주는 역시 대단하다.

그런데 이렇게 이메일과 문자 메시지가 횡행하다보니 손으로 쓴 편지의 따스함이 사라져가고 있다. 그러지 않아도 메마른 현대의 인간 관계가 갈수록 삭막해져 가고 있는 것이다. 그런 점에서 이 서간문집은 편지의 소중함을 일깨워주는 역할을 한다. 앞으로 편지 쓰기 캠페인이라도 일었으면 하는 바람이다.

태암 장윤 선생님은 우리 시대의 의인義人이시다. 올곧게 삶의 길을 걸어오신 분이다. 나는 존경하는 현대의 인물로 서슴없이 태암 선생님을 꼽는다.

선생님은 생애를 정리하는 마음으로 평생 주고받은 서간문 가운데 잊을 수 없는 편지들을 책으로 묶는다 하셨다. 그러나 요즘 장수하는 시대이니 건강을 잘 관리하셔서 선생님께서 마음 깊이 아끼시는 사모님과 함께 복된 나날을 누리시길 기원한다. 그것이 이번 서간 문집을 내시는 개인적인 의미가 되었으면 하는 것이다.

인생은 편지처럼
장윤 서간문집

1판 1쇄 펴낸날 2010년 5월 4일
1판 2쇄 펴낸날 2010년 6월 10일

편저자 | 장 윤
펴낸이 | 김시연

펴낸곳 | (주) 일조각
등록 | 1953년 9월 3일 제300-1953-1호(구 : 제1-298호)
주소 | 110-062 서울시 종로구 신문로 2가 1-335
전화 | 734-3545 / 733-8811(편집부)
733-5430 / 733-5431(영업부)
팩스 | 735-9994(편집부) / 738-5857(영업부)
이메일 | ilchokak@hanmail.net
홈페이지 | www.ilchokak.co.kr

ISBN 978-89-337-0588-9 03810
값 20,000원

* 이 도서의 국립중앙도서관 출판시도서목록(CIP)은 e-CIP 홈페이지
(http://www.nl.go.kr/ecip)에서 이용하실 수 있습니다.
(CIP제어번호 : CIP2010001471)